살살 가

유상민 지음

사단법인 **한국수필가협회**

초판 발행 2018년 8월 1일
지은이 유상민
펴낸이 한국수필가협회
펴낸곳 한국수필가협회 **북 디자인** Micky Ahn **교정 교열** 백이랑

등록 2005년 3월 22일
등록번호 제 2011-000098호
주소 서울시 마포구 양화로 156 엘지팰리스 1906호
전화 02-532-8702~3 **팩스** 02-532-8705
전자우편 kessay1971@hanmail.net
공급처 코드미디어 T 02-6326-1402

ISBN 979-11-87221-14-2 03810

정가 12,000원

살살 가

유상민 지음

사단
법인 한국수필가협회

수필은 체험문학

河書 김시철(시인 · 전 국제PEN 한국본부 회장)

　유상민 수필가의 첫 수필집 『살살 가』의 출간을 진심으로 축하한다. 한평생 공직생활 속에서 보고 겪고 느낀 고난의 역사가 한눈에 드러나 보이는 이 작품집은, 그가 얼마나 이 사회를 열심히 살아왔는가를 여실히 잘 보여주고 있다.

　보고 느끼고 겪은 그의 체험적 일상日常들을 하나 꾸밈없이 드러내 보이고 있는 이번 이 작품집 속에는, 웬만한 사람이면 숨기거나 주저할 일들까지도 서슴없이 다 드러내 보임으로써, 작가 자신의 솔직성을 다시금 인식하게 만들고 있다.

체험문학의 백미라고도 할 수 있는 수필 문학. 그러므로 수필은 아무나 쉽게 접근할 수 있는 문학 장르가 아니다. 갈고닦고, 쓴맛, 단맛, 삶의 온갖 고달픔과 희로애락을 두루 다 체험한 사람이어야만 붓을 들 수 있는 문학이라는 말이다.

퇴직 이후 비교적 늦은 나이에 등단해, 등단 2년 만에 첫 작품집을 갖기에 이른 그의 근면성과 열정을 높이 사면서 앞으로도 꾸준한 정진으로 이 지역에서 명망 높은 수필가로 이름을 널리 떨치기를 기대하는 바이다.

폼나게 살아보고 싶어서 글을 쓴 건 아닙니다.

그렇다고 돈이 많아서 책을 내는 건 더더군다나 아닙니다.

이 나이에 무슨 영화榮華를 보겠다고 책까지 내겠습니까?

한恨이 맺혀 펜을 들었습니다. 가슴 한구석에 응어리진 그 많은 한을 비로소 옮기기 시작했습니다. 여태 못다 한 한들은 죽기 전까지 옮겨볼 작정입니다. 비록 보잘것없는 인생이었지만, 나로 인해 생겨난 저 무지한 한들을 암울한 무덤 속까지 데리고 갈 수 없었기에 이렇게 악을 쓰고 있는지 모릅니다.

힘겨웠던 어릴 적 가난의 한, 배우지 못한 무지의 한, 해보고 싶었던 많은 일은 시도조차 해보지도 못하고 세월은 이미 낙조 신세입니다. 억울함이 치밀어 올라 배길 수가 없었습니다. 유독 웬 허구의 스토리가 그리도 많았는지 내 마음 같지 않은 세상이 온전하고 편안한 삶으로 인도해 주지 못했습니다. 고단한 악다구니 틈새에서 살아남은 의지의 한, 한 인생이 기를 쓰고 이만큼 살아온 안도의 한까지 저는 너무 많은 한을 품고 이 세상을 살아가고 있는지 모릅니다.

이제 물길이 바로 잡혀가고 있습니다. 감히 주위에서 불러주는 1% 인생이라는 제 삶의 궤적들을 하나하나 토해내고 싶습니다. 하얀 양면지에 진실의 먹물과 함께 사람들이 북적거리는 세상 밖으로 말입니다. 실오라기 하나 걸치지 않고 하나의 보탬도 없는 저의 발가벗은 삶의 나체를 독자 여러분에게 안줏거리로 제공하고자 합니다. 저의 한을 토닥여 주실 여러분들의 긍정 손길이 현실로 이루어진다면, 저의 한풀이는 성공한 마당굿이 될 것 같습니다. 비록 저의 소소한 한풀이에 불과한 것들이라 치부해도 저에게는 문학 이상의 가치가 담겨있는 저의 혼魂이자 전부이니까요.

어릴 적에는 만화방을 전전하며 남의 글을 접하였습니다. 조금 커서는 방학 때 내려온 서울형들이 던져 주고 간 책들이 저에게는 유일한 선생님이었습니다. 책을 접할 수 없을 때는 신문에 난 칼럼이나, 잡지의 에세이가 저의 길잡이가 되어 주었습니다. 퇴직 이후 이순耳順이 되어서야 스승을 만났습니다. 하서 선생님은 엄격하셨습니다. 시詩, 소설, 산문 어느 장르이든 간에 문학에 대해서는 그 어떤 사잇길도 용납치 않으셨습니다. 고지를 저만치 남겨두고 하산하려는 제자들의 그림자가 어른거린다 한들, 늘 어미 사자와 같은 지엄함으로 새끼들을 독려하셨지요. 용장 밑에 이제 겨우 포졸이 된 듯한 제 글의 문학적 가치는 언감생심입니다. 아울러 늘 함께 공부하고 도와준 평창문예대학 문우 여러분의 격려가 없었다면 오늘 같은 영광이 있었을까 생각합니다. 서울에서 이곳 평창까지 왕복 다섯 시간에 걸쳐 육신의 고통을 이겨내시며 버스 편으로 희망 보따리를 실어 날라주신 최원현 수필가 선생님의 노고를 어찌 그냥 스쳐 갈 수가 있는지요. 수필의 진수를 눈뜨게 해주신 분입니다. 선생님과 문우 여러분께 진심으로 감사드립니다.

감사합니다.

Contents

1

신비스런
인연

2

불혹의
영광

3

세상살이
풍류

Contents

4

흰 구름의
나라

5

긴 겨울
쉼터

나는 오늘 팔불출이 되어 보려고 한다. 비록 바보 소리를 듣더라도
아내를 위한 사부가를 목청껏 한번 불러 보려고 한다.

– 「사부가」 중에서

0

1부

신비스런 인연

어느 선승禪僧의 가르침

－나는 누구인가

오래전 부산 범어사에 인곡이라는 법명을 가진 노스님이 한 분 있었다.

이 스님은 평생을 기도와 수행만 하신 분으로 대중들에게 자신을 전혀 내세우지 않는 존경 받는 선승禪僧이었다. 어느 봄날 사찰에서는 행자 생활을 끝낸 사미들의 수계식이 있었다. 출가하여 처음으로 승복을 입는 사미승들에게는 덕망 높은 큰스님의 법문이 필요했다. 사부대중들은 주지 스님의 법문도 필요하지만, 평생 수행만 해 오신 인곡 스님은 뭐라고 하실까에 대한 궁금증이 더해갔다. 수차례의 간청 끝에 인곡 스님으로부터 허락을 받았다. 절의 큰 행사인 수계식이 열리는 날 많은 대중의 눈과 귀가 모두 인곡 스님을 향했다.

마이크를 잡은 인곡 스님은 수계 받는 사미들을 향해 대뜸 "야 이놈들아 중은 하루에 한 번씩 제 머리를 만져야 한다. 알았느냐, 내 법문 끝났다." 하고선 연단을 내려오는 것이 아닌가. 모처럼 도를 많이 닦은 선승으로부터 수준 높은 법문을 듣고자 했던 사부대중들은 어리둥절한 표정으로 행사를 마치고 인곡 스님의 그 짧고 짧은 법문에 대한 해석에 들어갔다. 그 법문에 엄청나게 심오한 내용이 들어 있다는 결론을 내렸다.

깊은 산중 사찰에서 수년간 행자 생활을 거쳐 승려가 된 젊은 초보 스님이 도시에 볼일을 보러 나왔다가 우연히 불고기집 앞을 지나가게 되었다. 산중에서 무나물 채소만 먹던 그 젊은 스님이 불고기 냄새를 맡았으니 오죽하겠는가. 그럴 때 얼른 제 머리를 만지면서 '나는 중이다, 나는 중이다' 하면서 본분을 알라는 것이었다. 그러다가 또 지나가는 젊고 예쁜 아가씨를 만나게 되면, 이 젊은 스님은 얼굴이 붉어지고 자신도 모르게 심장이 벌러덩거리고 흥분하게 될 때 얼른 또 제 머리를 만지면서 '나는 중이다' 하고 마음속으로 외치면서 빨리 그 자리를 벗어나라는 내용의 법문이라는 것이었다.

승려는 육식을 금하고, 독신으로 평생을 수행과 기도로 살아가야 하는 것은 모두가 알고 있는 사실이니까. 인곡 스님의 한마디가 천 마디의 법문보다 더 큰 뜻을 가지고 있었던 것이다. 평생을 수행자로 살아가야 할 사미승들에게는 부처님의 설법과도 같은 큰스님의 가르침이었다.

작금의 우리 사회에는 자신의 본분을 모르고 살아가는 사람이 너무나 많은 것 같다. 대통령은 대통령의 본분으로, 정치인은 정치인의 본분으로, 군인은 군인의 본분으로, 공무원은 공무원의 본분으로 돌아가야 한다. 가정에서도 가장은 가장의 본분을 다하고, 아내는 아내의 본분을 다할 때 그 가정은 화목하고 행복할 수 있다. 본분을 잃어버린 사람들로 인해 본인은 물론이고 국가와 사회가 불안해지고 가정이 혼란에 빠지는 현실을 볼 때마다, 인곡 스님의 그 짧고 심오한 법문이 더욱더 생각나게 된다.

전 국민에게 존경받아야 할 국가의 지도자가 한 여인과 사사로운 정 때문에 본분을 망각하여 지탄의 대상으로 추락한 현 상황을 뭐라고 평가해야 할지 가슴이 답답하다. 얼마나 많은 국가적 낭비이고 역사의 오점인가. 또한, 비리에 연관된 공직자들이 줄줄이 엮이어 구속되는 뉴스를 볼 때마다 본분을 저버린 사람들의 최후는 불행의 시작이라는 생각을 지울 수가 없다. 한 가장의 일탈로 인해서 무너져 내린 가정의 어린 자녀들은 어떻게 할 것이며, 주변 사람들이 받는 고통은 누가 무엇으로 보상해야 할지 새삼 본분의 무서움을 다시금 느끼게 된다.

내가 현직에 있으며 청문감사관의 보직으로 근무할 때다. 그 당시 경찰관 음주운전이 빈번하게 발생하여 국민으로부터 빈축을 사고 있었다. 연일 신문과 방송에 보도되어 얼굴을 들고 다닐 수가 없을 정도라는 상사들의 질책과 더불어, 반복적인 교양으로 근절하라는 지시를 받았다. 나는 직원들을 상대로 인곡 스님의 법문을 써먹었다. 경찰관은 하루 한 번씩 제 모자를 만지면서 나는 누구인가를 세 번씩 마음속으로 외쳐 보라고 강조했다. 물론 뒤에 있는 내용까지 설명하여 직원들로부터 대체로 긍정적인 호응을 받았다. 그 후 다행스럽게도 내가 근무했던 경찰서에서는 음주운전으로 물의를 빚는 직원이 단 한 명도 발생하지 않았다.

인간은 망각의 동물이다. 혹여 술이라도 한잔 걸치면 더욱 그렇다. 내가 누구인지 뭐 하는 사람인지 몽롱한 의식 속에 본분을 저버릴 때가 있다. 끔찍하고 불행한 결과를 막으려면 평소에 의식을 무장시켜야 한다고 생각한다. 내가 살아가야 하는 길이고 살아온 길이기 때문이다.

88년 서울에서는 올림픽이 개최되고 있었다. 서울로 지원을 나갔었다. 근무처 주변 노점에서 산 당시 전국 불교신도회장 박완일 선생의 설법 테이프 내용에 들어 있는 인곡 스님의 법문 내용이 오늘날까지 나의 삶에 정신적 지주로 굳게 자리매김해 주고 있다. 정말 소중한 인연이 아닐 수 없다.

초산의 고통

　　자칫 아내를 잃을 뻔했다. 지금으로부터 35년 전 시월, 그날따라 하늘은 유난히도 맑고 쾌청한 가을 날씨였다. 그다음 날이 10월 21일 경찰의 날이었으니까 날짜까지 꼬박 기억되는 날이기도 하다. 한데 그 풍성하고 좋은 날 나에겐 잊지 못할 한 편의 드라마가 만들어지고 있었다. 잊으려 해도 도저히 잊을 수가 없는, 참으로 조상님과 천지신명께 감사해야 하는 그런 날이었다고나 할까. 큰일이 날 뻔한 단계를 넘어 첫아이와 함께 아내를 잃을 수도 있었던 아찔했던 날이었으니까 말이다.

　　만삭이었던 아내가 전날부터 배가 살살 아프다고 하면서 몹시 불안해했다. 출산 일이 다가온 것 같다면서 산부인과 전문의가 있는 병원으로 가자고 했다. 마침 부모님이 사는 고향 동네 의원에 용하다는 산부인과 전문의가 있어 그리로 가기로 작정하고 있던 터라, 서둘러 이것저것 옷가지며 산후에 쓸 물건들을 챙겨 놓고 여차하면 택시라도 타고 떠나려는 참이었다.

　　그날 오후에 준비해 두었던 물건들을 싣고 부모님 집에 와서 대기 상태로 하룻밤을 조마조마하게 보내고 있었다. 출산에 경험이 없는 우리를 위해 어머니는 잠도 잊으신 채, 밤새 들락거리며 아내의 동태를 예의주시하고 있었다. 새벽 다섯 시경이 되었을까, 어머니는 빨리 병원으로 가자고 재촉하셨다. 양수가 터졌다는 것이었다. 택시를 타고 허겁지겁 그 유명하다는 산부인과 의사가 있는 의원으로 향했다. 양수가 터지면 아기가 금방 나온다는 어머니 말씀에 흥분과 긴장이 함께 엄습해 왔다. 아, 나도 이젠 한 아이의 아빠가 된다는 건가. 감격과 두려움 그리고 책임감이 어깨를 누르고 있었다.

분만실로 들어간 아내는 고통과 비명으로 오전 시간을 보내고도 출산의 기미가 보이지 않았다. 초산은 원래 힘들다는 말을 들었던 터라 나는 그런 줄로만 알고 병원을 들락거리며 초조한 마음을 가누지 못하고 있었다. 의사 역시 어딘가 모르게 전화를 하면서 긴장된 상태로 아내의 출산에 최선을 다하는 모습이었다. 병원에 진료차 온 많은 환자가 아내 때문에 진료조차 받지 못하고 대기실에서 아내의 출산 소식만을 기다리며 서성거리고 있었다.

오후 세 시경, 아내의 고통스러운 목소리마저 잠잠해진 순간, 다급해진 의사의 행동이 어쩐지 심상치 않아 보였다. 원무과에 와서 어디론가 직통전화로 출산 전공 책자를 펴 놓고 영어를 섞어가며 통화를 하기 시작하였다. 언뜻 보아도 무척이나 다급한 행동이었다. 그때는 우체국의 교환원이 통화할 곳을 연결해 주던 때라서 의사가 거는 직통전화는 도시의 큰 병원으로 바로 연결되는 것 같았다.

나와 같은 성씨를 가져 평소 친하게 지내던 구급차 기사는 그때야 나에게 다가와 귓속말로 산부인과 전문의가 서울로 휴가를 가서 지금 저 의사는 마취과 의사라는 것이었다. 그리고는 지금 태아가 자궁에 걸려 나오지 못하고 있는데, 이 상태로는 원주에 있는 큰 병원으로 이송도 하지 못하는 상태라고 일러 주었다. 이러지도 저러지도 못한 채, 이젠 막다른 골목까지 왔다는 것이었다. 그

순간 아내가 있는 진료실로 산소통이 들어가다 보니 이런저런 상황을 눈치채신 어머니는 병원 바닥에 풀썩 주저앉아 "아이고 이 일을 어쩌나, 내 팔자에 무슨 이런 일이 다 있나." 하시면서 가슴을 치며 통곡에 가까운 소리로 한탄하셨고, 병원에서 서성이던 많은 환자는 자기 일처럼 초조해하면서 웅성거리기 시작했다.

어찌할 방법을 찾지 못해 우왕좌왕하던 나는 급기야 병원 밖으로 뛰쳐나오고 말았다. 무엇에라도 누구에라도 구원받고 싶은 심정이었지만, 무엇을 어떻게 할 방도가 없었다. 하늘을 쳐다보았다. 청명한 가을 하늘이었지만, 얼어붙은 내 마음과 같이 검게 보일 뿐이었다. 순간 나는 어릴 적부터 어머니와 함께 자주 다녔던 백석산 영암사 쪽을 향해, 두 손 모으고 합장한 채로 반야심경을 외우기 시작했다. 막막한 상황을 탈피하고픈 외마디 절규였다.

살아오면서 좌절의 모퉁이에 있었을 때, 늘 의지의 대상은 뜻도 잘 모르는 반야심경이었다. 그걸 외우는 게 지푸라기라도 잡을 수 있는 유일한 탈출구였기 때문이었다. 이것저것 생각할 겨를이 없었다. 오로지 그 길밖에 없었으니까… 아내를 살리고 아이도 살리는 것 외에는 어찌해볼 다른 방법이 없었다.

지나가는 사람을 의식할 필요조차 없었다. 창피한 것 따위도 사치스러움이었다. 아랑곳하지 않았다. 내용도 잘 모르는 불경에 기대는 나약한 인간의 본심을 여지없이 드러내고 말았다. 비몽사몽 얼마가 지났는지 모르고 있던 나에게 한 여인이 다가와 "아기 낳았어요. 빨리 가보세요." 하며 일러준다. 나는 꿈인지 생시인지 허겁지겁 아내가 있는 입원실로 뛰어갔다. 어머니는 "아비야 만세다 만세!"하시면서 두 손을 들고 웃고 있으셨다. 순간 어머니의 눈가에 애타게 흘러내린 눈물 자국이 선명하게 보였다. 옆에는 하얀 보자기에 쌓인 채 머리에 상처를 입은 갓난아기가 울고 있었다. 아들이었다. 나중에 안 사실이지만, 자궁에 걸린 아이의 머리를 '만능흡입분만기'라는 기구로 잡아당겨 겨우 분만했다는 말을 들었다. 그게 마지막 시도였다는 것이었다. 그마저 안 되었다면 우리의 첫아들은 제 엄마와 같이 영영 이 세상에 없었을 거로 생각하니 정말 아찔했다. 갓 난 아들은 머리가 몸통보다 큰 기형처럼 보였지만, 그것은 머리를 너무 잡아당겨서 그러니 차츰 원상태로 돌아간다는 설명을 듣고서야 안심이 되었다.

초주검이 된 의사에게 감사하다는 말을 하고 난 뒤에야 해가 지고 있다는 걸 알 수가 있었다. 무려 열두 시간 만에 낳은 아들이었고, 초산이라고는 하지만 지독한 난산이었다. 평소 말이 없는 아내지만 수십 년이 지난 지금도, 그때의 일을 떠올릴 때마다, 절레절레 머리를 흔들어 댄다. 여자들의 숙명이라고는 하지만 아내들이 겪어야 하는 이 같은 출산의 고통을 남편들은 어찌 다 보상해 주어야 하는지 정답 찾을 길이 없다.

그때 태어난 아들은 장가들어 딸만 둘을 둔 아빠로 건실하게 사회생활을 하고 있다.

인생무상

바로 밑에 동생이 죽음을 선택했다. 수년 전에…. 나는 동생의 죽음을 떠올리고 싶지 않아 늘 수년 전이라는 표현을 쓰곤 한다. 정말 아까운 나이인 쉰다섯의 나이로 세상을 등지고 말았다. 나는 너무도 억울하고 분해서 여태까지도 그 동생을 생각하면 목에 핏줄이 곤두서곤 한다. 자다가도 벌떡 일어나면 잠조차도 달아나 버리고, 마음의 병이 생긴 것처럼 늘 가슴 한쪽이 허전하고 텅 비어 있는 것 같다.

금쪽같이 생각하던 부모님 슬하의 오 형제였다. 하나를 잃고 나니 돌아가신 부모님 영전에 설 면목조차 사라지고 말았다. 좋은 놈이 먼저 간다더니 그 말에 일리가 있다는 생각이 들었다. 참으로 착하고 성실했던 동생이었다. 낮과 밤을 바꾸어 가면서 열심히 일하고 노력했다. 악착같이 벌어서 돈도 꽤 모아 그 도시에서는 알아주는, 평수가 제법 나가는 아파트도 사 놓았고 아들딸 잘 키워서 유학까지 보냈었다.

남부러울 거라고는 하나도 없는 동생이 죽음을 선택한 건 순전히 부부간의 문제였다. 교양이나 행동 모두가 완벽한 제수씨와의 갈등은 동생이 딴 여자가 생겼다는 것이었다. 전에 살던 도시에서 사귀던 여자를 몇 년째 계속해서 만나 밥도 사주고 옷도 사주면서 내연 관계를 유지했다는 것이 제수씨의 강변이었다.

중학교에 다닐 때였다. 향학열을 높이고자 했던 교장 선생님의 지시로 성적순으로 책상 배열을 했었다. 공부에 소홀했는지 아니면 머리가 조금 나빴는지는 몰라도 동생은 늘 맨 뒷좌석에 앉아 있었다. 선생님과 칠판이 멀어지니 앞좌석으로 전진 배치는 늘 요원한 과제였다. 속은 상했지만 그래도 내 동생이 아닌가. 학교에서 열등생이 사회에서 우등생이라는 말처럼, 고등학교를 마친 동생은 사회생활에서는 늘 우등생이었다. 모든 사람으로부터 칭송을 받았다. 청과물 장사를 하면서 거의 독점을 하다시피 했다. 매일 밤 새벽 2시면 어김없이 차를 몰고 한 시간 반이나 떨어져 있는 제천으로 가서 싱싱한 채소들을 사다 팔았다. 남을 속일 줄도 몰랐고, 욕먹을 짓은 하기조차 싫어했던 성품이었다. 성격 좋고 성품 또한 좋으니 모든 사람이 좋아했다. 십 년간 번 돈으로 요지에 땅도 사 놓았고 도시로 이주했다.

요조숙녀 같은 성격의 제수씨는 친정집 맏딸로 성격이 대쪽같이 강하고 빈틈이 없었다. 남편의 외도는 도저히 보아 넘길 수 없는 성격이었으므로 대화조차 거부했고, 모든 재산을 자기 앞으로 돌려놓고 법적인 조치까지 마무리 지었다. 남편의 휴대폰마저 빼앗고 종업원보다 못한 신분으로 전락시키고 말았다. 아이들도 제 엄마 말만 들었다. 아빠의 마지막 대화 시도조차도 응하지 않고 바람피우다 들킨 형편없는 아빠 정도로만 생각했던 것 같았다. 그러다 보니 그전처럼 다시 화목해질 거라는 안일함에서 벗어나지 못하였고, 그래서 평생 씻을 수 없는 후회를 해본들 이미 요단강을 건너간 아빠는 다시 돌아올 수 없었다. 모든 게 운명이겠지만 한순간의 방심으로 아비 없는 아이들로 전락되고 만 것이다.

어릴 때 집에는 곰이라는 이름을 가진 제법 큰 개가 있었다. 털이 북실하고 동생이 특별나게 좋아했던 개였다. 부모님은 개가 너무 커서 팔아야겠다고 했다. 동생은 안 된다고 항변을 했지만, 학교에 간 사이 그만 그 개를 개장수한테 팔고 말았다. 학교에서 돌아와 이 사실을 안 동생은 울면서 사랑방에 들어가 사흘 동안 밥도 안 먹고 학교마저도 가기를 거부했다. 그때 어머니는 동생 보고 고집스럽지만 심성이 착하고 정말 정도 많은 놈이라면서, 커서 잘 살 거라고 하셨다.

전부터 그 여자와의 관계를 알고 있던 나는, 정 없고 딱딱한 제수씨를 만나 살다 보니 잠시나마 밖으로 눈을 돌린 것이 아닌가 하는 생각이 들었다. 밀려드는 외로움을 달래기 위해 다른 여인과 밥도 먹고 술도 마시며 적적한 심경을 풀어내려 했던 것인데, 제수씨에겐 그것이 용납되지 않았다. 따지고 보면 남편을 섬기고 사는 아내 된 도리를 제수씨는 다했다고도 볼 수 없는 상황이었다. 늘어가면서 남자들은 뭔가 모르게 허전할 때가 있다. 전에 없이 슬픈 장면이 나오면 나도 모르게 눈물이 나곤 한다. 그런 남자들을 보듬어 줄 사람은 뭐니 뭐니 해도 하나밖에 없는 아내라고 생각한다. 남자들이 밖으로 겉돌지 않도록 아내들은 아내들대로 세심한 배려가 있어야 할 것이다.

가정의 평화를 지키는 건 남자만의 몫은 아니지 않은가. 혼자 살아갈 팔자라고 치부해 버리면 할 수 없겠지만, 불가佛家에서는 일생일대 한 번 만난 것도 칠천 영겁의 인연이라고 했다.

오로지 앞만 보고 열심히 살아온 죄밖에 없다는 우리 제수씨, 설마 남편이 죽기야 하겠냐고 생각했겠지만 수개월 동안 이어진 허전함과 외로움에 시달리던 남편은 끝내 마지막 길을 죽음으로 마감했다.

모든 게 과하면 탈 나고 강하면 부러지는 법이다. 그러나 그만한 일로 죽음을 택한 동생을 두둔할 생각은 조금도 없다. 개똥밭에서 굴러도 이승이 낫다고 하지 않던가. 너무도 완벽한 삶을 추구했던 동생, 못된 놈 소리를 듣더라도 전화라도 한번 했었더라면 덜 원통하고 분하지나 않았을 텐데, 형제들 가슴에 못질을 하고 가다니. 인생이 참으로 무상함을 느낀다. "부디 저승에서나마 마음에 드는 여자를 만나서 못다 한 행복 나누길 바란다. 모든 게 제행무상 아니던가." 동생을 보낸 허무한 마음을 허공에다 대고 가끔 이렇게 되뇌이고 있을 뿐이다.

인간만사 새옹지마

눈보라가 몰아치는 겨울밤이다. 이젠 제법 제철다운 매운맛을 보여줄 심산인가. 기온이 두 자리 숫자로 곤두박질칠 거라는 뉴스가 한파 특보라는 거창한 제목을 달고 특종인 양 알려댄다. 최순실 게이트로 나라 전체가 뒤숭숭하다. 장사고 뭐고 되는 게 아무것도 없다고 아우성이고, 돈 가진 사람들마저 운신의 폭을 줄이고 있으니 내수 경기가 말이 아니라는 보도가 주를 이룬다. 불안한 정국에 날씨마저 냉랭하니 밖에 나가 어정대기가 싫다는 말인가.

쓰고 싶어도 없어서 못 쓰는 사람이 있는 반면, 불안한 정국 속에 몸을 사리고 있는 가진 자들의 소비 심리가 살아나지 않으니, 경기가 좋아진다는 것은 언감생심이다.

봄날같이 포근한 정국이 되었으면 좋겠다는 상념에 젖어본다. 태평성대는 아닐지라도 국민이 편안하게 살아갈 수 있는 그런 나라는 진정 만들 수 없는 것인지, 정치하는 사람들에게 절실하게 바랄 뿐이다. 참으로 애절한 국민들의 간절한 소망이다.

이곳 평창의 금당계곡은 겨울 추위로 유명한 곳이다. 강원도 영서 지방에 속해 있지만, 한여름 밤 비실거리는 모기를 보고서야 차가운 공기가 더위를 움켜쥐고 있다는 걸 감지한다. 조석으로 상큼한 공기가 콧등을 시큼하게 때려준다. 온갖 잡념으로 오염된 정신조차 맑아지고 체내의 나쁜 세포가 바람처럼 배출된다. 자연이 주는 맑음의 보너스다. 유수와 같은 세월은 어느덧 인생의 사반세기를 계곡 속에 보내게 했다. 결코 짧지 않은 15년의 세월이 금당의 자연에 발목이 잡혔다.

계곡의 밤은 금방 어둠으로 변한다. 저녁밥을 먹고 나도 시간은 초저녁에 머물러 있다. 자연히 인터넷을 켜놓고 바깥 세상일과 마주할 수밖에 없다. 그 소식이 그 소식이고 그 뉴스가 그 뉴스인지라 싫증난 마음에 우두커니 앉아서 나의 삶을 뒤돌아보는 시간을 한번 가져봤다. 중년의 궁싯거리겠지만 성찰의 과정이 될 수도 있다는 생각이 들었다.

나는 참으로 운이 좋은 놈이다. 감사함으로 충만된 삶을 살아가고 있으니까 말이다. 젊어서 고생은 돈 주고도 못 산다는 속담이 나의 인생 여정과 아주 잘 맞아 떨어진 명언이라고 스스로 생각한다. 정말 젊어서는 고생을 많이 했다. 맞벌이로 시간 가는 줄 모르고 뛰고 또 뛰었다. 여행이나 외식이라는 말은 사치와 호사스러움으로 치부하며 시도조차 하지 못했던 짠돌이에 무책임한 가장이었다.

오로지 앞만 보고 살아가는 동안 세월은 흐르고 흘러, 강산이 세 번이나 바뀌었다. 어느덧 우리에게도 퇴직이라는 종착역이 눈앞에 다가왔다. 그새 나이는 이순에 가까워졌고, 아내의 그 검던 머리도 희끗희끗해지기 시작했다. 감사하게도 아들과 딸은 부모의 도움도 없이 스스로 선택한 삶에 최선을 다하고 있다. 부모의 삶에 길들었는가. 우리가 살아왔던 방식대로 맞벌이와 절약으로 제 앞가림을 다하고 있으니까 말이다. 대견한 생각에 잠자리가 편하다. 어느새 손녀만 넷에 초등학생이 둘이나 된다.

심장병으로 약을 먹긴 해도 늘 조심하며 지낸다. 일병 장수요 무병 단명이라 했거늘, 한 가지 병이 건강을 지키게 해주는 꼴이다. 좋아하던 등산을 못 한다는 게 지장이라면 지장이랄까. 자신감 없는 건강이지만 그렇다고 무턱대고 골골하면서 티 내지 않으려고 애쓴다. 무덤덤하게 살려고도 무척이나 신경 쓴다. 또한, 말 많은 동네에서 모난 돌이 되지 않으려고 부단히 노력한다. 괜스레 징을 맞고 싶지 않기 때문이다. 손님들과 함께하는 전원생활마저도 남들에게는 부러움의 대상이 되는가 보다. 친구들은 나를 보고 늦팔자가 좋은 친구라고 마냥 띄워준다. 1% 인생이라고 하면서 기분을 북돋아 준다. 좋은 뜻으로 하는 소리라 기분이 한껏 고무된다.

주위의 많은 친구 하나하나가 따지고 보면 고민과 걱정으로 살아가고 있다. 아직까지도 자녀를 출가시키지 못해 고민하는 친구가 있는가 하면, 서른이 훌쩍 넘은 애가 직장을 구하지 못해 전전긍긍하는 친구가 있고, 생활이 어려운 친구들 또한 적지 않다. 이따금 모이면 밥값은 내가 내려고 노력한다.

돈 많은 재벌이 하나도 부럽지 않은 것은 살아남으려고 노력하는 그들의 치열함이 안쓰럽게 느껴지며, 경영의 불안 속에 늘 고민과 함께 살아갈 그네들보다 비록 백수의 몸이지만 속 썩는 일이 없는 나는 자연의 친구이기 때문이다. 권력 또한 부럽지 않다. 언젠가는 내려놓게 되는 권력, 인정받지 못하는 권력의 세계는 언제나 아귀다툼의 연속일 수밖에 없다. 내 삶 속에 하수 개념으로 늘 자리 잡고 있다.

아무것도 부러울 것이 없는 나도 사실 따지고 보면 하루 두 끼밖에 먹지 못한다. 건강 때문이다. 과체중이며 비만한 나는 늘 먹는 것을 조절하며 일정량의 열량으로 몸무게를 유지해야 하기 때문이다. 가끔 흰쌀 고봉밥에 삼겹살 구위 김치에 싸서 배불리 먹고 싶을 때가 있다. 하지만 그다음에 다가오는 육체적 부작용은 마음까지 황폐화하고 정신마저 우울하게 만든다.

이따금 모든 인류에게 공평이라는 삶의 열쇠를 쥐여준 조물주의 신비스러움에 경탄하곤 한다. 공평한 삶은 모든 인류가 바라는 보편타당한 가치가 아니던가. 팔자 좋다는 평을 받는 나도 하루 두 끼밖에 먹지 못하는 그저 그런 사람일 뿐이다. 내일 아침에도 희멀건 주스 한잔으로 한나절을 보내야 한다. 인간만사 새옹지마, 틀림없는 말이다.

세 끝을 조심해라

       남자들 살기가 참으로 힘든 세상이다. 자칫하면 벼랑 끝에 몰려 나락으로 떨어져 인생 망치기가 딱 좋은 세상이 되었다는 것이다. 비교적 나이 든 우리 같은 세대도 의식의 변화 없이, 소위 옛날식으로 대충 살다간 패가망 신의 지름길이 고속도로처럼 활짝 열려 있는 꼴이 된다. 일순간 신세를 망치는 험난한 일상이 산속 토끼 옹로처럼 놓여 남성들의 실수를 기다리고 있다.

  몇 년 전 국내 모 골프장에서 일어난 일로 한동안 떠들썩했던 적이 있다. 다 선 국회의원에 입법부의 수장인 국회의장까지 지낸 분이 캐디 아가씨에게 저 질렀던 성 추문 사건이다. 인품으로 치자면 그만한 인물이 있는가. 나이도 70 대 중반으로 법무부 장관까지 지낸 분이 아니었던가. 본인은 태연한 마음에 우습찮게 생각한 게 화근이었다. 손끝 하나로 저지른 일이 남은 인생을 망치 는 꼴이 되고 말았다. 연일 신문과 방송에 오르내리고 피의자로 입건되는 수 모까지 감내해야 했으니 이런 창피가 어디에 있으며, 평소 장난 삼아 그랬을 거라 해도 그것은 어디까지나 호랑이 담배 피우던 시절이면 모를까 요즘은 어 림없는 일이다.

필자가 젊은 시절, 그러니까 70~80년대쯤으로 기억된다. 농촌의 읍·면 단위 시골에도 여러 개의 다방과 술집이 있었고, 젊고 잘생긴 종업원 아가씨들도 여러 명씩 있었다. 소위 티켓이라고 하는 시간당 요금을 주면 그 아가씨들을 불러 함께 술도 마시고 춤도 추면서 마음껏 즐기던 그런 시절이었다. 저녁 식탁에선 으레 농익은 농담이 오간다. 성과 관련된 이야기는 다반사요, 음담이니 유머니 하면서 모두 다 웃어넘기는 게 일상처럼 통용되었고 누구도 문제 삼지 않았다. 문제로 삼는 게 더 이상한 일로 보였을지도 모른다. 더욱 가관인 것은, 소위 2차라고 하는 술집에 가서는 술에 취한 만큼 더욱 진한 풍경이 연출된다. 아가씨를 안고 만지면서 더듬는 일이 비일비재하게 벌어진다.

알량한 돈 몇 푼에 아가씨를 자기 소유물로 믿었던 전근대적인 시대의 한 풍경이었는지 모른다. 주인은 아가씨들에게 복종과 희생을 강요했고, 정신적인 모멸감과 수치심은 오로지 그 여성들만이 떠안아야 했던 운명이자, 상처만 남긴 못된 유산이었다.

세월은 참 많이 변했다. 국민 의식이 바뀌면서 남녀가 평등한 시대가 되었다. 남존여비니 여필종부니 하는 소리는 옛날의 단어일 뿐. 얼마 전 유명 문학인의 성 관련 의혹 역시 수십 년간 쌓아 올린 문학적 업적이 하루아침에 허물어지는 가슴 아픈 일이 아닐 수 없다.

이따금 출가한 아들과 사위가 손녀들을 데리고 다녀갈 때가 있다. 늘 걔들한테 해주는 말이 있다. 세 끝을 조심하라는 말이다. 처음에는 영문을 몰라 어리둥절하던 애들도 이젠 웃으며 받아들인다. 첫째는 혀끝이다. 말을 조심해서 해야 한다. 특히 성과 관련된 말을 잘못하면 성희롱이 된다. 동료들이나 회사에서 알게 되면 자칫 해고감이 되고, 생활 전선에서 낙오자로 전락한다. 입은 화를 부르는 문이요 혀는 몸을 베는 칼이라고 했다. 둘째는 손끝이다. 손을 잘못 놀려서 상관없는 여자들에게 피해를 주면 그게 바로 성추행이다. 일순간 범죄자가 되면서 전자 발찌를 차게 될지도 모른다. 셋째는 "다 알지!", 그것을 조심해야 한다. 그것을 잘못 놀리면 성폭행범으로 감옥으로 가게 된다. 패가망신한다는 말이다.

참으로 남자들이 올바르게 처신해야 하는 시대가 온 것 같다. 어릴 적부터 가르치고 관념으로 자리 잡도록 반복적인 학습이 필요하다고 생각한다. 매스미디어가 판치는 세상, 땅덩어리는 작고 사람은 북적대는 대한민국. 자고 일어나면 온갖 사건 사고가 TV 화면을 가득 채운다. 살펴보면 대개의 경우에 의식을 몽롱하게 만드는 술 때문에 많은 남자가 실수한 것으로 보인다. 안타까운 세상이다. 아들을 둘을 두면 '목메달', 셋을 두면 '거꾸로 매달려 목메달'이라는 우스갯소리가 있다. 아들 키우기 힘든 세상이라는 풍자라고나 할까.

내 아들이든 남의 아들이든 나라 안에서는 산업 일꾼이다. 한 가정의 가장이고, 사랑하는 애들의 아빠이다. 한 번의 실수로 돌이킬 수 없는 결과를 낳는다면 본인은 물론 가족과 친지들에게까지 죽기보다 더한 고통을 안기게 된다. 오늘의 남성들이 건전하고 밝은 세상을 살아가도록 사회의식이 바뀌고 문화가 달라져야 한다. 그래야만 행복한 가정, 건전한 사회, 그리고 안정된 노후를 보장받을 수 있을 테니까 말이다.

사모곡

내 어머니는 강원도의 심심산골인 대화면 신리 '할미 골'이라는 마을에서 태어나셨다. 할미 골은 큰 소나무들로 둘러싸여 있는, 그러면서도 산세가 수려하고 인심 좋기로 유명한, 전형적인 강원도의 산골 마을이었다.

위로 오빠 한 분과 밑으로는 남동생만 여섯을 둔 둘째로 집안의 고명딸이셨다. 일곱 살 때부터 동생들 업어 키우느라 그때부터 팔자가 사나웠노라고, 입버릇처럼 말씀하셨다. 그러나 안동 권씨 35대 후손으로 양반집이라는 자부심은 늘 대단하셨다.

열여덟 살에 당시 운전사라는 말만 듣고 작은 키에 열정이 넘치시던 아버지와 결혼하셨다. 어렵고 암울했던 그 시절, 기근과 굶주림을 참아가며 힘든 농사일도 마다치 않으시고 억척같이 살아오시면서 우리 일곱 남매를 낳아 키우셨다. 그리하여 평창에서도 기름지다는 안미 뜰에 무려 논 백여 마지기를 마련하면서 제법 잘사는 집안이 되었다.

생활이 비교적 윤택해지고 남들이 먹기 힘든 쌀밥도 먹게 되었던 시절, 면내面內에서 부자 소리를 들을 때였다. 가을 거두미 때 보면 볏가리가 지붕을 넘어

갔을 정도였으니까. 젊은 시절 자동차 조수를 했던 경험이 있던 아버지는 급기야 중고 화물차를 사들여 운수업에 손을 대기 시작했다. 당시 비포장 굽은 길에 보험도 없던 시절, 고장 나면 논밭을 팔아 고쳐야만 했다. 60년대 초등학교에 다니던 시절이었다. 그 결과는 10년 만에 그 많았던 논, 밭 모두 팔아치우고 우리 집의 살림살이는 또다시 궁핍해지기 시작하였다. 고등학교 시절엔 교납금을 내지 못해 집으로 돌아가야만 했던 서글픈 시절도 겪어야만 했다.

그때 작은형과 함께 깊은 산에 가서 나무를 해다 팔아보기도 했으며, 겨울밤에는 이 골목 저 골목을 다니면서 찹쌀떡을 팔기도 했다. 망하고 남은 얼마간의 재산을 털어 차린 구멍가게는 자본이 적어 텅 비어가고, 어머니는 새벽에 일어나 식당을 전전하면서 음식 찌꺼기를 모아 돼지를 키우기 시작하셨다. 돼지가 새끼라도 낳을라치면 밤새 돼지우리에서 모기에 뜯기며 뒷바라지하기에 날밤을 새우시고, 그렇게 해서 모은 돈으로 우리들 학자금과 빚을 갚곤 했다. 어렵게 보낸 어린 시절 덕분으로 우리 칠 남매는 모두 자수성가하였고, 자기가 맡은 분야에서 나름대로 잘 살아왔다. 고생고생 끝에 제법 살 만하게 되어, 아이들도 대학을 나와 어느덧 며느리와 사위, 손주도 볼 중년의 자식들로 성장했다.

어머니는 언제 그런 시절이 있었느냐는 듯, 하얀 머리에 고운 피부를 가진 멋진 할머니가 되셨다. 젊은 시절 우리를 키우시느라 온갖 고생 끝에 다리는 휘어지고, 비록 지팡이 신세를 지는 여든다섯 살의 노인이셨지만 총기가 좋으셔서 이따금 경로당의 고스톱 판을 휩쓸곤 했다. 딴 돈을 모두 돌려주고 오시면서 그 뿌듯함을 저녁상의 반찬거리처럼 자랑하실 땐, 보살의 표정을 지으시며 흐뭇해하시던 어머니. 어머니의 그때 그 인자한 표정을 잊을 수가 없다.

어머니는 오래전부터 새벽에 일어나면 목욕 재개하곤 불경을 외우는 습관이 있으셨다. 수십 년간 내려온 기도로 천수경은 물론 그 어렵다는 금강경도 술술 외우시는 모습을 볼 적마다 우리는 저절로 경탄할 수밖에 없었다. 당시 학교에는 문턱에도 가보지 못한 어머니께서 스스로 깨우치신 것이었으니까. 어머니의 기도는 칠 남매 모두가 잘 되라는 기도였다. 절에 가면 그 아픈 다리를 이끌고 수백 배의 절도 하시고, 남들이 놀랄 정도의 신심信心을 지니신 보살이었다. 어머니가 돌아가시면 아마도 몸에서 사리舍利가 나올 것이라는 이야기를 들을 정도였으니까. 우리 집안이 잘되는 건 순전히 어머니의 기도 덕분이라는 말이 동네 사람들의 입소문으로 이웃 동네까지 퍼지곤 했다.

몇 년 전 6월 새벽 여섯 시경, 하늘 같으신 어머님이 우리 곁을 영원히 떠나셨다. 독경 소리를 뒤로하시곤 불경 책을 손에 꼭 쥐신 채 다시는 돌아오지 못할 저세상으로 돌아가신 것이다. 평소 "너희들 고생시키지 않게 자다가 그만 슬그머니 죽어야 하는데…."라며 입버릇처럼 말씀하셨는데, 정말 단 한마디 말씀도 없이 그렇게 가시고야 말았다.

하염없는 눈물과 통곡의 소리를 뒤로한 채 모실 때 잘해 드리지 못한 죄책감에 눈시울이 붉어졌다. 어머니가 돌아가시고 그 허전하고 애잔한 마음속엔 지켜야 할 규칙이 하나 생겼다. 그것은 매주 어김없이 어머니 산소를 찾아뵙는 일이다. 그때마다 내 손에는 보잘것없는 작은 카세트 전축이 들려 있다. 산소 옆에 놓고 생전 어머니가 그렇게도 우리를 위해서 외우시던 불경을 틀어드린다.

"아제아제바라아제 바라승아제 모지 사바하…."

생전에 그렇게 못했던 이 불효자가 돌아가신 어머니에게 용서를 비는 속죄의 마음으로 들려드리는 작은 정성일 뿐이다. 어제도 어머니 산소에 다녀왔다.

어머니의 생전 불경 소리가 귓전을 스치는 것 같았다. 살아생전 못해드린 불효, 백번인들 뉘우쳐봐야 무슨 소용이 있겠는가. 어머니의 간절한 기도를 이젠 누가 대신해 주겠는가. 모두가 공空으로 돌아간다는 부처님의 말씀이 위안으로 들려올 뿐, 가신 어머님은 진정 다시 볼 수 없는 분이 되셨다. 어머님, 부디 극락왕생하시옵소서.

사부가 思婦歌

　　나는 오늘 팔불출이 되어 보려고 한다. 못나도 한참 못나고 모자라도 한참 모자라는 그런 사람이 되어, 조롱거리와 웃음거리의 주인공이 되고자 한다. 아니 저 사람, 그렇게 자존심 강한 사람이 어쩌다가 저 지경이 되었나 하고 수군거린다 해도 기꺼이 받아들이는 덜떨어진 사람이 한번 되어 보겠다는 것이다. 비록 바보 소리를 듣더라도 아내를 위한 사부가를 목청껏 한번 불러 보려고 한다.

　내 아내는 다소 보수적이고 인자한 부모님을 둔 단란하고 화목한 집안에서 태어나 비교적 여유로운 어린 시절을 보냈다. 기독교를 신봉하는 집안으로 교회를 다니며 학창 시절을 보낸 아내는 읍내에 집성촌으로 이루어진 해주 오씨 吳氏 집안의 막내딸이었다.

　아버님은 장손으로 면장도 역임하신 집안 어른이셨다. 그런 집안의 육 남매 중 막내로 자랐으니 온갖 사랑을 다 받고 자라난 셈이었다. 학교를 마치고 직장 생활을 하던 중 집요한 나의 꼬드김으로 스물두 살 어린 나이에 나와 연을 맺게 되었다. 해병대 출신에 열정으로 똘똘 뭉쳤던 총각 경찰관의 맹렬한 대시에 그만 무너지고 말았다는 것이 적절한 표현이랄까.

사위될 놈이 이목구비가 반듯하고 건강하며 직장도 그럭저럭 괜찮은 편이라 밥 굶기지는 않을 거라는 장인어른의 각별한 배려로, 귀한 집 막내딸을 아내로 맞을 수가 있었다. 위로 총각인 오빠 둘을 제치고 먼저 결혼하게 되었으니, 초과해도 한참 하였다. 나도 어지간히 급하긴 급했던 모양이었다. 지레 넘지 못할 선을 넘어 임신 5개월이 되었다. 어머님은 태몽이 비범하다면서 절대 아이를 떼면 안 된다고 난리를 치셨다. 처가의 반대에도 불구하고 어렵사리 아내를 달래서 급히 날을 잡아 온갖 우여곡절 끝에 결혼식을 치러야만 했다.

신혼여행을 하고 온 후 결혼 예물 반지를 팔아 단칸방 사글세를 내야 하는 신혼 생활의 시작은 어렵고 힘들었다. 당시 어렵던 시절 부모님에게 기댈 형편이 전혀 못 되었고, 준비되지 않은 결혼이라 가진 돈도 별로 없었다. 맞벌이하다 보니 자정이 거의 되어서야 잠자리에 들 수밖에 없었다. 아이 둘을 낳아 키우면서 연탄불에 덥힌 물로 아이들 목욕시키고 빨래하는 등 퇴근 이후에도 늘 바쁜 일상이 아내의 손길을 기다리고 있었다. 모든 것을 손으로 빨고 닦았던 그 무렵엔 세탁기도 없었다.

아내는 읍사무소 직원이었고, 나는 당시 사건 현장을 바삐 누비고 다니던 강력계 형사였다. 사건을 핑계로 집사람을 도와줄 틈도 없었다. 며칠씩 집에 못 들어가는 날도 비일비재했지만, 아내는 불평 한 번 없었다. 내 남편이 이 세상에서 제일 보람된 일을 하는 사람으로 여기는 모양이었다. 세월이 흐르면서 바른말도 곧잘 하고 이따금 화도 내곤 하지만, 그때는 참으로 바가지 한 번 긁을 줄도 모르는 지극히 착하고 순진한 아내였다.

그럭저럭 열심히 살아가는 도중 고령의 아버님이 그만 뇌졸중으로 쓰러지고 말았다. 오 형제 중 셋째인 우리가 어쩔 수 없이 부모님을 모실 수밖에 없는 처지가 되었다. 부모님이 살고 계신 동네로 이사하고, 그때부터 집사람에겐 아버님 대소변까지 맡아서 시중해야 하는 일인삼역의 힘겨운 시집살이가 시작된 것이다. 귀한 집 막내딸이 유씨 집안의 맏며느리로 신분이 바뀌었지만, 그것은 한없이 고달프고 힘든 고역의 시집살이일 수밖에 없었다. 모든 게 마치 효부를 만들어 내기 위해 전개되는 각본 없는 드라마처럼 느껴졌다. 이듬해 피로가 겹치고 지쳐가던 아내가 급기야 쓰러지고 말았다. 과로에 의한 급성간염이었다. 어린 남매를 어머님께 맡겨 놓고 도시에 있는 큰 병원에 입원해야만 했다. 아마도 한 달간의 그때가 우리 인생에서 가장 큰 인내가 필요했던 시기였지 않았나 싶다.

아내는 15년 동안 극진하게 아버님을 모셨다는 공로로 많은 분으로부터 효부상을 받았다. 노인회장님을 비롯해 군수님, 향교의 전교님, 경찰청장님 등등 여러 분들이 격려해 주시고 칭찬해 주셨다. 정신조차 희미하셨던 아버님도 돌아가시기 이틀 전 집사람을 보고 "아가야 고맙다." 하시면서 그동안의 고생을 딱 한마디로 보답해 주시곤 편안하게 눈을 감으셨다. 수명을 다하신 여든다섯에 아버님은 당신의 셋째 며느리를 효부로 만들어 놓고 저세상으로 돌아가신 것이다. 비록 육신은 병마로 고달프셨지만, 그 어떤 높은 자리보다 값진 인생을 살게 해준 아버님이셨다.

삼십 년을 훌쩍 넘긴 지금 아이들도 모두 출가하고 어머님마저 돌아가셨다. 우리 부부도 이젠 제법 이마에 주름살이 늘어 가는 중늙은이가 되었고, 곱디고왔던 아내는 어느새 손녀만 넷을 둔 할머니가 되었다. 지금은 바깥일을 접고 강원도 산골마을 금당계곡에서 자연을 벗 삼아 펜션과 농사일에 몰두하고 있다. 한 권의 책을 써도 모자랄 우리 부부의 지나간 추억들을 한 편의 긴 이야깃거리로 기록하여 진솔한 인생의 역사로 매듭짓는 것이 우리의 작고 소탈한 마지막 소망이다. 비록 서툰 농사꾼이라 하더라도 삭막한 산골의 길잡이 같은 이웃이 되려고도 한다. 중년의 아름다움을 소담스럽게 이어갈 채비를 하면서 이 미련한 삼식이를 축나지 않도록 잘 챙겨주며 살아온 아내에게 늘 감사한 마음을 간직하며 살려고 한다. 평소 사랑한다는 말 한마디 못했던 내가 오늘은 진짜 바보가 되어 보련다.

　"여보! 사랑해요!"

무재칠시無材七施

어떤 사람이 석가모니 부처님을 찾아가 호소했다. 묻기를 "저는 하는 일마다 제대로 되는 일이 없으니 이것은 무슨 연유입니까?" "그것은 네가 남에게 베풀지 않았기 때문이니라." 다시 묻기를 "저는 아무것도 가진 게 없는데, 남에게 무엇을 베풀 수가 있단 말입니까?" 다시 또 답하기를 "그렇지 않으니라. 재산이 없더라도 줄 수 있는 일곱 가지는 있는 것이다."

이것이 바로 잡보장경雜寶藏經이라는 불경에 나오는 무재칠시이다. 즉 가진 게 없는無材 사람이라고 해도, 누구라도 남에게 베풀 수 있는 일곱 가지七施는 가지고 있다는 교훈이다.

첫째, 안시眼施 –부드럽고 편안한 눈빛으로 사람을 대하는 것으로 눈으로 하는 보시. 둘째, 화안시和顔施 –온화하고 미소 띤 얼굴로 사람들을 대하는 것으로 얼굴로 하는 보시. 셋째, 언시言施 –아름답고 자상한 말로 사람들을 대하는 것으로 입(말)으로 하는 보시. 예를 들면 사랑의 말, 칭찬의 말, 위로의 말, 격려의 말, 양보의 말, 부드러운 말 등. 넷째, 신시身施 –예의 바르고 친절한 몸가짐으로 사람들을 대하는 것으로 몸으로 하는 보시. 예를 들면 남의 무거운 짐을 들어

주거나 힘든 일을 대신하는 것 등. 다섯째, 심시心施 –착하고 어진 마음을 가지고 사람을 대하는 것으로 마음으로 하는 보시. 심시는 삼업 가운데 심업과 관련이 있는 보시. 여섯째, 상좌시床座施 –다른 사람에게 자리를 양보하는 것으로 자신의 자리를 양보하는 보시. 예를 들면 전철이나 버스를 탔을 때 노약자들과 지치고 힘든 사람들에게 자리를 양보하는 것 등. 일곱째, 방사시房舍施 또는 찰시察施 –잠잘 곳이 없는 사람에게 방을 내어주어 재워 주는 것으로 다른 사람을 미리 살펴 배려하는 보시.

베풀 때 유념해야 할 점은 그런 일을 할 때의 마음가짐이다. 남에게 베푼다는 것에 대해 뻐김이 없어야 하고, 다른 사람과 베푸는 일을 경쟁하듯 해서도 안 되며, 베푼 뒤에 어떤 대가나 사례를 바라지 않아야 한다. 그것이었다.

또한, 불교에는 삼업三業이 있다. 삼업이란 몸으로 짓는 업이라고 하여 신업身業이 있고, 입으로 짓는 업이라고 하여 구업口業이 있으며, 마음으로 짓는 업이라고 하여 심업心業이 있다. 신업으로 짓는 죄는, 첫째는 살생, 둘째는 도둑질, 셋째는 간음이다. 구업의 죄는, 첫째로 거짓말, 둘째는 이치에 맞지 않는 궤변 즉 발림 말, 셋째는 이간질이며 넷째로는 나쁜 말(욕설이나 험담)이다. 마지막으로 심업의 죄는, 첫째는 욕심내는 것, 둘째는 성질내는 것, 셋째는 어리석음이다.

이것을 통틀어 십악十惡이라고 하였으며, 오늘날 개신교에서 말하는 십계명과도 무려 다섯 가지나 일맥상통한다. 2,500여 년 전 석가모니가 깨달음을 통해서 인간들에게 설파한 계율이 오늘날에도 보석같이 존재하며 섬겨지고 있으니, 인류의 성인 반열에 들었던들 그 누구도 이의를 제기하지 못하였다.

우리는 마음만 먹으면 얼마든지 세상을 아름답게 만들 수 있다는 사실을 일깨워주는 가르침으로, 늘 마음에 새기고 실행해야 할 부처님의 소중한 설법이다.

위와 같은 죄를 지은 다음에 받는 그 업을 용서받으려면 반드시 참회하고 복업을 지어야 하는 게 당연한 도리이다. 복업이란 특별한 것도 아니다. 그저 남을 위해 선행을 하는 것이다. 그런데 사람들은 자신이 지은 죄는 생각지 아니하고 무조건 복을 달라고 보챈다. 일 년 내내 죄만 짓다가 이따금 절에 한두 번 와서 불전 몇 푼 놓고 복을 달란다. 이런 걸 일컬어 기복신앙이라고 한다. 복을 받기는커녕 오히려 벌만 받지 않을까 우려되는 행위다.

모든 종교인은 자신이 기복신앙의 대상은 아닌지 가슴 깊이 새겨서 올바른 종교 생활을 해야 할 것이다. 잔액 없는 빈 통장에 예금하듯이 위에 열거한 무재칠시를 통하거나, 아니면 능력에 맞는 범위 안에서 마음에서 우러나오는 진실한 베풂의 삶으로 전환해야 한다. 보시하는 마음과 실행으로 자신들의 운명을 복되게 바꾸어 나아가는 사람들만이 참된 종교인이며 진실한 믿음을 가진 사람들이라 할 수 있다.

평소 선행을 많이 한 사람이 죽어서 명지名地를 차지한다고 한다. 풍수학상 명당은 아무나 가는 곳이 아니란 말이지 싶다. 그래서 조상의 음덕이 곧 후손에게 복을 주는 인간사에 지극히 평범한 진리이다. 이 얼마나 공평한 진리인가. 콩 심은 데 콩 나오고 팥 심은데 팥이 나오듯이, 모든 것이 인연 따라 이루어진다는 사실 또한 불가 연기설의 핵심이다.

나의 전생의 삶이 현재 내가 살아가는 모습이고, 현재 살아가는 일체의 모습 또한 나의 내생來生의 삶이 된다는 것. 이 얼마나 엄청난 연기의 근원인가. 어느 철학가는 인생을 빗대어 '풀잎에 이슬과도 같다'고 표현했다. 얼마 남지 않은 인생, 짧디 짧은 인생, 부디 선행을 일삼아 현재보다 나은 내일, 즉 다음 생의 복됨으로 승화시켜야 한다고 생각한다. 지긋이 눈감고 상념에 들게 하는 진리의 말이다.

대동회 열리는 날

경칩 같은 날, 오늘은 우리 동네 대동회가 열리는 날이다. 대동회는 마을 총회이자 한 해 살림살이에 대한 주민 보고를 겸한, 지역 일꾼들을 다시 뽑는 최고로 뜻깊은 행사다. 임기를 다 채운 이장에서부터 반장 새마을 지도자까지 모두를 다시 뽑아서 동네마다 만들어 놓은 정관에 따라 새로운 임기를 시작하게 된다.

또한, 일 년 동안 동네일로 고생한 이장과 반장에 대한 모곡을 주는 날이기도 하다. 관례로 오래전부터 풍습화된 모곡은, 주민들이 자발적으로 참여하는 이장과 반장에 대한 최소한의 감사 표시다.

회의가 끝나면 모곡을 받은 이장과 반장들은 전날 미리 모여서 만들어 놓은 풍성한 음식을 대접하면서, 주민과의 우의를 다지는 일 년 중 몇 안 되는 잔칫날로 바뀌게 된다. 웃음꽃이 만발하는 봄의 광장같이 참으로 정겨운 날이 아닐 수 없다.

산골에서 귀하다는 싱싱한 문어회에, 가오리무침을 비롯한 꿀떡에, 소머리국밥까지 웬만한 잔칫집 음식은 저리 가라 할 정도로 푸짐하게 차려낸다. 아침 일찍부터 마치 이 날을 손꼽아 기다렸다는 듯이 골골이 흩어져 있던 주민들이 모여들기 시작한다.

비교적 멀리 떨어져 사는 사람들은 한 십여 리 길을 걸어야 한다. 삼삼오오 힘들이지 않고 타박타박 눈길을 밟으면서 마을 회관까지 걸어온다. 혹여 아는 사람의 차가 태워 준다고 해도 그냥 가라고 손사래 치며 걷는 걸 고집한다. 겨우내 먹기만 해 불려 놓은 배를 이 틈에 빼볼 궁량이 틀림없다.

몇 년 전부터 금당계곡으로 유명한 우리 동네는, 살기 좋은 곳으로 소문이 나기 시작하면서 많은 외지인이 전입해 살고 있다. 주로 귀촌을 한 사람들이다. 건강이 좋지 않은 사람도 있고, 환경이 좋아서 들어온 사람들도 있지만 회색 도심의 고단함에서 벗어나고 싶어 들어온 사람들이 주를 이룬다. 전체 약 70여 세대 중 약 70%가 외지인들로 토박이의 수를 훨씬 넘어서고 말았다. 각양각색의 직업을 가지고 있다가 들어온 사람들, 성격도 다르고 말씨도 다르지만 공통적인 특징은 자연이 좋아서 들어온 사람들임은 틀림없다는 것이다.

오전 11시쯤 되면 회의가 시작된다. 꽤 넓은 마을 회관이 꽉 차 보인다. 반별로 모여 앉아서 사랑방 좌담회 같은 회의를 시작한다. 먼저 이장이 일어나서 일 년 동안 마을을 위해 협조해 준 데 대해 감사 인사를 하고 정관 개정이나 마을 규약에 따른 이행 여부에 대한 협조를 당부한다. 이어서 마을 총무가 일 년 동안 마을 수입과 지출에 대해 보고하고, 감사의 감사 보고가 뒤이어 발표된다.

국민의례나 성원 보고 같은 요식 행위는 아예 존재하지 않는다. 형식 같은 건 별로 달갑지 않다는 심산이다. 동네별로 수십 년 동안 내려왔던 전통과 같은 대동회는 예전이나 지금이나 별반 다르지가 않다. 원주민들에게는 아주 익숙한 광경들이다. 정관 개정에 이어서 기타 토의 시간에 들어간다.

평소 귀촌 생활에 불편함을 느꼈거나 마을에 궁금증이 많았던 사람들로부터 관심 사항에 대한 질의가 쏟아진다. 주로 생활 관련 불편 사항들이다. 이장이나 새마을 지도자의 성의 있는 답변으로 회의는 무르익기 시작한다. 시간이 조금 지체된다 싶으면 몇 년 일찍 들어온 성미 급한 주민이 밥 먹고 하자고 회의에 지루함을 알린다. 절차나 형식이 너무 지루하고 복잡하면 싫다는 뜻일 것이다. 그런 게 싫어서 산골에 들어왔는데 대충대충 넘어가자는 심산이 분명하다. 모두가 동감하면서 드디어 기다리던 식사 시간을 가진다.

소주가 한 순배 두 순배 돌아가고 분위기는 어느덧 시골 장터같이 되고 만다. 거두미가 끝나고 대동회까지 무려 두 달 동안 참았던 말문들이 열리기 시작한다. 누구 말을 들어줘야 좋을지 몰라 난감할 때도 있다. 얼마나 외로웠으면, 얼마나 사람이 그립고 말이 그리웠으면 이렇게 말의 홍수가 이루어질까 싶을 정도다. 시끌벅적한 마을 회관은 자연과 사람이 한데 어울려진 잔칫집의 풍경 그대로다. 인간은 이래서 사회적 동물이라고 했던 것일까.

도시의 분주한 삶을 정리하고 강원도 심심산골에 들어온 사람들. 인사를 나누고 통성명은 했지만, 모두가 바쁜 사람들이라 놀이나 대화의 상대는 별로 없는 터. 다행히 부부가 같이 들어온 사람들은 그나마 외로움도 덜 타고 그럭저럭 잘 적응하며 살아간다. 하지만 혼자 귀촌한 사람들은 외로움을 피부로 느끼며 좌절감에 젖어 들곤 한다. "사모님이 같이 안 내려오셨어요?"라고 물으면, "시골엔 죽어도 못 간대요." 하면서 아내에게 있는 불만을 퉁명스럽게 표현한다.

도시에서 생각한 환상적인 농촌에서의 전원생활은 이상 속의 파라다이스가 결코 아니다. 봄부터 가을까지는 그런대로 지낼 만하다. 텃밭에 채소도 가꾸고 정원에 풀과 씨름도 하면서 바쁘게 지내지만, 문제는 겨울이다. 4개월에 걸쳐

길고 지루한 이놈의 겨울이 환상적인 전원생활에 발목을 잡는다. 아는 사람이 없으니 어디 딱히 놀러 갈 데도 없다. 오일장에도 나가보고 시간을 이겨내기 위한 온갖 노력을 다해 본다. 책을 보자니 눈만 아프고 긴긴 겨울밤은 숙면조차도 방해한다. 한숨 자고 나면 새벽까지 텔레비전과 씨름하거나 자다 깨다 뒤척이며 시간을 보내야만 한다.

하룻밤의 소일이 삼라만상을 겪는 악몽과도 같은 지루함으로 바뀔 수도 있다. 동이 트고 먹는 한술 밥은 모래 씹는 맛이다. 외로움을 이겨내는 것이야말로 자연의 일원이 되는 첩경이요 순리이다.

깊은 산속 작은 암자에서 오로지 독경과 기도로 평생을 보내는 선승의 모습이 경이로워 보이는 것은 외로움과 고독을 이겨내는 슬기로움이 돋보이기 때문이라는 생각을 해본다.

그런 두 달을 보내고 대동회에 나오니, 천국과 같다는 생각일 것이다. 여기도 사람 사는 동네라는 걸 느끼게 되는 것도 대동회가 갖는 매력이 아닐 수 없다.

신비스런 인연과 적멸보궁

아들 녀석의 가출로 인해 다니기 시작한 오대산 적멸보궁은 우리 두 내외에게 많은 변화를 가져왔다. 종교관은 물론이고 믿음이라고 하는 보이지 않는 신뢰가 마음 한구석에 자리 잡기 시작하면서, 생활 형태마저 바꾸어 놓았다.

주일 예배를 가듯이 일주일의 결산은 보궁을 다녀오는 것으로 이루어지곤 했다. 토요일이나 일요일은 아예 모든 약속이나 일들을 뒤로 미룬 채 보궁에서의 참배가 늘 앞자리를 차지했을 정도니까. 아침마다 새벽 기도를 나가는 교인들에 비교하면 아무것도 아닌 것 같지만, 새벽에 승용차로 한 시간을 간 뒤 산길로 다시 사십 분 정도 걸어 올라가는 보궁 참배는 평범한 믿음을 가지고는 지키기 힘든 고된 일이었다.

오대산 적멸보궁은 그 오랜 세월 동안 많은 인연의 설화가 내려오는 신비의 기도처로서, 전국의 수많은 불자가 일 년에 한 번이라도 오고 싶어 하는 유명한 암자이다. 보궁은 불상을 모시지 않는 곳으로 석가모니 부처님의 진신 사리를 모셔 놓은, 그래서 우리나라 불교계에서 제일 소중하고 귀한 곳으로 여기는 성지이기도 하다.

보궁을 다니기 시작하고 얼마 만에 가출했던 아들 녀석이 돌아오기는 했지만, 마음속에 깊이 잠재된 아버지와의 감정은 누그러트리지 못한 채 어색한 부자 관계를 유지하고 있었다. 자식의 이탈은 부모의 잘못이라는 긍정의 힘이 거칠고 급했던 나의 성격만 녹여주고 있을 뿐이었다. 어떻게 하면 아들의 마음을 바로잡아 줄 수 있을까에 대한 고민을 거듭하면서, 인간의 속절없는 나약함에 한계를 느끼게 되었다.

인류 발전에 이바지한 성현들의 가르침이 적혀 있는 여러 권의 책과도 씨름해 보았다. 내가 뭘 잘못했단 말인가, 아니면 전생에 아들과 지니고 있던 모진 악연의 고리를 여태 끊지 못하고 다시 만났단 말인가.

얼치기로 알고 있던 불가佛家의 연기설이 심약한 우리를 보궁으로 인도했다. 아들의 잘못은 모든 게 부모가 지은 업業이라는 결론에 도달하게 된 것이었다. 아픈 곳을 알았으니 치료가 필요했다. 치료에는 많은 인내심과 불심을 요구했다. 그 순간부터 매주 한 번씩 보궁엘 다녀왔다.

일상이 되다시피한 보궁 참배는 육체에게는 강인함을 주었고, 마음속엔 응어리진 업석業石을 깨트리는 중요한 계기가 되었다. 108배의 절로 삿되고 어리석은 중생이 저지른 모든 죄업을 부처님에게 빌고 또 빌었던 것이다. 비 오듯 쏟아지는 땀방울은 그간 지은 죄의 과보처럼 온몸을 적셨지만, 오랜 가뭄 끝에 내리는 단비와도 같았다.

우리 두 내외는 비가 오나 눈이 오나 가릴 것 없다는 심정으로 몇 년을 다니면서, 흐트러진 마음을 추스리는 동시에 아들 녀석의 마음을 바꾸어 놓으려고 온 정성을 다했다. 비록 일상에 충실하면서 기도하는 마음을 잠시 놓치는 한이 있더라도, 일주일에 한 번이라는 보궁 참배는 계속 이어지고 있었다. 그렇게 다니기 시작한 지 몇 년이 지난 이천 년도 초 어느 해 초겨울이었다. 서설이 산길을 덮어놓고 찬 기운이 귓전을 스치는 새벽, 어둑어둑한 산속은 아직도 여명이 이르다며 우리에게 플래시 불을 밝혀가며 올라가게 했다. 한참을 올라가다 문득 앞서가던 아내에게 내 염주를 챙겼냐고 물었다. 아내는 뭔가를 만져 보는 듯하더니 "아니, 잊어버리고 그냥 왔네." 하면서 놀라는 표정으로 무안하다는 듯 나를 쳐다보았다. "할 수 없지. 그냥 가야지 뭐." 하면서 가던 길을 재촉하기에 이르렀다.

염주가 필요한 건 108배를 할 때 손에 꼭 쥐고 절 한 번 할 때마다 염주 알을 한 개씩 돌리면서 108번의 숫자를 세는 의미가 있기에, 염주가 없으면 절의 숫자를 셀 수 없다는 결론이었다. 염주가 없으니 108배를 했는지, 아니면 덜 했는지 알 수 없어 난감하다고 생각했지만 별다른 도리가 없었다. 챙기지 못한 내가 아내에게 뭐라고 할 수도 없는 처지였다. 그렇게 하여 한 5분 정도 올라가는데 앞서가던 아내가 "이게 뭐지?" 하면서 눈 위에 떨어져 있는 것을 집어 드는데 보니까 염주였다. 정말로 신기할 수밖에 없었다. 챙겨오지 못한 염주 얘기가 끝 난지 불과 5분 만에, 그 깊은 산 새벽어둠이 채 가시지도 않은 눈 덮인 소로에 염주가 떨어져 있다니. 신비스러움에 한동안 가던 길을 멈추고 서로 얼굴만 쳐다보며 열린 입을 다물지 못하고 있었다.

잠시 후 서로 의아해하며 가던 길을 향해 계속해 걷던 중, 염주가 발견된 장소에서 불과 한 30m 정도 되었을까. 그곳에는 염주 색깔과 같은 단주가 하나 또 떨어져 있는 것이 아닌가. 이게 무슨 소름 끼치는 일인가. 기가 막힌 일이 연속해서 벌어진 것이다. 신비스러움에 섬뜩함이 느껴졌다. 조선 시대에 문수동자를 친견한 세조가 피부병을 고친 것도 보궁 가는 길 바로 옆의 계곡이 아니었던가. 첨단 과학이 세상을 바꾸고 있는 21세기에 이런 신비스러운 일이 벌어지다니, 우연이라고 하기에는 너무도 신기했다.

보궁 참배를 마친 우리는 상원사에 들렀다. 우리만 알기에는 너무나 신비해서 평소 알고 있던 상원사 주지 정념 스님께 이 사실을 말했다. 정념 스님은 이 오대산 중에는 그런 인연이 가끔 일어난다면서 열심히 기도한 덕이라고 말해 주었다. 그때 그 일만 생각하면 우리에게 신비한 인연을 제공해 준 오대산 적멸보궁이야말로 나약하고 허약한 인간들의 구원처가 아닌가 하는 생각이 들었다. 어려울 때 찾아 성심껏 기도하면 반드시 응답이 오는 이 시대의 여명과도 같은 성지聖地이다.

봄의 전령사들은 봄소식 알리기에 발길이 분주하다. 못내 아쉬운
겨울의 발자취가 눈발이 되어 송송 내리고 있다.
봄과 겨울이 공존하는 사계의 접점에 서 있는 느낌이다.

－「신외무물」중에서

2부

불혹의 영광

염불念佛하는 해병

해병대에 지원했다. 한데 이미 해병대를 전역한 선배들이 극구 만류했다. 절대로 가지 말라는 것이다. 가면 엄청나게 얻어맞고 고생이 말이 아니라고 했다. 갈려면 육군이나 공군을 택하라고 일러 주었다. 그때 나에게는 이미 육군에서 입대하라는 영장이 나와 있었다. 그런데 친구들의 입대 날짜는 모두 3월인데 유독 나만 11월로 나온 것이다.

겨울 추위에 훈련도 받고 졸병 생활도 해야 한다는 생각을 하고 보니, 군대 복도 지지리 없다는 생각을 하게 되었다. 또한 시골 촌놈이 혼자서 그 멀리 있는 논산 훈련소까지 가야 하고, 3년이란 세월을 나 혼자 외롭게 보낸다고 생각하니 자신감마저 없어졌다.

친구들과 같이 가면 좋으련만 왜 유독 나만 11월 입대란 말인가. 난감했지만 어쩔 수가 없다는 생각에 속만 태우고 있었다. 그러나 그때까지 집에서 먹고 놀자니 아버지 성화를 이겨낼 방법이 도무지 생각나지 않았다. 늦잠 자는 것도 용납되지 않았고, 빈둥빈둥 노는 것 자체가 아버지 눈엣가시가 될 것 같았기 때문이다. 선배들의 말림에도 불구하고 할 수 없이 해병대를 지원해야만 했다.

3월에 입대하여 진해훈련소에서 3개월간 고된 훈련을 받아 냈다. 말로만 듣던 해병대 훈련은 가히 상상을 초월할 정도로 힘들고 괴로웠다. 인간을 아예 개조하려는 듯, 정신과 육체를 사람 이상의 피조물로 만드는 것 같았다. 그토록 무겁게만 느껴지던 M1 소총도 부지깽이처럼 가볍게 들어졌고, 완전무장 차림의 12km 구보 정도는 거뜬하게 해내는 강인한 체력의 소유자로 만들어 놓았다.

포항에서 후반기 교육까지 마친 나는 연평도로 발령을 받게 되었다. 동료 전우 십여 명과 함께 곤봉을 둘러메고 연평도행 황진호에 몸을 실었다. 강한 훈련과 정신 무장으로 단련된 신임 해병들에게는 바다의 뱃멀미는 통하지 않을 정도로 군기가 바싹 들어 있었다. 여섯 시간의 항해를 마치고 연평도 항구에 도착했다. 항구 입구에는 노란색 바탕에 빨간 글씨로 "죽음을 각오하고 이 땅을 지키자"는 커다란 구호 간판이 저승사자처럼 떡하니 버티고 서 있었다. 최전방이라 잘못하면 죽을 수도 있다는 공포감이 들었다. 그때였다. 완전군장을 한 헌병 여섯 명이 시신이 들어 있는 관을 들고 절도 있는 동작을 취하면서 우리가 타고 온 그 배로 옮기고 있는 것이 아닌가. 우리를 인솔했던 부사관은 "너희들도 근무 똑바로 하지 않으면 저렇게 죽어서 나가."라면서 겁을 주었다. 우리는 직감적으로 근무 중 죽어서 그 시신을 육지로 운구하는 것이라는 걸 알 수가 있었고, 두려움 속에서 말도 하지 못한 채 마치 끌려가는 노예처럼 인솔자를 따라가야만 했다.

인사 부서에서 이틀간의 대기가 끝나자 부대별로 배치가 이어졌다. 그런데 이게 무슨 운명의 장난이란 말인가. 하필이면 내가 그 죽어 나간 해병대원의 자리로 배치된 것이었다. 참으로 어디에다 하소연할 수도 없고, 울 수도 없는 그런 처지가 되고 말았다. 근무처는 산 위에 설치된 기관총으로 바다를 경계하는 소위 "승전포"라고 하는 4인이 근무하는 작은 포대였다. 그중 일병이었던 그 해병은, 심한 해무와 비바람을 견디지 못하고 탄약고에 들어가 근무 중 탄약고가 무너져서 죽었다는 것이었다.

숙소 벙커는 산 중턱에 있고 근무지는 산 위에 있으니, 무엇보다 밤 근무가 문제였다. 포대장을 빼고 난 두 명의 선임들은 심야 시간대의 근무를 피하기 시작했다. 신병인 나를 꼭 심야 시간대에 근무토록 했다. 〈전설의 고향〉에서 귀신이 주로 출몰한다는 밤 열한 시부터 새벽 3시까지가 졸병인 내 근무시간이었다.

아마도 죽어 나간 병사 때문에 그 시간대를 꺼린다는 생각을 나로서는 떨쳐버릴 수가 없었다. 인적도 없는 산꼭대기, 죽어 나간 병사의 자리에서의 심야 시간대 근무는 대단한 정신력이 아니면 감당하기 어려운 고통스러운 일이었다. 매일같이 이어지는 그 시간대의 근무는 귀신 잡는 해병대의 임무로 치부해 버리기엔 녹록지 않은 괴로운 현실이었다.

그때 문득 고향에 계신 어머니 생각이 떠올랐다. 형들이 군대에 갔을 때도 어머니는 새벽에 일어나 염불을 외우시면서 무사함을 빌고 또 빌었던 기억이 떠오른 것이다. 너무 힘들고 괴로워 울고 싶은 마음조차 잃어버린 나에게 바다같이 포근한 어머니가 있다는 사실을 그때야 비로소 알게 되었다. 어머니에게 편지를 썼다. "어머니, 귀신도 이겨 낼 수 있는 염불이 있으면 편지로 좀 보내 주세요." 라는 글귀가 그 편지의 주된 내용이었다. 그러자 어머니는 초등학교도 나오지 못한 문맹이셨지만, 독학으로 깨우치신 글자로 '반야심경'을 적어 보내주셨다. 글씨는 삐뚤고 받침은 간혹 틀렸지만, 또박하게 써 주신 편지에는 아들의 안위에 대한 진실한 마음이 가득하게 담겨 있었다. 그날부터 나는 플래시 불을 밝혀가며 그 반야심경을 외우기 시작했다. 내용이나 뜻은 알 필요조차 없었다. 귀신이 물러간다는데 읽고 외우는 것이 더 급선무였다.

A4 용지 한 장 분량인 그 반야심경을 이틀 만에 다 외웠다. 지금은 우스갯소리 같지만, 그때는 무지한 신임 해병으로서는 한 줄기 빛이나 다름없었다. 선임자들은 잘 견디고 있는 나를 신기한 듯 쳐다보았다. 귀신을 이겨내고 있는 무당이나 퇴마사 같은 놈이라는 표정을 지으면서 함부로 대하지 않았다. 몸은 힘들고 괴로웠지만 6개월을 이렇듯 아무 탈 없이 보낸 나를 유심히 관찰해온 중대장이 부관으로 오라고 했다. 그때부터 나에게는 또 다른 해병대의 생활이 기다리고 있었다.

반야심경은 금강경을 줄인 불경이다. 그 안에는 지혜의 힘이 담겨 있다고 한다. 기독교의 주기도문같이 늘 예불의 맨 마지막엔 이 경을 읽는 것으로 알고 있다. 그 이후로 나는 어머니가 보내 주신 천수경을 비롯하여 천지팔 양경까지 읽고 외웠다. 나도 모르게 몸에 밴 것이었다. 염불의 공덕은 좌선과 함께 불교의 중요한 수행 방법인 것도 그때 알았다.

불교가 뭔지도 모르던 한 해병 대원은 그렇게 하여 불교를 알게 되었다. 나와 함께 근무했던 부대 동료들은, 아마도 내가 전역한 후 큰 절의 스님으로 수행하고 있을 거로 생각한 모양이었다. 그러나 나는 경찰이 되었고 두 아이의 아빠가 되었다. 환속도 아니고 파계도 아닌 나는 순수한 불자였기 때문이었다. 귀신도 물리치는 염불하는 해병대 출신의 착실한 불자였다.

법문法門하는 형사

나는 화제를 만들어 내는 사람인 것 같다. 중요한 뉴스거리의 인물은 아니지만 주민들 입소문에 쉽게 오르내리는 그런 사람이랄까. 아무튼, 지금까지 살아오면서 많은 설화의 주인공으로 등장하였으니 말이다.

강력 사건을 해결하는 형사가 포교당에 가서 법문을 했다. 그것도 새파란 30대 초반의 형사가 수십 년간 믿음을 가지고 절에 다녔던 노보살님들로 가득 찬 법당에서 짧은 불교 상식으로 한 시간씩이나 지껄여 댔으니, 작은 시골 마을에서 화젯거리가 되고도 남았을 거라는 생각이 들었다. 관내에서 강력 사건을 전담하는 형사로 꽤 이름을 날리고 있을 때였다. 큼지막한 사건이 나면 이상하게도 나한테는 쉽게 단서가 잡히고, 이내 해결하는 민완 형사의 솜씨를 발휘하곤 했다. 점쟁이 말마따나 관운이 좋아서 그런가 보다 하고 늘 열심히 뛰어다녔다.

어느 날 근무 중이었다. 읍에서 제일 큰 포교당 주지 스님으로부터 전화가 왔다. 내용인즉슨 100일 기도가 끝나는 회향 일에 나와서 법문을 좀 해달라는 부탁이었다. 법사도 아니고 법문을 해본 적도 없는 나에게 법문을 해달라니

당황스럽기도 하고 황당하기도 했다. 그렇다고 노스님의 전화를 매정하게 끊기도 쉽지 않고 하여 나중에 찾아뵙겠다는 말만 하고 전화를 끊었다. 업무를 마치고 시내 노성산 기슭에 자리 잡고 있는 고찰 극락사를 찾았다. 남향 명지에 고궁처럼 단아하게 지어진 극락사는 포교당을 겸한 평창 지역 불자들의 마음의 안식처요 기도처였다. 오랜 수도승같이 수척한 몸매에 남루한 회색 승복을 걸친 지안 주지 스님은 할아버지같이 화사하고 자비스러운 웃음으로 나를 반겨 주었다. 평소 처사님의 불교에 대한 해박한 지식을 들어서 알고 있으니, 이번 회향 일에 많은 신도가 모인 자리에서 법문을 부탁한다는 말씀이었다.

"나는 나이도 많고 기력이 없어 오래 말할 처지도 못 되고 또한 신도들에게 쉽고 알아듣기 좋게 말할 재주도 없고 하니 처사님이 나 대신 법문을 해달라."는 간곡한 간청이었다. 그 당시 극락사에는 젊은 불교 신자들이 중심이 되어서 만든 불교청년회와 중·고등학생들이 주축을 이룬 불교학생회가 있었다. 일요일마다 법회를 열어 불교를 이해하고 신심의 원력을 키워가던 중이었다. 나 역시 이따금 마음이 흐트러지고 무거울 때는 늘 법당을 찾아 절을 하며 마음을 다잡곤 하였다. 그때마다 학생들을 상대로 불교의 교리에 대해서 쉬운 말로 이해시켜 주곤 했다. 평소 고승들의 법문집이나 불교 관련 책들을 두루 읽어 왔던 나로서는 그리 어려운 일도 아니고 하여 몇 번 했던 것을 스님이 눈여겨보아 왔던 것 같았다. 주지 스님이 나에게 법문을 간청한 이유를 알았다. 몇 번을 거절하다가 한번 부딪쳐 보기로 했다. 부처님의 가르침을 중생들에게 널리 전하는 것도 법보시라, 복을 짓는 일이라는 것을 알았기 때문에 내 마음이 쉽게 승낙한 것 같았다.

모든 사찰에서는 매년 음력 11월 보름날이면 동안거 입제날을 기준으로 100일 기도에 들어간다. 석 달 열흘 동안 매일같이 불신자들에게 삼재 팔란으로부터 무사 무탈함과 가족의 건강, 사업의 번창, 자녀들 학업 공부 등을 위해서 염원하는 일 년 중 제일 큰 기도이다. 입제 일과 회향 일에는 모든 신도가 나와서 법회를 열어 신심의 지극함을 보여주는 뜻깊은 날이기도 하다. 드디어 회향 일이 되었다. 법당에는 많은 노보살님들이 모여 있었다. 4대 기관장이라 일컬어 부르는 군수 부인을 비롯하여 경찰서장, 교육장 부인 등이 함께 자리하고 있었다. 하늘같이 높은 상사의 부인들을 모시고 그 앞에서 법문하다니 떨리고 긴장되었다.

모든 법회의 순서가 끝나고 주지 스님의 법문을 들을 차례가 되었다. 주지 스님은 불교를 많이 알고 있는 경찰서에 근무하는 처사님이 나 대신 법문을 할 거라며 나를 소개해 주셨다. 오색찬란한 색으로 단청된 법당 뒤에는 근엄하신 부처님이 내려다보고, 앞에는 이백여 명의 보살님들이 저 사람이 누구인가 하고 빤히 쳐다보고 있으니 온몸이 얼어붙는 것 같았다. 요지부동 당장 그 자리를 피할 마땅한 방법조차도 없었다. 이렇게 많은 사람이 모인 곳에서 법문하는 건 언감생심 처음이었다. 강의가 아닌 강연이 될 수밖에 없는 형편이었다.

주지 스님만이 설 수 있는 법대法臺에 섰다. 피할 수 없는 외나무다리였다. 평소 급하거나 어려운 일이 닥치면 오히려 대담해지는 성격이었지만, 그 날만은 등 뒤에서 내려다보고 있는 부처님이 흔들리는 내 마음을 잡아 주시는 것 같았다. 불교의 기본인 윤회설부터 풀어 나갔다. 중생이 바르게 살아가는 방법에 대해서도 쉬운 말로 들려주었다. 열 가지 죄악과 복을 짓는 방법에 대해서도 설명이 이어졌으며, 기복신앙심을 가지면 안 된다는 말도 덧붙였다.

고맙게도 주지 스님께서도 보살들 틈에 앉아서 내 말을 경청하고 계신 게 아닌가! 법랍 50년 가까이 되는 노스님 앞에서 혹여 잘못하여 누가 되지는 않을까 걱정이 되기도 했다. 진정한 믿음은 용기와 자신감을 채워 주는 화신처럼 모든 기억이 실타래처럼 술술 잘 풀려 나왔다. 꼭 들려주고 싶었던 청담 스님의 일화는 모든 보살님의 시선을 사로잡는 데 압권이었다.

청담 스님은 한국 불교의 새로운 중흥을 이루어 내신 대선사이시다. 출가 10년 만에 노모의 안부가 궁금한 끝에 고향 집에 들렀다. 청담은 가문을 이을 수 있도록 해 달라는 노모의 간곡한 청을 이기지 못하고 부인과 동침을 하게 된다. 하룻밤 파계로 십 년 동안 맨발로 다니면서 참회 고행을 하였건만, 하룻밤의 인연은 결국 딸로 태어나고 나중에 그 딸은 묘엄이라는 법명으로 비구니로 출가하게 되는 사연이었다.

생전 처음 듣는 얘기인지 보살들의 표정이 진지하게 보였다. 내 말에 진실성과 담백함이 실렸는가 하고 자문해 볼 겨를도 없이 포교당을 빠져나왔다. 오랜 숙제를 해낸 것같이 발걸음도 가벼웠다. 내 얘기를 듣던 보살님들이 내 뒷모습을 한동안 쳐다보는 것 같았다. '젊은 형사 놈이 불교 공부를 언제 저렇게 했지' 하면서 말이다.

인간 공해

종편방송 MBN에 〈나는 자연인이다〉라는 제목의 프로가 있다. 세상과 등지고 산속 깊이 들어가 텃밭에 소소한 농사나 지으면서, 약초를 채취해 근근득신 혼자 살아가는 사람들의 소박한 모습을 방영하는 프로다. 자연과 함께하는 생활상이 담백하고 인간미 넘치는 모습들이어서 나는 이 프로를 즐겨 본다.

이 사람들 얘기를 들어보면 산속에 들어온 이유가 참으로 다양하다. 건강이 안 좋아 들어왔거나, 사업에 실패했거나, 사기를 당해 가정이 파탄났거나, 가족 간에 불화로 인해 이혼하고 들어온 사람 등등, 대개의 경우가 좋은 쪽보다는 세파에 시달리다 못해 들어온 딱한 쪽이 많은 것 같아서 시청률이 높은 게 아닌가 하는 생각도 해본다.

물론 자연이 좋아 은퇴를 하고 자연과 벗하며 유유자적 노후를 보내려고 들어온 사람들도 적지는 않지만, 그런 사람들은 어쩌다 몇 명에 불과하고 나머지는 인간들과 복닥거리기가 싫어서 들어온 사람들이 많은 것은 부인할 수 없을 것 같다.

우리는 남들과 어울려 이웃과 사회를 이루고 나아가 국가라는 공동체를 형성하여 서로 돕고 협력하면서 필연적으로 살아가고 있는 게 아닌가. 그러나 사람으로 인해서 받는 상처 또한 개인의 삶은 물론이고 온 사회를 병들게 하는 경우를 허다하게 볼 수 있다.

지인 중에 이런 사람이 있다. 이 사람은 직업도 괜찮았고 외양상 아무런 문제가 없는 평범한 한 가정의 가장으로 자기가 하고 싶은 일도 이루어 냈고, 어느 분야든지 열심히 살아가는 사람 중의 하나인 것도 맞다.

그런데 부정의 욕망이 지나쳤는지 아니면 삿된 거짓과 마귀가 이 사람의 마음을 점령했는지 일단 매사가 부정적이다. 가장 큰 문제는 이 사람의 입에 있다. 안중에 타인은 오직 비난의 대상이라는 듯 남에 대한 흉과 욕을 지독하게 한다. 장단점을 가려야 하는 작은 자비심의 여력도 티끌만치 보이지 않는다. 대충하는 욕지거리 정도가 아니고 마치 원수진 것처럼 사정없이 짖어댄다. 욕을 먹는 상대가 부모라도 죽인 원수인 것처럼 인정사정 전후좌우를 가리지 않는다.

잘잘못이나 이해관계 같은 건 통하지도 않는다. 단점투성인 스스로는 돌아보지 못하면서 판정관이 되었다. 평소 좀 건방져 보였거나 자신보다 잘나가는 사람들은 사정권 안에 든 먹이들이다. 만약 용기를 내서 따지기라도 하고 언쟁이라도 한 전력이 있다면, 평생 이 사람의 입에 달린 방울 신세로 전락되고 만다. 먼저 바보가 된다. 그리고 몹시 나쁜 사람으로 각인 되면서 평생 쌓아 놓은 한 인생의 공과는 바람 앞에 촛불 신세이고, 명예는 이미 서산에 넘어가는 핏기 잃은 낙조 신세가 되고 만다.

그런데 속담에 사필귀정이요 물은 제 길로 간다고, 이 사람의 실체가 밝혀지기 시작했다. 욕만 하는 사람, 남 흉 잘 보는 사람, 자기 자랑만 하는 사람, 어쩌다가 이 사람과 우연히 마주쳤다고 하면 그날 계획은 완전 수포로 돌아가야만 한다. 손주들에게 줘야 할 아이스크림은 이 사람의 입담에 이미 녹아 버렸고, 할머니의 애타는 속마음은 천불이 날 지경이다.

고장 난 벽시계는 멈추었지만 이 사람의 입은 좀처럼 멈출지를 모른다. 피곤한 사람으로 정평이 나기 시작하면서 신용에 빨간불이 들어오기 시작했다. 피하고 싶은 사람 1호의 훈장이 이름 앞에 걸렸다. 동네 어귀에 이 사람의 차가 얼씬만 하면 술래놀이가 시작된다고 하니, 참으로 어지간한 사람이라는 생각을 떨쳐 버릴 수가 없다.

수십 년간 이처럼 선하고 선한 강원도 산골 사람들의 고운 마음을 아프게 하고 혼란한 공해를 불어넣은 이 사람. 정신이 병든 사람이 아닌가 하고 의심이 들기에 충분하다. 이 사람의 먹이가 된 슬픈 화상들은 모든 걸 업業으로 돌려야만 하는 기구한 팔자로 자신을 위로한다.

주변 사람들의 가슴을 검은색으로 도배하고 다니는 이 사람의 못돼 먹은 버릇을 과연 어떻게 치유해 줄 것인가 하였지만, 백약이 무효이고 죽기 전에는 고칠 수 없는 참 난감한 병이다. 아주 고약한 고질병인 것만큼은 틀림이 없다. 욕지거리의 대가(?)가 되다 보니 새로운 호칭도 얻게 되었다. '인간 공해'다. 인간 공해! 얼마나 남의 말을 나쁘게 하고 욕설을 하였으면, 그로 인해 타자의 마음을 아프게 하였으면 인간 공해라고 불릴까.

천수경이라는 불경 책에 십악참죄十惡懺罪라는 말이 있다. 인간이 지을 수 있는 열 가지 죄를 말하는 것이다. 열 가지 죄 중에 몸으로 짓는 죄가 세 가지가 있다면 입으로 짓는 죄는 네 가지가 있다. 몸으로 짓는 죄로는 살생하는 것이 첫째요 둘째는 도둑질하는 것이고, 세 번째는 간음하는 것이다. 입으로 짓는 죄로는 망어 중죄(거짓말한 죄), 기어 중죄(발림 말 한 죄), 양설 중죄(이간질

한 죄), 악구 중죄(나쁜 말 한 죄)이다.

불가佛家에서는 몇천 영겁의 선을 쌓아야 환생의 인연으로 사람으로 태어날 수 있다고 하는데 그 짧고도 짧은 인생을 남 욕하고 흉보는 데 다 써 버린다면, 이처럼 억울한 일이 어디 또 있겠는가. 참으로 딱하고 딱한 노릇이 아닐 수 없다. 나이가 들수록 상태가 조금씩 덜해지는 것 같다는 여론을 들을 때마다 다행이라는 생각이 든다. 기력이 쇠진하였는지, 아니면 죄업罪業이 충만하였는지 모르지만 언젠가는 세 치 혀로 자신의 인생을 망칠지도 모르는 이 사람에게 연민의 정을 느낀다.

사람은 누구나 다 완벽할 순 없다. 그러나 최소한 보통 타당한 인간은 되어야 한다. 동물과 달리 인간에게는 양심이라는 완충장치가 있기 때문이다. 점점 살기 힘들어지는 세상, 따뜻한 말 한마디가 필요한 엄동설한이다. 입으로 지은 죄를 회개하는 길은 묵언 속의 덕담이란 생각을 한번 해본다.

우리 동네 메시아

여기 우리 동네에 메시아 한 사람이 살고 있다. 그는 그토록 아끼고 사랑하던 부인을 암으로 잃었다. 하마 꽤 오래된 이야기다. 긴 세월 동안 혼자서 밥 끓여 먹고 빨래까지 도맡아 하면서도 불평 한마디 하지 않는다. 모든 걸 운명으로 받아들였는가 보다. 사별의 애절함이 몸에 배었는지 부인이 죽은 뒤 수년 동안 매일같이 아내에게 다녀온다. 그것도 한밤중에, 인가도 없는 첩첩산중 산소에 가서 뭘 하고 오는지 본 사람은 아무도 없다. 그가 매일 산소를 찾는다는 사실도 3년이 되어서야 알려졌다. 어느 겨울날 이 친구가 산소에 갔다 오다가 그만 차가 눈길에 빠지면서 사람들이 눈치를 챈 것이다. 생전에 부인을 그토록 아끼고 사랑했다더니 사후에까지 그 정을 떼지 못하는 것 같다고들 수군댔다.

주위에 많은 사람이 재혼하라고 권해도 들은 체하지 않고 혼자 지낸 이유를 그때야 알게 됐다. 그런데 이 사람은 우리 동네에서는 없어서는 안 되는 사람이다. 이 사람의 직업은 아무나 할 수 없는 상수도나 하수도 공사를 비롯하여 보일러 수리 등 우리 일상생활과 아주 밀접한 곳에 고장 난 것들을 고쳐주는 일이다. 누구도 하기 싫어하는 3D 업계의 기술자라고 해야 할까. 상, 하수도가 고장이 나면 그 단단한 시멘트 콘크리트 바닥을 파내서라도 기어코 물 새는 곳을 찾아내 고쳐 주는가 하면, 한밤중에 보일러가 고장 나서 온 가족이 추위에 떨게 되면 이 사람이 와서 고쳐 주곤 한다.

온종일 추위 속에서 일하고 들어와 씻고 누워 자다가도 불평 한마디 하지 않고 달려온다. 생전에 뇌졸중으로 쓰러져 병중에 계시던 아버님이 생존에 계실 때였다. 잘 돌아가던 기름보일러가 갑자기 멈추어 섰다. 때는 1월, 밖은 영하 20도를 오르내리는 강추위였다. 방은 금방 냉골로 변해갔다. 시간은 자정이 넘어서고 있었다. 염치 불고하고 이 사람에게 전화를 했다. "알았어요."라는 대답을 듣고 방에 들어와 있는데 어느새 왔는지 보일러실에서 고치는 소리가 들렸다. 한참 만에 고쳐 놓고서는 다 됐다고 한마디 하고선 이내 가버렸다. 얼마를 줘야 하느냐고 물어도 "됐어요." 하곤 그냥 가는 게 아닌가. 다음 날 고마움에 다시 전화해도 됐다고만 한다. 워낙 가까운 사이라 우리에게만 그러는 줄 알았다. 그는 누구한테도 그런다고 했다. 도대체 일을 해주고도 돈 달라는 소리 안 한다는 것이다. 그렇다고 형편이 넉넉한 것도 아니라는데 참 이상한 사람이라고 소문이 돌았다. 그래서 사람들은 그 사람이 일하고 나면 데리고 일하는 사람한테 슬쩍 물어서 얼마를 보내 주거나, 계좌번호를 어렵사리 알아내서 그 계좌로 대충 계산해서 넣어 준다고 했다.

평창 지역은 1년 중 반은 겨울이라 해도 과언이 아닐 정도로 추운 고장이다. 다른 지역에 비교해 기온도 아주 낮은 편이다. 한겨울에 보일러가 갑자기 고장 난다든지, 상수도가 나오지 않거나 하수도가 얼어서 막히면 그것처럼 난감할 때가 없다. 도시처럼 고쳐 주는 사람들이 많은 것도 아니다. 기술 가진 사람들은 대체로 뻣뻣하다느니 건방지다느니 하는 소리는 고사하고, 이 사람은 고쳐 주고도 돈마저 달라는 소리를 하지 않으니 함께 사는 우리 동네 사람들은 복이 많은 것 같다는 생각이 들기도 했다.

나는 펜션을 하고 있다. 그것도 면 소재지에서 한참이나 떨어져 있는 산골에 서다. 상수도 시설이 없어서 지하수를 활용한다. 지난여름 성수기 때의 일이었다. 휴가 온 손님들로 만실이었다. 저녁을 먹고 집 주변을 산책하고 있을 때, 아내가 사색이 다 된 목소리로 "여보 큰일 났어요."라면서 물이 나오지 않는다고 했다. 물탱크가 있는 보일러실로 갔다. 정말 물이 한 방울도 나오지 않았다. 손님들은 물이 나오지 않는다고 찾아와서 야단이었다. 급하게 이 친구한테 전화했더니 지금 일을 끝내고 밥을 먹는 중이라고 했다. 사정 얘기를 하니 역시 "알았다."면서 바로 찾아와 고장 난 모터를 새것으로 바꾸어 주었다. 한숨이 절로 나왔다. 급한 성격에 안절부절못하는 나를 향해 세상 살다 보면 아플 때도 있고 기계가 고장 날 때도 있지 뭐 그러냐고 하면서 오히려 위로해 준다.

구세주가 다르지 않았다. 이 각박하고 험한 세상에 이런 사람이 있다니 희미한 가로등 불빛에 그의 얼굴이 마치 성자聖者처럼 보였다면 너무 과장된 표현인가. 동네 사람들은 이 사람을 보고 이렇게 말한다. 우리 동네에는 면장, 파출소장은 없어도 되지만 이 사람이 없어서는 안 된다고…. 면장도 있어야 하고 파출소장도 있어야 하지만 한밤중에 고장 난 보일러를 고쳐주는 사람, 막힌 하수도를 뚫어주는 사람, 나오지 않는 물을 시원하게 나오게 해주는 그런 사람이 더 절실하다는 뜻일 것이다.

지난해 이 사람이 병원에 입원했다고 했다. 평소 고마움에 문병을 갔었다. 험한 일을 하도 오래 하다 보니, 손에 신경이 마비되었다고 했다. 몇 달간 입원하여 치료해야 한다고 했다. 돌아오는 길에 마음속으로 기도했다. "우리 동네는 이 사람이 없으면 안 됩니다. 왜 하필 이 사람이 아파야 합니까. 하루빨리

나아서 주민이 불안하지 않도록 해주셔야 합니다."하고서 말이다. 다행히 그는 두 달 만에 퇴원했다. 무거운 물건을 들지도 못하는, 채 완쾌되지도 않은 손으로 또다시 고장 난 현장으로 달려가고 있다. 안절부절못하는 주민들의 고통을 해결해 주러 그의 낡고 오래된 중고차는 오늘도 이곳저곳을 누비고 있다. 마치 119 응급차와 같이 말이다. 그 짐차 안에는 응급용 수술 도구가 모두 실려 있다.

홀아비로 힘든 일을 하면서도 그는 아들 둘을 반듯하게 키워냈다. 지난해 치른 큰아들 결혼식은 울음바다가 되었다. 아들과 며느리에게 읽어준 편지 때문이었다. 엄마 없이 잘 자라준 아들도 고맙고, 내 며느리가 되어준 신부에게도 고맙다며 그동안 맺히고 맺혔던 한 많은 사연을 편지로 읽어 내려가면서 본인의 눈가에도 어느덧 이슬이 맺혀 있었다.

이 사람의 이름은 '위경춘'이다. 21세기 이 시대에 우리와 함께 머무는 살아 있는 메시아다.

신외무물身外無物

3월의 봄기운이 활력소와도 같다. 스스로 싹을 밀어 세상을 바꾼다. 피부에 와닿는 온화한 기운은 마치 어머니 품 안과도 같다. 생기 어린 초목들은 절기의 바뀜을 윙크해 주고, 봄의 전령사들은 봄소식 알리기에 발길이 분주하다. 못내 아쉬운 겨울의 발자취가 눈발이 되어 송송 내리고 있다. 봄과 겨울이 공존하는 사계의 접점에 서 있는 느낌이다.

올겨울은 유난히 빨리 가는 것 같다. 인간사 곳곳에서 생겨난 많은 뉴스가 여러 방송 매체를 통해서 매일같이 쏟아져 나오고 있다. 다양한 사건·사고가 긴 겨울의 무료함을 잊게 해주는 역할을 톡톡히 한다고나 할까. 그러다 보니 옛날 사람들 참 불쌍했다는 생각이 들기도 한다.

밖은 아직 어두운데 뒷집 할아버지네는 벌써 불을 밝혀 놓고 새벽을 맞이하고 있다. 올해 농사는 뭘 심을까, 객지에 사는 애들은 어찌 살고 있는지, 아침은 또 뭘 해 먹지 하면서 늘 같은 생각 같은 걱정거리로 일상을 보내는 분들이다. 새벽 4시쯤 되었나 싶게, 윗집 수탉은 홰를 치며 아침을 알린다. 어김없는 시간관념에 고개마저 설렁거린다. 계곡에 얼음도 차츰 녹기 시작하고 산중 음지 깊숙이 쌓여 있던 잔설도 하나둘 그 자취를 감추고 있다. 며칠만 더 지나면 입 떨어진 개구리들의 합창이 들려올 것이고, 움트는 버들강아지가 봄의 향내를 날리며 소록소록 이 절기를 감싸 놓을 것이다.

깊은 산중에서 자연과 더불어 살다 보니 어느덧 모든 소리가 순하게만 들려오는 경지(?)에까지 이른 것 같다. 과락을 겨우 면한 인생 운운하며 겸손해지는 미덕조차도 자연에서 배워간다. 수업료조차도 받지 않는 자연은 가치 있는 삶을 몸소 실천하고 따르게 한다. 참으로 소중한 우리의 스승이 아닐 수 없다.

젊었을 때 왜 그리 으시대고 잘난 척했는지, 남에게 부질없이 피해를 준 일은 없었는지, 알게 모르게 억울한 사람을 만들지는 않았는지, 나 자신의 소소小訴함이 후회로 점철되는 순간 잊어버림의 미학美學이 현실 세계로 다가와 포근하게 위로해 준다. 한겨울 비육해진 몸뚱이가 고통이라는 체험을 안겨 주게 될 줄이야. 모든 건 한순간이었다.

지난 몇 달 동안 육신의 고통을 얼마나 참아 낼 수 있을까 하면서 적잖이 고생했다. 몸이 아픈 거지 정신이 아픈 건 아니니 내 이 정신으로 육신의 고통을 한번 이겨내 보리라 하면서, 마치 무슨 수행하는 스님이라도 되는 양 우격다짐 속에 고집을 부리다 된통 혼쭐이 났다. 사연은 이랬다. 겨울엔 딱히 갈 곳도 없고, 하는 일조차 별로 없어, 일주일에 한두 번씩 스크린 골프장을 찾는다. 선후배들도 볼 수 있고, 운동 삼아 한 게임을 하면서 겨울의 무료함을 이겨내는 방편이기도 하다. 비만한 몸으로 그만 무리하게 스윙을 했다. 주위 사람들은 내 스윙 폼을 보고 마치 곰이 채를 휘두르는 것 같다면서 힘을 좀 빼라고 권했다. 기본을 제대로 배우지 못한 사람이 자세가 좋을 리 없는 건 당연한 이치였다.

골프 일화에 힘 빼는 데 3년이나 걸린다는 말이 있다. 나는 20년이나 지났는

71

데도 힘을 빼지 못하니 선천적으로 타고난 골프 신경이 별로인 것 같다. 그래도 우리 동네에서는, 랭킹 10위 안에 들어간다는 걸 위안 삼아 자주 다니는 편이었다. 공연히 모여서 고스톱 치는 것보다 비용도 훨씬 적게 들고, 이런저런 동네 소식도 두루 들을 수 있는 만남의 장소 같은 곳이기도 하니까.

무리한 스윙은 적잖이 허리 부위에 신경을 자극했다. 통증으로 고장이 났음을 알려준다. 젊었을 때 다쳤던 디스크가 재발한 것 같다는 생각에 고생 좀 하겠구나 싶었다. 전에도 그랬듯이 찜질을 해 보기로 마음먹고 그날부터 사흘 동안 꼬박 누워서 자가 치료를 해보았다. 하지만 며칠 지나도 차도는 없고 통증은 점점 더 심해지기 시작했다. 바로 누울 수도 없고 모로 누울 수도 없는 고통이 몸과 마음을 짓누르기 시작했다. 신경 줄 하나가 온몸과 정신을 혼미하게 만들 줄은 상상도 못 했다. 아내는 병원에 가자고 졸랐지만 나는 좀 더 참아 보자고 했다. 병원에 가면 당연히 입원해야 하고, 저로 인해 가족이나 주위 지인들에게 공연한 걱정을 끼쳐드릴 수 있다는 생각이 가미됐다. 그런데 그게 아니었다. 통증은 날로 더 심해지고 잠을 이루지 못할 지경이 되었다. 괜한 고집을 부리다가 화禍를 부르고 말았다.

결국은 일주일 만에 집사람과 딸내미의 성화로 척추 전문병원에 입원하고 말았다. 그 병원 원장님은 "나이도 지긋하니 알 만한 사람이 미련하기는 곰 같다."면서 측은하게 나를 쳐다보는 게 아닌가. 민망하기도 하고 무안하여 눈길조차 줄 수가 없었다.

퇴원 후 석 달 열흘을 걷고 또 걷는 걷기 운동부터 시작했다. 차디찬 봄바람이 얼굴을 훑고 지나가도 백일기도를 한다는 심정으로 하루 십여 리씩 걸으면서 인생을 다시 되돌아보는 반성의 시간을 가졌다. 아무런 대책 없이 몸을 학대한 죄, 이순이 넘어서도 건강관리를 제대로 못 한 죄, 마누라 말 제때 안 들은 죄, 무지한 중생인 주제에 고결한 도인의 흉내를 낸 괘씸죄, 겨울 동안 먹고 놀기만 한 죄, 남의 불행을 방관한 죄 등등. 인간의 기본은 신외무물이라 했거늘 내 몸 외에 중요한 건 아무것도 없다는 지극히 평범한 사실에 대해서도 깨우치게 되었다.

　돈을 잃으면 조금 잃는 것이요, 명예를 잃으면 많이 잃는 것이고, 건강을 잃으면 모든 걸 다 잃는다는 말을 다시 깨닫게 된 것도 이번 기회를 통해서였다. 병은 초기에 고쳐야 한다는 평범한 진리도 말이다. 비록 마음이 몸을 움직일지라도 신경세포에 포박당한 육신은 자신의 존재를 절대로 내려놓지 않는다는 것, 몸은 몸일 뿐이라는 것도 확인할 수 있었다. 신외무물, 경험에서 얻은 훌륭한 단어임이 틀림없었다.

안소대심眼小大心

조물주는 참으로 신비하고 위대하다. 우리는 공기와 물의 소중함을 잊고 사는 것처럼, 우주 만물을 창조한 조물주에 대한 경외심을 잊고 살 때가 많다. 만물의 영장이라고 하는 인간들을 만든 조물주는 똑같은 모양새를 거부했다. 키가 크고 작은 것은 물론이고, 피부색도 얼굴 모양도 다 다르게 만들었다. 그것도 지구상에 존재하는 무려 육십 억이 넘는 인간에게 말이다. 물론 일란성이라고 하는 신비로움을 첨가한 소수 몇 퍼센트의 쌍둥이에게는 닮은꼴의 기묘함을 기막히게 연출하였으니, 그것은 조물주의 다양한 능력을 인류에게 보여준 보너스라고 해야 할 것 같다.

같은 부모의 피를 받고 태어난 형제도 비슷은 해도 똑같이 닮은꼴은 어디에서도 찾아볼 수 없다. 성격이나 행동이 다르니 자식을 많이 둔 부모들 고뇌는 그만큼 클 수밖에 없다.

나는 오 형제에 누나 둘 하여 칠 남매 중 다섯째로 태어났다. 물론 비슷한 성격에 닮은꼴을 한 형제도 있지만, 아주 닮은 형제는 없다. 그런데 그중 나는 유독 눈이 작은 아이로 태어났다. 어릴 적에는 오바 단춧구멍이라는 놀림도 받았지만, 사물을 분별 못 하거나 장애를 가지고 태어난 건 아니었다. 눈이 쪽 찢어졌다고나 할까, 그러니까 사람을 쳐다보면 째려보는 듯한 인상, 일본 사무라이 무사형 얼굴을 닮았다는 것이 가장 적절한 표현이었다.

작은 눈을 가졌어도 살아가는 데는 아무런 지장이 없었다. 그러나 일단 여자들이 기피했다. 살쾡이같이 매서운 눈을 가진 남학생을 암탉처럼 유순한 여학생들이 좋아할 리가 없었다.

부모님은 대동상회라는 상호로 잡화 가게를 운영했다. 오일장마다 사고파는 사람들 틈에서 어린 시절을 보냈다. 맹모삼천지교는 언감생심이었고, 맹자같이 싹수가 있었던 아이도 아니었다.

어느 가을 장날이었다. 장을 보러 나온 많은 사람이 장판을 오고 가며 흥청거릴 때, 나는 비장한 각오로 결심해야만 했다. 그 날을 거사 일로 잡았다. 오 원을 주고 면도칼을 하나 샀다. 어른들이 면도할 때 면도기에 넣어서 쓰는 양날이 아주 날카로운 도루코 면도날이었다. 부모님이 장보기에 여념이 없는 틈을 타, 어머니가 쓰던 거울을 앞에 놓고 작은 눈을 면도칼로 찢기로 작정한 것이다. 코 방향으로 조금만 찢으면 자동으로 눈이 커질 거라는 순진무구한 어린 초등학생의 기발하고도 맹랑한 생각이었다. 앞산으로 넘어가는 햇살이 계속 방해를 했다. 손은 떨리고 눈이 계속 감기면서 큰 눈을 가지고 싶은 철부지의 소행을 단호하게 거부했다. 온몸에 식은땀이 나기 시작했다. 조상의 은덕이 있었는지 정말 다행으로 어머니에게 들켜서 성사되지 못하였지만, 그날 저녁은 하마터면 나의 제삿날이 될 뻔했다.

고등학교 3학년 때는 그 이름도 거룩한 학생회장이었다. 후배 여학생들로부터 늘 가슴 저린 말을 들어야만 했다. 오빠는 존경하는데 이성적으로는 싫다는 노골적인 말을 듣기가 일쑤였으니, 작은 눈의 콤플렉스는 두고두고 나의 아킬레스건이었다. 연애를 해보고 싶은 사춘기의 끓어오르는 욕망에 내 작은 눈은 늘 장애물이었다.

군기가 세기로 유명한 해병대에 지원 입대하여 졸병 생활을 할 때의 일이다. 선임 사병에게 큰 소리로, 온 정성을 다하여 필승이라는 구호를 외치며 경례를 했다. 그러고 가려는데 선임이 오라고 했다. 다가가는 순간 군홧발로 내 정강이를 사정없이 차 버렸다. 왜 째려보냐는 것이었다. 까인 정강이가 아픈 것은 고사하고 정말 환장할 지경이었다. 속마음을 밖으로 꺼내 보여줄 수도 없고, 억울하고 괴로운 일을 이처럼 여러 번 당해야만 했다.

잘못 태어난 팔자거니 하면서 살아오다가 경찰관 시험에 합격하여 형사가 되었다. 이상하게도 모든 용의자가 내 앞에만 오면 잘 불었다. 잘 분다는 것은 자백을 잘 한다는 속어이다. 별다른 제스처도 없는데 늑대 앞의 양처럼 미리 겁을 먹고 자백을 하니, 그 덕에 많은 강력사건이 손쉽게 해결되었다. 자연히 유능한 형사가 되고 특진까지 하게 되었다.

관운이 좋은 것도 있었겠지만, 원인은 내 이 작은 눈에 있었다. 그동안 설움 받고 괄시만 당했던 작고 매서운 째진 눈이 값을 톡톡히 해낸 것이다. 내가 사람을 쳐다보면 속마음까지 꿰뚫어 보는 것 같다는 말들을 자주 들었다. 죄짓고는 못산다는 보편타당한 양심 속에 침투한 나의 레이저 눈빛이, 구석구석을 밝혀주는 등불 역할을 했다고나 할까.

광명의 빛으로 변신한 나의 눈은 이제 쌓인 연륜 속에 여느 사람의 심성이나 관상까지 보는 신비의 눈으로 바뀌어 가고 있다. 지인 중에 선거에 출마한 몇 사람을 관상으로 당락을 짚어준 적도 있고 친구들로부터 자리를 깔아도 되겠다는 우스갯소리도 듣고 있지만, 사람 잡는 선무당이 안 되려고 한쪽 귀로 흘려버리곤 했다.

그동안 작은 눈으로 인해서 받았던 설움이라고나 할까, 오랜 고심과 연구 끝에 어느 사전에도 없는 안소대심(眼小大心)이라는 말을 만들어 나 자신을 합리화시켰다. 억울함을 다 풀었다고는 할 수 없지만, 살아오면서 받았던 피해의식이 나도 모르게 작용한 것이다. 내 눈을 닮은 딸내미에게 거액(?)을 들여 쌍꺼풀을 겸한 눈 키우는 수술을 해 주었던 과거의 일도, 손녀딸 넷 중 두 아이에게도 수술 예약을 해 주어야만 하는 진행형의 운명 앞에서도, 이젠 무덤덤한 안소대심의 중년이 되었다. 눈 하나도 공평하게 점지해 준 조물주의 신비함에 저절로 고개가 숙여진다.

집중 호우와 파출소장

행굿잖은 장맛비가 꼭 무슨 일을 치르고야 말 것 같았다. 한 달째 내리기를 반복하는가 하면, 어떤 날은 갑자기 많은 비를 쏟아부을 때도 있었다. 도통 그칠 생각도 없이, 축축한 먹구름 속에서 하루하루를 보내야만 했다. 해를 본 지가 꽤 오래된 것 같은 지루한 장마로 일상은, 온통 곰팡이 냄새같이 눅눅한 습기 속에서 우중충하게 보낼 수밖에 없었다. 하루하루를 벌어서 먹는 인부들에게는 술로 세월을 보내게 했고, 절기를 놓친 농민들에게는 작물에 씨알이 생기지 않을까 걱정 속에 나날을 보내게 했다. 썩 달갑지 않은 묵은 비였기 때문이었다.

"이러다 무슨 일치지." 만나는 노인마다 이구동성으로, 근심 반 걱정 반 어린 표정으로 날씨에 대한 우려가 술집에 안주처럼 등장하곤 했다. 아마도 오래 사신 분들은 보이지 않는 직감이 예감으로 작용되는 것 같았다. 그 어른들 말마따나 2006년 8월 여름은 장마로 시작하여 재앙으로 끝났다는 말이 적절한 표현이었다.

엄청난 피해와 상처만 떠안긴 그때 장마를 잊지 못하는 건 수많은 인명을 살려낸 일 때문이었다. 경찰 생활 33년 동안 가장 잊지 못할 일이라면 대관령에서 있었던 그때 그 장마 때의 일이 아닌가 생각된다.

그 당시 영서 남부 지방에 집중적으로 퍼부었던 비의 양이 무려 1,200mm였으니, 백 년 만에 처음으로 많이 온 집중 호우였다. 특히 우리가 살고 있는 평창 지역이 큰 피해를 보았다. 인명 피해도 수십 명에 달하였고, 쓸려 내려간 가옥도 수십 채에 달하였으며, 도로를 비롯한 기반 시설 붕괴 등 재산 피해액만 무려 8천억 원이 넘었으니, 강원도 작은 시골 군郡으로서는 감당하기조차 어려운 상황이 아닐 수 없었다.

대관령은 고랭지 지역이라 전국 각처에서 품팔이하러 모여든 많은 인부가 한 계절 거주할 뿐만 아니라, 용평리조트라고 하는 동양에서 제일 큰 휴양 시설이 자리 잡고 있는 곳으로, 농사와 관광이 주 산업을 이루고 있는 특색 있는 지역이다. 겨울철에는 스키로 여름철에는 골프를 비롯한 많은 레저 활동으로, 주말마다 수천 명이 콘도 등에 투숙하는 용평리조트는 이미 국내외에 널리 알려진 유명한 휴양 시설이기도 했다.

연일 내리는 비 때문에 며칠째 집에도 못 간 상태에서 관내에 비 피해는 없는지 촉각을 곤두세우고 사무실과 관사에서 상주하다시피 근무하고 있었다. 대관령에서 40분 정도 떨어져 있는 집은 평창강의 상류인 금당계곡으로 계곡물이 엄청나게 불어서 걱정스럽다는 집사람 전화만 받고, 어쩔 수 없이 애만 태우고 있을 때였다.

토요일 아침이었다. 갑자기 빗줄기가 굵어지기 시작했다. 소나기 같은 비는 한 달간의 장마를 끝낼 요량으로 퍼붓기 시작했다. 그로기 상태에 있는 복싱선수에게 카운터펀치를 먹일 작정인 것처럼 거칠게 산야를 훑는 게 아닌가. 이미 계곡물은 곳곳이 불어서 수위가 다 된 상태인데 걱정이 현실로 다가오기 시작했다. 직원 두 명과 순찰차를 타고 관내 상황을 점검하기 위해 계곡물이 합수하는 지점인 용평리조트 입구로 가보았다. 아니나 다를까 교량 위로 계곡물이 찰랑찰랑 넘치기 시작하고 있었다.

토요일을 맞이하여 피서 차, 관광 차 들어오는 많은 차를 그냥 그대로 보냈다가는 용평리조트 상류 쪽인 발왕산에서 내려오는 계곡물로 인해 모두 쓸려 내려갈 거라는 직감이 들었다. 이미 용평리조트의 호숫물이 넘쳤다는 사실과 파출소장 전부터 주재 형사로 근무해 오며 평소의 장마 때 상황을 알고 있던 터라, 현장 상황을 파악하고 대처하는 데 쉽게 결단을 내릴 수가 있었다. 일단 빨리 차에서 내려 들어가는 차부터 막는 것이 시급했다.

직원과 함께 리조트로 들어가는 모든 차에 대해서 통제를 시작했다. 빗줄기는 사정없이 얼굴을 내려치고 우비 속의 경찰복도 젖어 들기 시작했다. 이런저런 사정을 모르는 관광객들은 서울에서 세 시간 만에 내려왔는데 왜 못 들어가게 하느냐, 돈도 다 지급했는데 못 들어가면 어떻게 하라는 말이냐고 따지면서 막무가내로 우리를 들볶았다. "들어가면 죽습니다. 안 돼요. 저희 말 들으세요." 싸움 아닌 싸움을 하다시피 달래고 어르고 수백 명과 씨름하며 막아서고 또 막아냈다. 젊은이들의 항의가 더 심했으나 한 명도 단 한 대의 차량도 들여보낼 수가 없었다. 경찰관들의 근무 태도가 심상치 않았음을 느꼈는지 모질게 대항하는 관광객은 다행히도 없었다.

억수로 퍼붓는 소나기는 그칠 줄 모르고 허기와 피곤으로 지친 몸은 으슬으슬 떨리기 시작했다. 파출소장이나 직원들이나 물에 빠진 생쥐 같은 모습이었지만, 할 일을 제대로 한 것 같아서 보람이라는 작은 난로가 온몸을 데워 주고 있었다.

지역을 초토화한 집중 호우도 차츰 기세가 꺾이기 시작했다. 상대방을 KO

시킨 승자들의 함성처럼 들리던 계곡물 소리도, 다리를 넘치던 물도 더는 불어나지 않고 점차 줄어들기 시작하는 게 아닌가. 한 달간의 긴 장마가 마침내 끝나가고 있음을 직감적으로 느낄 수 있었다. 그날 오후 우리가 통제하기 바로 전에 들어갔던 스물넷이 탄 관광버스는 물에 쓸려 내려가다 도로변 큰 나무에 걸려 구사일생으로 구조되었다는 뉴스가 중앙방송 전파를 타고 계속 보도되고 있었다. 정말 아찔한 순간이 아닐 수 없었다.

만약에 그 승용차들을 그냥 그대로 보냈더라면, 아니 그곳에서 그런 근무를 하지 않았더라면, 수백 명의 목숨은 이 세상 사람이 아니었을지도 모른다고 생각하니 참으로 좋은 일, 보람된 일을 했다는 자부심이 자랑스러운 훈장처럼 가슴 뿌듯하게 했다.

뒤늦게 이 사실은 안 경찰서장은 왜 그때 바로 보고를 하지 않았느냐고 책망을 하며 특진감이라는 말로 우리가 한 일에 대해 격려해 주었지만, 경찰관으로서 당연히 할 일을 했을 뿐 상을 받거나 진급하려는 목적은 물론, 공과 같은 건 전혀 생각한 바조차 없었다.

경찰 입문기

- 순경이 되기까지

집에서는 할 일도 없었고, 할 만한 일도 또한 없었다. 늘 친구들과 어울려 술집이나 당구장 등을 전전하면서 빈둥거리는 게 일과였다. 뒷돈이 넉넉지 못한 가게는 텅 비어 갔고 그러다 보니 장사가 잘될 턱이 없었다. 생활고로 빚만 잔뜩 지게 된 부모님의 잦은 마찰로 편한 날이 없었다. 집안 사정이 그런데도 모였다 하면 술이었고, 주머니에는 술 마실 만한 여유도 없었다. 친구나 선배들에게 한잔씩 얻어먹는 게 유일한 낙이었다.

술에 취하면 지역에서 돈 많고 잘나가는 소위 유지라는 사람들에 대한 이유 없는 개살이 생기기 시작했다. 소위 요즘 말하는 금수저들에 대한 이유 없는 반감이었고, 집이 가난하고 못사는 것 자체와 돈으로 인간을 평가하고 무시하는 풍조가 너무나 싫었다.

언제부턴가 내 마음속 한가운데서 세상에 대한 불만이 툭툭 터져 나오기 시작했고, 현실에 대한 반항 심리가 나를 삐딱하게 만들고 있었다. 무엇을 하려는 용기조차 상실한 나는 문득 이대로 가다간 형편없는 뚝 건달로 인생을 망칠지도 모른다는 생각이 들기 시작했다.

술에 취하면 주정꾼 비슷하게 흉내를 내는 일도 있었고, 그로 인해 한 불알 친구와 좋지 못한 사건이 벌어졌다. 그 일의 후유증으로 인해 생긴 상처의 치유 기간은 나에게 많은 변화의 기회를 주었고, 무디어진 정신을 개조시키는 일대 전환점이 되었다.

언어맞아 다친 고막을 치료하기 위해선 이비인후과가 있는 원주로 나가야만 했다. 병원 주변의 허름한 하숙방을 하나 얻어서 통원 치료를 했다. 술에 취해 실수한 나에게 분풀이를 했던 친구는 그 대가를 톡톡하게 치러야 하는 폭력 피의자가 되었고, 사건은 생각했던 것보다 큰 충격과 심적 부담으로 자리 매김하게 되었다. 애당초 원인은 내가 일으켰는데 잠시 참지 못한 친구가 모든 걸 책임지는 결과가 되었다.

불편한 마음을 억누르고 일단은 다친 고막을 치료하는 게 급선무였다. 인간으로 태어나 처음이자 마지막으로 범했던 큰 실수였다. 죄인이 된 듯 부모님을 뵐 면목조차 없었다. 나는 그 일로 인해서 사람이 바뀌고 인생이 바뀌었지만, 40년이 지난 지금 생각해 보아도 나도 어쩔 수 없이 감정을 지닌 동물임에 틀림없었다. 받았던 충격이 커서인지 미안하면서도 친구에게 당했다고 하는 피해 의식이 늘 평생 마음 깊숙이 자리 잡고 있었으니까.

늙으신 부모님에게 끼쳐드린 불효는 이루 말로 다 못 할 만큼 엄청난 죄책감으로 돌아왔고, 형과 동생들에게도 고개를 들지 못할 정도로 형편없는 존재로 추락하고 말았다. 군대까지 갔다 온 놈이 형편없이 술이나 먹고 일이나 저지르고 다니는 덜 떨어진 못된 놈, 그 당시 내가 들어야 했던 주변의 소문이었다.

피해자이면서 가해자인 듯 나를 대하는 주변 분위기와 만취한 친구에게 자비롭지 못했던 그 친구가 어색한 존재로 다가온 가운데, 잘 살아야 한다고 다짐했다. 선한 마음으로 갚아야 한다는 생활신조가 결국은 악한 마음을 이겨내는 결과를 가져왔다. 마음이 심란하고 안 좋은 과거가 떠오를 땐 늘 큰스님들의 글을 접하면서 마음을 다스리곤 했다.

심란한 마음으로 하루하루를 보내고 있을 때 서울에서 경찰관 생활을 하던 작은형이 찾아왔다. 형의 손에는 작은 가방이 하나 들려 있었고, 그 속에는 처음 보는 몇 권의 책과 먹을거리가 들어 있었다. 형은 책을 건네며, "좀 나아지면 이 책 보고 공부해서 경찰관 시험 봐. 영어, 수학이 없으니 열심히만 하면 충분해. 대충대충 하지 말고 죽기 살기로 해봐. 부모님은 연세도 많은데 뭐라도 해야 하지 않겠나." 평소 바로 위에 형이라 친구처럼 대했는데 그날은 선생님같이 보였다. 지은 죄가 있으니 할 말도 못 하고 쥐구멍이라도 있으면 들어가고 싶었다.

돈 2만 원과 던져 주고간 주인 바뀐 책이 내 인생을 바꾸는 뜻밖의 보물이 될 줄은 아무도 몰랐다. 고막을 치료하는 기간이 의외로 길었다. 찾아오는 사람도 없고, 하루 한 번 치료받으면 그다음에는 할 일이 없었다. 심심하던 차에 형이 주고 간 책 한 권을 꺼내 들고 읽어보았다. 『법제 대의』라는 법에 관한 책이었다. 생소한 내용에 구미가 당겼다. 딱딱한 내용이기는 해도 사람이 살아가면서 아주 필요한 법에 관한 내용이었기에, 자꾸만 손이 가게 됐다. 그 당시 처한 현실이 나에게 법에 대한 관심을 집중시켰다고나 할까. 그날부터 책을 보는 횟수가 많아지기 시작했다. 형의 성의는 둘째 치고 딱히 할 일이 없으니, 책 읽는 일을 소일거리로 삼은 것이다. 시간의 유무를 떠나서 내 곁을 차지한 책은 유일한 친구인 양 늘 자신의 속마음을 조건 없이 제공했다.

인연의 고리는 아주 사소하고 미미한 데서 시작된다고 했던가. 시간이 지나고 날짜가 바뀔수록 책을 읽는 열정은 더해 가기만 했다. 행동이 습관이 되고 습관이 운명을 바꾼다더니 어떤 날은 한잠도 자지 않고 책과 씨름하기도 했다. 맹세조차도 하지 않은 나는 어느덧 열공 모드로 전환된 경찰관 응시자가 된 것이다. 늦은 밤 투숙한 곁방 연인의 애정 놀음은 소음 중에서도 가장 참을 수 없는 심한 고통의 방해꾼이었다. 솜으로 귀를 틀어막아야만 책이 머릿속으로 들어오곤 했으니까. 나의 열정에 감복한 하숙집 아줌마는 격려의 손길을 보내주기 시작했다. 소음을 일으킬 만한 손님들을 멀리 격리해 주기 시작한 것이다. 열심히 하는 사람에게는 하늘에서도 도와준다더니 고마운 아줌마가 아닐 수 없었다. 마마를 앓아서 생긴 얼굴의 흔적 정도는 괘념치도 않고 선하고 고운 마음씨를 지녔던 그 아줌마는, 마치 큰누나와 같이 넉넉하고 인심 좋은 분으로 지금까지도 마음속에 남아 있다.

드디어 고막 치료를 끝내고 집으로 돌아온 나는 밖으로 나가 다닐 형편이 못 되었다. 꼴에 창피한 건 알았는지 동네를 돌아다닐 만한 염치도 없었고, 그럴 만한 처지도 못 되었다. 그로부터 꼬박 뒷방에 처박혀 외부와도 접촉을 끊은 채 3개월 동안 오직 책 보기에만 열중했다. 달라진 내 모습을 본 부모님은 그동안의 고생이 보람으로 다가올 것 같다는 예감이 드셨는지 나에게 온 정성을 쏟아주셨다.

드디어 시험을 보러 춘천으로 갔다. 아는 사람 중엔 몇 번씩 떨어졌다는 사람들도 있었다. 시험지를 받아들고 답을 매겨 나갔다. 조상님이 도왔는지 알고 있던 문제들이 눈에 들어오기 시작했다. 해병대 정신까지 가미하며 오기로 뭉쳐진 일생일대의 최고의 승부수였으니까. 밖으로 나왔을 때 나 말고 다른 사람은 별로 보이지 않았다. 결과는 합격이었다. 구렁에서 건져진 뚝 건달의 운명이 바뀌는 순간이기도 했다. 그렇게 하여 나는 꿈에도 그리던 대한민국의 떳떳하고 자랑스러운 경찰관이 되었다.

불혹에 이룬 합격의 영광

경사가 된 이후 경찰서 계장으로 근무하였다. 그런데도 생활 자체에는 큰 변화가 없고, 뚜렷한 비전도 없는 한 해 한 해를 무덤덤하게 보내고 있었다. 매번 똑같은 방식으로 다람쥐 쳇바퀴 돌리듯이 이 자리 저 자리 옮겨 다니기에 바빴는데, 세월은 어느새 훌쩍 20년을 넘어서고 말았다. 유수와 같은 세월은 정신마저 무디게 만들었다.

큰아이는 이미 고등학교를 졸업하고 대학을 가려는데, 아비는 늘 현실에 만족하는 막걸리 순사로 전락하여 하루하루를 소일하는 데만 급급했다. 직장의 새까만 후배들은 매번 승진 시험에 합격하여 앞질러 갈려고 하는데, 이대로 가다가는 후배 밑에서 근무할지도 모른다는 위기감이 머리를 맴돌기 시작했다.

매사 무사안일은 아니었어도 무사태평쯤으로 치부하고 발전 가능성이라고는 전혀 안 보이는 안갯속의 희멀건 유령처럼 한계에 다다른 듯이 있으나 마나 한 존재로밖에 생각되지 않았다. 그러던 중에 수년째 미뤄지고 있던 경사 기본 교육을 받으러 인천시 부평에 있는 경찰학교로 가야 하는 처지에 이르렀다. 당시에는 한 계급으로 진급하면 3주간의 교육을 반드시 이수해야만 했었다. 정규대학을 나오지 못한 나는 직장 생활 동안 교육에 대한 열정은 남달랐었다. 누구도 가기 싫어하는 교육이었지만, 나는 그들을 대신해서 언제나 먼저 손을 들어 교육을 받곤 했다.

매번 그러했지만, 교육기관이란 느슨해진 기성 경찰관들에게는 우선 계획적인 교육 스케줄과 공동체 생활을 통해 정신을 개조하는 데 그 목적이 있었다. 그래서 새로운 경찰관으로 변모하게 하는 군대식 제도가 약간 가미된 실무 위주의 일정으로, 받으면 도움이 되는 꼭 필요한 교육이었다.

그 당시 나는 그동안 해이해진 나의 일상에 일대 변화를 가져와야 한다고 생각하고 늘 자책하고 있던 때였다. 바뀌지 않으면 아무것도 될 수 없다는 나만의 고민 속에 좌절과 방황의 혼란스러움을 매번 한 잔의 술로 달래고 있던, 어찌 보면 헐렁한 가장이었다.

아침 일찍 일어나 침구 정돈을 하고 대운동장에 모여 체조와 함께 구보로 시작되는 교육기관의 일정은 게으름과 술독에 찌든 육신과 정신을 재무장하는 데 안성맞춤이었다. 또한, 교육기관의 성적이 차기 계급으로의 승진에 많은 영향을 미친다는 사실을 알고 있던 나는, 매 주말 집으로 가는 것도 포기하고 도서관에서 예습과 복습으로 공부에 매달리게 되었다.

타고난 사격 솜씨와 젊어서 익힌 무도 실력에다 학과만 잘한다면 좋은 점수를 받을 수 있겠다는 생각으로 어느 때보다도 더 열심히 노력했다. 3주간의 교육을 거의 마치고 그간의 교육에 대해 평가를 하는 날, 즉 시험을 보는 날이었다. 그 전날 밤 이상한 꿈을 꾸었다. 공부하던 교실에서 불이 나서 활활 타는 꿈을 꾼 것이다. 우왕좌왕하다가 깨고 보니 꿈이었다. 참으로 이상한 일이라는 생각을 했지만 원래 그런 쪽에 둔감했던 터라 아무런 생각 없이 시험을 치렀다.

시험이 끝나고 홀가분한 기분으로 남은 교육 일정을 마치고 교실을 들어섰을 때 믿기지 않은 사실이 확인되었다. 전체 수석이라면서 나의 교육생 번호인 286번이 칠판에 쓰여 있었다. 옆 동료들이 환호성을 질러대며 축하해 주는 순간에도 너무 황당하고 얼떨떨해 감정 조절이 되질 않았다. 아니 전국에서 내로라하는 300여 명이 모여서 받는 교육인데 강원도 촌놈이 수석을 하다니 기쁘기도 했지만, 도저히 믿어지지 않았다. 그러나 그것은 틀림없는 사실이었고 그간 노력의 결실이었다. 그때 내 나이 마흔다섯 살이었고, 공부를 포기해야 할 어중간한 층이었다. 옆에 동료들은 전국에서 1등을 했는데 경위 시험을 보라고 채근하면서 나이는 문제될 게 없다는 듯이 사기를 북돋아 주었다.

집으로 돌아온 나는 바뀐 환경 속에서 적응되어 있던 정신과 마음을 유지하는 데 온 정성을 다하면서 경위승진시험에 대한 열정을 불사르게 되었다. 공부할 책을 사고 계획을 세우는 등, 시험에 대한 정보도 수집하고 디데이를 두 달 뒤인 이듬해 1월 1일로 잡았다. 새해로 바뀌는 날, 굳은 마음으로 시작되는 1999년 1월 1일 혈서를 썼다. 막지를 잘라 흐르는 피로 창호지에 "합격"이라는 두 자를 써서 책상머리에 붙여 놓았다. 그 밑에는 금연, 금주, 금욕이라는 나만의 맹세를 새겨놓고 공부를 시작한 것이다.

그렇게 시작한 공부는 육신과 정신적으로 많은 고통이 뒤따랐다. 경장 승진은 무궁화 봉사왕으로 하였었고, 경사 승진은 근무 성적을 평가하는 심사로 하였던 나로서는 실로 20년 만에 도전하는 공부였으니, 그 어려움은 상상하고도 남을 만큼 괴롭고 힘든 나날이었다. 사무실에서는 일체 공부하는 티를 내지 않았다. 퇴근 이후 저녁 7시경부터 다음날 새벽 3시까지 어김없이 책과 씨름했다. 아내의 고생도 뒤따랐다. 죽을 쑤어서 간식으로 내다 주었고, 쇠락해져 가는 몸을 위해 보약도 지어다 주었다. 나보다 훨씬 젊고 늘 공부로만 승진해 기본이 단단하게 다져진 동료들과의 싸움은 처음부터 굳은 맹세와 실천 없이는 불가능한 게임이었다. 늘 같이 어울리던 친구들은 이러한 나의 결심에 반신반의하면서, 안 하던 공부는 무슨 공부냐면서 몇 달 하다가 말 것이라는 듯이 관심 밖의 일로 치부해 버리면서도 더는 불러 내지 않는 것으로 협조해 주었다.

코피도 흘려가면서 공부하는 내 모습을 지켜본 어머니는 늘 걱정스러운 모습으로 혹여 몸이 상하지나 않을까 노심초사하시고 기도로 무사안일을 빌어 주셨다. 엄청난 고통이 수반되는 경위로의 승진시험 공부는 인간의 한계를 측정하는 실험 같았고, 나는 어김없이 실험용 쥐 같은 존재로 전락한 느낌이었다. 1년이 지난 다음 해 1월 시험을 보러 춘천으로 향했다. 우리 경찰서의 경위 응시자는 나를 포함해서 13명이었다. 모두 나보다 젊고 평소 공부를 해왔던 자신감으로 똘똘 뭉쳐진 경사들이었다. 후배 한 사람이 나를 보고 "계장님은 뭐하러 가세요." 하면서 예상외의 인물로 취급하며 이상한 표정으로 쳐다보았다. 나는 무안한 표정으로 "심심해서 놀러 가."라는 말로 얼버무리고 말았다. 그러나 결과는 이 늙고 예상외의 인물인 내가 경위 시험에 우수한 성적으로 합격하였고, 나머지 친구들은 모두 낙방하는 좌절을 맛보아야만 했다.

이 세상에서 불가능이란 없다는 말이 참으로 실감났다. 나이 마흔여섯 살 불혹에 맛본 경위승진시험 합격은, 내 인생에 또 다른 추억거리로 자리매김하였고 대견한 나로 인정받게 해 주었다.

펜션과 올림픽

평창 금당계곡에서 펜션을 하고 있으니 동계 올림픽이 열리는 곳이라서 대박을 칠 거란 소리를 많이 듣고 있다. 어느덧 15년이라는 세월을 보내서 흰머리가 훨씬 많아진 이순의 늙은이가 되었다. 다행히 전국 각처에서 찾아주는 단골손님 덕에 근근이 현상 유지는 하고 있는 터, 곳곳에 들어가는 수리비나 운영비 등이 영 만만치가 않다. 그러다 보니 경험은 조금 있는 편이요 인근 업소들의 근황도 수시로 듣고 있어서 남보다 펜션 운영에 관한 흐름을 조금 알고 있는 편이다.

펜션의 사전적 의미는 연금이다. 유럽에서 노인들이 노년을 연금과 민박 경영으로 보내는 데서 그 이름이 유래되었다. 민박의 가정적 분위기와 호텔의 편의성을 갖춘 소규모의 숙박 시설이라고 사전에 정의되어 있는 것만 봐도 극도의 영리성에 목적을 둔 숙박 시설은 아니라는 것을 쉽게 알 수 있다.

인근 펜션업자들의 면면을 보면 기업이나 공직 또는 생산 현장에서 은퇴하고 자연을 벗 삼아 용돈벌이라도 하려고 들어온 사람들이 대부분이다. 남은 삶을 공기 좋고 풍광 좋은 농촌에서 보내려고 온 사람들인 만큼, 욕심을 내려

놓은 선한 사람들이라는 것도 틀린 말은 아니지 싶다.

펜션은 2천 년대 초부터 우후죽순으로 들어서기 시작해 경치가 조금 뒷받침되는 강변이나, 바닷가는 여지없이 그들의 차지가 되었다. 초창기 돈이 된다고 판단한 일부 묻지마 투자로 사전적 의미의 펜션 이미지와는 동떨어진 영리 목적의 숙박업소로 둔갑하는 과정을 겪기도 했다.

전국적으로 2만 개 이상의 업소가 난립하고 있다. 하지만 펜션은 계속 늘어나고 있고 수요와 공급의 균형이 무너지기 시작하면서, 많은 업소가 경영난에 허덕이고 있다. 서서히 애물단지로 되어 가고 있는 것은 아닌지 하는 우려 속에서 일시 문을 닫거나, 임대하고 돈벌이에 나서는 업주들도 생겨나고 있는 형편이다. 이러한 현상들은 그 누구도 예상하지 못한 가슴 아픈 현실이 아닐 수 없다.

동계 올림픽이 두 달 앞으로 다가왔다. 개최 도시인 평창, 강릉, 정선은 지금 올림픽 준비로 여념이 없다. 한 치의 빈틈도 없게 하려는 관계자들의 열정이 영하 10여 도의 강추위도 녹이고 있다. 작업 인부들의 볼이 매서운 바람에 검붉게 달아오른다. 중앙에 고위 책임자들도 너나 할 것 없이 연일 현장에 와서 점검하고 언론의 관심 또한, 올림픽 열기를 고조시키는 데 한몫을 담당하고 있다. 3선 도전 끝에 치르는 올림픽이라 주민들의 관심은 말할 수 없을 정도로 정성스럽기만 하다. 고원지대 대관령 주민들은 모든 게 잘 되기만을 바라는 마음이 기도하는 심정이라고 조심스럽게 이야기한다.

그런데 숙박업소의 과도한 숙박료 때문에 개폐회식을 비롯하여 경기장 관중의 예약률이 저조하다는 언론 보도가 연일 매스컴에 오르내리고 있다. 방한 칸에 70만 원 또는 100만 원이라니 참으로 어처구니가 없다. 평소 펜션의 경우 주중 7~10만 원, 여름 성수기에도 20만 원 안팎이던 방 한 칸 값을 몇 배의 고액으로 받아 이참에 아예 본전을 뽑겠다는 심산인가. 장사에도 정도가 있고 양심이 있어야 하지 않겠는가.

올림픽은 우리나라의 국격을 높이고 국민들의 긍지를 세계만방에 드높이는 세계인의 축제가 아닌가. 특히 우리 고장에서 열리는 이 역사적인 행사에 찬물을 끼얹는 일부 잘못된 생각을 하는 숙박업소 주인들에게 자성을 촉구하고자 한다. 나는 내 생애 내 고장에 마지막 봉사와 헌신이라는 마음으로 이미 지난 9월에 2인 기준 방 한 칸당 3만 원씩 다섯 칸 모두에 대한 예약을 마쳤다. 물론 1월부터 3월까지 3개월의 기간이지만 평소 요금의 절반도 되지 않는 요금이다.

주위에 있는 펜션들은 방 한 칸당 1박에 20만 원 정도로 예약을 받고 있다고 했지만, 올림픽에 동참하고자 하는 작은 성의를 보일 수 있는 소중한 기회를 놓치고 싶지 않아서 마음을 굳히고 말았다. 여느 해 같았으면 동파를 막고자 빈방에도 애꿎은 기름 때 가며 보일러를 돌렸어야 했을 텐데, 올해에는 경기장에서 활약하는 손님들과 함께 보낸다니, 심심치 않은 겨울을 보낼 수 있게 된 것만도 다행이란 생각이 들었다.

경기가 열리는 해당 지자체에서 과다한 요금을 받는 숙박업소에 대한 합동 점검에 들어갔고, 세무조사도 병행한다는 보도를 보았다. 강릉지역 숙박업소 주인들의 자성 캠페인으로 점점 정상으로 돌아가는 모습을 보여 다행이지만 조금 늦었다는 점이 아쉬움으로 남는다.

과유불급過猶不及이라 했다. 넘치는 것은 부족한 것만 못하다는 공자의 가르침이 새삼 떠오르는 아침이다.

올림픽 영웅, 대관령 사람들!

운명처럼 다가와 온 국민의 마음속에 행복감과 큰 자긍심을 주고 떠난 동계 올림픽. 흠잡을 데가 없는 것이 흠이라는 말과 함께 세계적인 찬사와 더불어 개최된 여운이, 해체되어 가는 경기장의 모습만큼이나 점점 잊혀가는 것이 못내 아쉽기만 하다. 성공 개최의 밑거름이 되었던 수많은 자원봉사자와 관계 공직자들의 노력과 고생의 흔적은 두고두고 길이 남으리라.

3수 끝에 개최된 올림픽의 배경에는 열화와 같은 도민들의 관심과 지원은 물론이었고, 전 국민의 지지와 성원 역시 빼놓을 수 없다. 모두가 한곳으로 마음을 모아준 결과라고 생각한다.

특히 인구 7천 명 정도밖에 되지 않는 대관령 사람들의 눈물겨운 노력과 열정은 잊을 수가 없다. 하늘 아래 첫 동네 매서운 바람이 휘몰아치는 고랭지 얼갈이 농사로 잔뼈가 굵은 그들은 의리와 기백으로 똘똘 뭉친 올림픽 전사들이었다. 2003년 3월 세 표 차로 지고 만 체코의 프라하에서 있었던 첫 번째 도전의 개최지 발표현장에도, 2007년 7월 소치에 패한 남미 과테말라에서 있었던 두 번째 개최지 발표현장에도, 2011년 드디어 3수 끝에 승리의 함성을 올렸던 남아공의 더반에서도 그들은 현장에 있었다.

생업마저 아예 포기한 2~3백여 명의 대관령 서포터즈들은, 수백만 원의 경비도, 현장에서 사용할 장비와 플래카드도 모두 그들 스스로 제작하고 옮겨야만 했다. 비행기만 일곱 차례나 옮겨 타야 했던 과테말라에서는 기대가 실망과 허탈로 바뀌는 순간 누가 먼저랄 것도 없이 손수건을 꺼내 들어야만 했던 슬픈 추억이 새록이 기억되곤 한다. 고행을 자처해야만 했던 대관령 사람들. 그들은 그대로 주저앉을 수가 없었다. 영광의 신호를 알리는 더반의 승리는 대관령 사람들의 눈물이며 정성에 감화된 하늘의 뜻일 수밖에 없다.

매년 1월 1일이면 올림픽 개최를 위해 영하 20도를 오르내리는 태백산 천제단에서의 기원제는 물론이었고, 한라에서 백두까지 육로로 해상으로 하늘길로 몇 번이고 찾아가 빌고 또 빌었던 사람들도 역시 대관령 사람들이었다. IOC 위원들로 구성된 실사단이 온 날은 축젯날과 다르지 않았다. 전 주민이 모여들어 환호하고 박수치며 그들을 맞아 주었다. '우리는 올림픽을 개최할 준비가 되었다'는 마음속의 다짐이었고, 의지의 표출이었다. 감화된 IOC 위원들은 차에서 내릴 수밖에 없었다. 그들은 영하 속의 얼어 있는 주민들의 손을 잡아 주었고, 그것은 성공을 알리는 하나의 복음이었다.

작은 나라 대한민국 전 국토의 80%가 산으로 둘러싸여 있는 평창군, 그중에서도 추위와 바람조차 강한 대관령의 사람들이 역사를 바꾸고 강원도를 바꾸었다. 남과 북이 함께 잡았던 화해의 손길이 머지않아 한반도의 통일로 승화된다면 대관령 사람들은 통일의 선봉에 선 선구자가 되는 셈 아닌가. 점점 멀어져만 가는 올림픽의 열기가 그리워 열어본 평창군청 포터 판의 기록들이 그 당시 감동들을 새로이 떠올리게 한다. 나는 그때 그 대관령의 그분들에게 올림픽의 영웅이라는 이름을 감히 달아드리고 싶다.

흔들어도 끄떡하지 않는 고목이 되겠다고 다짐해 본다. 긍정의 힘은
자연에서 나오고, 자연은 있는 그대로이기 때문이다.
그게 세상의 진리이고 섭리가 아닌가.

－「속물근성」 중에서

3부

세상살이 풍류

한恨

우리는 참으로 한이 많은 민족이다. 너무도 오랫동안 외세로부터 당하며 살아온 피해 의식이 한으로 맺어졌다고나 할까. 모든 역사가 온통 한으로 얼룩진 슬픈 자화상이 전광판 속 광고처럼 늘 우리 눈에 어른거린다. 초식동물처럼 순하디순한 민족성도 문제겠지만, 그것을 빌미 삼아 말살하려던 이웃 세력의 못된 심보도 한을 키우는 데 한몫을 했다.

참혹한 침략의 전쟁터에서 자신과 가족의 안위를 위해 처절하게 대항했을 이 한 맺힌 DNA가 우리의 성향마저 바꾸어 놓은 것은 아닌가 하는 생각마저 든다. 저항과 생존을 위한 투쟁 일변도의 삶 속에서 수천 년을 이어온 선조들의 생활 습성이 어쩌면 한으로 남아 있었는지도 모른다.

한이 일상의 혼과 같은 역할로 자리 잡아 가고 있다. 켜켜이 얽히고설킨 수많은 역사에서 그나마 한마저 없었다면 우리라는 존재는 과연 여기까지 왔겠나 싶기도 하다. 이처럼 한은 우리 민족의 애환이요 정서로 자리매김되고 말았다. 비애 속에 짜인 슬픈 드라마의 시청률이 높을 수밖에 없고, 애절한 트로트의 대중가요가 늘 인기가요 차트의 윗자리를 차지하는 것만 봐도 그렇다.

개인도 각자 나름대로 한을 품고 살아가고 있다. 수십 년간 부부로 살아오면서 좋았던 기억은 잃어버렸는지 나쁜 기억만 들추어낸다. 여든다섯에 돌아가신 우리 아버지는 무려 15년간을 와병 중에 계셨다. 어머니와 아내는 대소변을 받아내야만 했다. 가끔 짜증이 나신 우리 어머니는 늘 아버지가 못 해주었던 젊은 시절의 일만 들추어서 구박했다. "이놈의 첨지 젊어서 그렇게 속을 썩이더니 늙어서도 나를 괴롭히네." 상황이 바뀐 아버지는 서방질하다 들킨 아낙처럼 아무런 대꾸도 못 하고 한풀이의 대상으로 전락하곤 했다. 수십 년간 가슴속에 맴돌다가 늘그막에 나타나는 한의 진부함에 치를 떨어야만 했던 병든 아버지의 수척한 모습이 여태까지 어른거린다.

여자가 한을 품으면 오뉴월에도 서리가 내린다는 말이 있다. 기상학적으로 도저히 내릴 수 없는 오뉴월의 서리가 한 맺힌 여자들에 의해서만 내릴 수 있다는 속담으로 자리 잡은 것만 봐도, 한은 영혼 속의 좀비처럼 사람의 심성 가운데 깊숙이 자리 잡고 있는 것임을 알 수 있다. 부부 간에도 이럴진대 개인 간에 맺힌 한은 말할 것도 없이, 오싹한 감정을 감출 수가 없다. 남한테 억울한 일을 비참하게 당했거나, 배신이나 배반, 모진 학대나 인간 이하의 박대를 받았던 처절한 피해 의식은, 한을 맺게 하는 원인이 된다. 가슴속 깊은 곳에 응어리진 멍울과 같은 한은 억울한 죽임을 당한 아랑낭자의 혼령처럼 언제 복수의 칼로 돌변할지 모른다. 주위에서 발생하는 사건 중 우발적인 범죄는 단 몇 프로에 지나지 않는 것만 봐도, 한으로 이어진 범죄 사건의 발생 빈도는 늘 압도적임을 알 수 있다.

이십 대 초반 때 하마 꽤 오래된 일이다. 친했던 고등학교 동창이 있었다. 얼굴도 잘생겼고 성격도 좋은 친구였다. 그에게는 사귀던 여자가 있었다. 싫증이 났었는지 몇 년간 사귀던 시골 처녀에게 헤어지자고 했다. 몸과 마음을 다 바친 남자로부터 이별을 통보받은 그 처녀는 몇 날 며칠을 잠 못 이루며, 애간장이 녹아드는 밤을 보내야만 했다.

마음속 깊이 상처를 입은 처녀는 남자의 마음이 돌아서지를 않자 급기야 자살을 결심하게 된다. 최후의 방법으로 남자 앞에서 농약병을 들고 돌이켜 달라고 요구한다. 처녀의 처절한 몸부림에도 매정하게 돌아서는 남자 앞에서 병에 든 살인 액체는 처녀의 목구멍으로 스며들었고, 결국 사망에 이르게 된다. 진정으로 사랑한 죄밖에 없는 처녀가 사랑했던 남자 앞에서 마신 그라목손은 저승사자의 사약이 되고 말았다. 장래가 구만리 같은 스무 살 꽃다운 처녀의 목숨을 앗아가 버린 것이다.

자살방조 혐의로 몇 개월간의 옥고를 치렀던 그 친구는 석방 이후부터 도무지 되는 일이 없었다. 무슨 일이든 보이지 않는 훼방꾼이 늘 따라다니는 듯 했다. 미신 같은 얘기 같지만 우리는 자살한 처녀를 떠올리지 않을 수가 없었다. 그리고 몇 년 동안 시들어가는 꽃 모양으로 오종종하고 초췌한 총각 신세를 면치 못하고 있던 그 친구는 급기야 교통사고를 당해 죽음에 이르렀고, 그 뒤 우리는 자살한 처녀의 한이 그 친구를 데려간 것이라며 술자리의 안줏거리로 삼곤 했다.

누구든 살아가면서 남에게 한을 주어서도 안 되고, 나로 인해서 생긴 한은 몇 배 복수의 화살이 되어서 돌아올 수 있음을 기억해야 한다. 이야말로 불가에서 말하는 인과응보의 기본 원리라고나 할까.

36년간 우리나라를 말살하려던 일본은 70여 년이 지난 지금도 우리의 한풀이 대상이 되고 있다. 위안부로 잡혀간 순박하고 착한 시골 규수들의 한이, 지금 처녀 상으로 되살아나고 있는 것이다. 진정한 반성이 없는 그네들의 업보를 하늘이 자연재해로 대신 응징해 주고 있는 건 아닌지 되돌아보게 만든다.

언젠가는 손잡고 함께 가야 할 이웃 나라지만 70년 전 한이 우리의 마음을 더욱 모질게 하고야 만다. 한일전이 열리는 축구 경기는 한풀이하는 단오장의 굿 마당처럼 우리 선수들을 훨훨 날아다니게 만든다. 보이지 않는 한은 영혼의 그림자인 동시에 기백의 불씨가 된다. 누구든지 억울하고 불쌍한 한을 만들지 말고 밝고 환희에 찬 기쁨의 한을 만들어야 한다. 그것은 내일을 알지 못하는 우리의 운명이기도 하지만 그것이 올곧게 살아가는 삶의 정도이기 때문이다.

백수白手와 과로사過勞死

지난 일요일 평소 잘 알고 지내던 지인의 결혼식에 갔었다. 현직에 있을 때 친하게 지내던 많은 사람이 모였다. 혼주가 공무원 출신이다 보니 자연히 공무원 출신 하객이 많았다. 산중에 아내와 둘만 있다가 결혼식장 같은 데서 만나는 사람들이 반가운 건 외로움 속에 잠재되어 있던 그리움이 표출된 것이라는 생각이 들었다. 자연스레 모두 반겨주고 안부를 주고받는 등 즐겁고 유쾌한 시간이 될 수밖에 없었다. 거기서 공무원을 하다 몇 년 전에 퇴직한 선배 한 분이 하는 말이 참으로 가관이었다. "야, 백수가 과로사 한다는 말이 있어. 노는 것도 적당히 놀아야 해…." 그 선배의 유머 있는 말 한마디가 좌중을 웃음바다로 만들고 말았다. 하하하 폭소가 터졌다. 피로연까지 마치고 집으로 돌아오는 길, 그 선배의 말을 몇 번이고 되새기며 혼자 웃곤 했다. 그 선배 말이 참으로 합당하다는 생각이 드는 데는 오랜 시간이 필요치 않았다. 백수가 된 친구들의 처지에서 보면 하루하루가 지나칠 정도로 노는 데 점점 익숙해져 가고 있으니까 말이다.

직장 생활 하다 몇 년 전부터 퇴직하기 시작한 친구들의 일상을 보면, 무료함 속에서 술로 세월을 보내는 시간이 점점 길어지고, 총기 있던 그들의 눈빛마저 하루가 다르게 흐려지고 있다는 느낌을 종종 받는다. 줄 끊어진 연처럼 바람 부는 대로 생활에 리듬을 잃어버렸다고나 할까.

어떤 친구는 아침에 일어나는 시간도 유별나서 3시 정도면 눈이 떠진다고 한다. 노화에서 오는 자연스러운 기상 시간인 것 같다. 텔레비전 리모컨이 유일한 친구가 되어 괴롭힘을 당한다나. 곤히 잠자는 마누라 깰까 두려워 아주 조심스레 밖으로 나와 채널 돌리기에 급급, 소리마저 줄여놓고 화면만 볼 때가 다반사라나 뭐라나 하면서, 밤의 고통을 자신만 당하는 것처럼 침실 속 얘기를 토해낸다.

먼저 퇴직을 한 친구들을 만나면, 그들의 하루가 궁금하여 자주 물어볼 때가 있다. 잠은 몇 시에 자느냐, 집안일은 뭘 도와주느냐, 마누라한테 점수 따는 건 뭐가 있느냐는 등 주로 백수의 일상에 관한 것들이다. 노후를 편하게 보내고자 하는 궁여지책이었다. 친구인 덕에 투자 없이 잇속만 챙기는 장사꾼의 심리가 은밀하게 엿보이는 것이 미안하기도 했지만, 자신의 일상을 밝히는 친구의 표정이 시무룩해 보이는 걸 보니 노후의 삶이 영 신통찮다는 느낌이다.

이태 전 면장까지 역임하고 퇴직한 친구가 초보 백수인 나에게 진지하게 물어본다. 백수가 지켜야 할 신조 1조 1호가 뭔지 아느냐고. 알 턱 없어 당연히 모른다고 했다. 그 친구 말이 참으로 웃음보 터지는 명답이었다. 그건 '오늘 할 일을 내일로 미루자'라는 것이었다. 과연 선배 백수다운 기발한 질문이며 답이 아닐 수 없다는 생각이 들었다. 노련한 생활방식을 이미 터득해 놓은 것 같아서 얼핏 부럽다는 생각이 들기도 했다. 한바탕 웃고 나니 나 또한 새로운 유머를 들은 것처럼 기분이 업 되는 것 같았다.

또 어떤 친구는 마누라들의 백수 남편에 대한 평을 들어 보라면서 큰소리로 지껄인다. 집에서 하루에 한 끼도 먹지 않으면 영식 님이고, 한 끼만 먹으면 일식 씨라 부르고, 두 끼를 먹으면 이식이, 세 끼 다 먹으면 삼식이 놈이라고 놀린다나. 이미 알고 있는 내용인데 저만 아는 것처럼 으스대며 얘기하는 친구의 진지한 표정이 더 우습기도 했다. 참 별 우스갯소리를 다 만들어서 퇴직한 우리를 놀리는 것 같기도 하고, 은근히 부담을 주고 있다는 생각을 떨쳐버릴 수가 없었다.

새내기 백수인 나는 요즘 먼동이 어슴푸레 밝아오면 깜총이를 풀어주고 같이 운동을 한다. 아침 식사 시간이 끝나기 무섭게 오늘은 무얼 할까 하고 고민에 빠지기 시작한다. 다람쥐 쳇바퀴 돌리듯 하는 백수의 일상이 우울한 고민에 빠지는 건 대안 없는, 말 그대로 백수이기 때문이다.

국가 정책과 제도가 만든 백수, 부양해야 할 자녀와 먹고살 길이 아직 저만치에 있는 수많은 백수는 노후가 걱정일 수밖에 없다. 멀쩡한 육신에 자신감으로 충족된 많은 중년이 정년이라는 틀에서 벗어나지 못하고 절대 의도하지 않은 그늘 속으로 안주하게 된 게 아닌가. 그러나 공직 생활이라도 하고 나온 백수는 배부르고 등 따뜻한 축에 든다. 생명줄과도 같은 연금이라도 받으니 하는 말이다.

청년 실업을 알리는 그래프가 청와대 뒷산을 넘어가고, 막막한 청년 백수들은 오늘도 이 회사 저 회사를 기웃거리고 있다. 노량진은 공시생들로 초만원을 이루었고, 이게 제대로 된 나라냐는 원망의 소리가 동해바다 파도처럼 출렁인다. 하늘은 높고 말이 살찐다는 청명한 가을이다. 황금색 이 가을이 허전한 백수의 어깨를 감싸준다. 자연이 인간에게 베푸는 작은 사랑의 손짓이다.

역학과 운명

매서운 바람이 몰아치는 겨울밤이었다. 밤거리를 다니면서 지역에 있는 여관이나 여인숙마다 임검을 해야만 했다. 지금은 없어졌지만, 그전에는 임검이라는 제도가 있었다. 숙박업소에 투숙한 손님을 상대로 검문해 혹시 죄를 짓고 도피 중인 수배자는 아닌지, 또는 범행을 하러 관내에 들어온 수상한 사람은 아닌지, 여러 가지를 판단하여 범죄도 예방하고 수배자도 검거하기 위한 근무로, 투숙객을 상대로 직접 질문도 하고 소지품도 검색하는 그런 업무였다.

당하는 입장에서는 얼마나 불편하고 짜증 나는 일이었을까. 지금 생각해 봐도 임검이라는 제도는 일반 시민들에게는 몹시 거슬리는 제도였던 것만은 틀림없다. 다른 지역에 볼일 보러 갔다가 혹여 차편이 떨어져서 어쩔 수 없이 투숙하고 가는 사람들도 있었겠지만, 사랑하는 연인과 밀회를 즐기기 위하거나 아니면 불륜으로 만난 사이에 정을 나누고자 은밀하게 투숙한 투숙객의 입장이라면 정말 난처한 지경에 빠질 수밖에 없는 것이 웃지 못할 임검의 부작용이었을 수도 있다.

그날도 읍邑 소재지를 다니면서 여관마다 임검을 했다. 그 동네에서는 제법 크다는 황해여관 앞 출입구에 이런 현수막이 걸려 있었다. "역담 선생 래관" 운명 사주팔자 상담이라는 내용이었다. 주인아줌마를 찾아서 투숙한 손님들의 방마다 다니면서 평소처럼 하였다.

사주를 풀어준다는 사람이 투숙한 방에 이르렀을 때, 알고 보니 그는 고향의 선배님이 아닌가. 반가운 마음에 그 선배가 묵고 있는 방에 들어갔다. 이런저런 안부도 묻고 담소를 나누던 중, 그 선배는 느닷없이 내 사주를 보아 줄 테니 생년월일을 불러 달라고 했다. 추운 겨울날 연탄불로 데워진 여관방 아랫목은 생각보다 따뜻했다. 추위도 녹일 겸 한번 볼까 호기심이 생겼다. 오랜만에 만난 고향 선배의 실력도 알아볼 겸해서 서슴없이 생년월일과 태어난 시간을 불러 주었다. 선배는 밥상머리에 놓여 있던 두 권의 책을 꺼내놓고 하얀 종이 위에 한문과 숫자를 대입해 가면서 적어나갔다. 마치 수학 문제를 푸는 학생처럼 진지한 모습에 심장마저 벌러덩거렸다.

사주팔자를 봐준다는데 혹시 나쁘게 나오면 기분 잡치는 건 뻔한 이치가 아닌가. 괜히 봐 달라고 했다는 후회가 들기도 했지만 이미 던져진 주사위였다. 숫자로 한참을 풀더니만 느닷없이, "동생 올해 진급하겠네." 하는 게 아닌가. 이게 무슨 뚱딴지같은 엉뚱한 소리란 말인가.

그해는 진급할 연도도 아니고, 내로라하는 선배들이 앞서 있어서 꿈도 꾸지 못하는 지경인데 진급을 한다니, 듣기는 좋았지만 실현 가능성이 없는 말을 하는 그 선배가 혹여 사기꾼이 되어 돌아다니는 건 아닌지 의구심이 생겼다. 진급할 시기도 아니고 전혀 그럴 수 없는 형편이라고 여러 차례 말했지만, 그 선배는 종이 위에 나온 숫자를 보여 주며 올해는 하늘과 땅의 기운이 동생 운과 딱 맞아떨어지는 해이기 때문에 반드시 진급할 거라고 계속 나를 설득하려

들었다.

　믿는 둥 마는 둥 헤어져서 모든 걸 까맣게 잊어버리고 본연의 근무에 열중하고 있었다. 매년 가을 경찰의 날에 특진을 시켜주는 제도로 무궁화 봉사왕을 뽑는다고 했지만, 대상자가 강원도에서 딱 한 명이었다. 18개 경찰서 중 3급서인 우리 서에까지 그 차례가 돌아온다는 것 자체가 도저히 불가능할 뿐만 아니라, 그때까지 그런 제도로 특진이 되었던 사람조차도 없던 실정이었다. 나름대로 중요한 강력 사건도 해결하였었고, 고향에서의 봉사 활동도 많이 했지만, 진급을 한다든지 아니면 그런 것을 염두에 두고 근무한 것은 아니므로 특진을 생각조차 하지 않은 나로서는 요원한 소망일 수밖에 없었다.

　일말의 희망도 없는 일이었지만, 형식적이나마 내가 우리 경찰서의 대상자로 강원도에 보고가 되었다. 전혀 기대조차 하지 않은 채 몇 주간의 시간이 지났다. 과장님이 불러서 갔더니, "유 형사 자네 실적이 너무 좋아서 잘하면 무궁화 봉사왕으로 뽑힐 수도 있다."는 말을 해준다. 생각지도 않았던 일이 현실이 될 가능성이 있다는 말에 멈칫 놀랄 수밖에 없었지만, 말단인 순경의 입장에서는 달리 어떤 조처를 할 수도 없는 입장이었다.

　결론부터 말하자면, 나는 우리 경찰서 창설 이래 처음으로 무궁화 봉사왕이라는 타이틀로 경장으로 특진하는 영광을 누렸다. 다들 어렵다고 한 그 일이 현실로 나에게 이루어졌고, 무에서 유를 창조한 것처럼 기뻤으며, 운도 참 좋다는 걸 처음으로 실감할 수 있었다.

　나중에 안 일이지만, 뿌리 깊은 나무가 거목으로 크고 큰 나무에 그늘이 많듯이 그 당시 도내 전 경찰관으로부터 존경받고 있던 서장님께서 나의 근무 태도와 평소의 근무 실적을 확인하고 3급서 직원인 나에게까지 그런 행운이 오도록 작용하신 것 같다는 생각을 떨쳐버릴 수가 없었다.

1987년 10월 21일 경찰의 날 강원일보 10면에 내 사진과 함께 무궁화 봉사 왕 유상민 순경이라는 타이틀로 '강력사건 해결한 민완 형사, 청소년 선도 경로당 위문 등 봉사 앞장'이라는 내용의 큼지막한 기사가 실렸다. 그해 경찰의 날에 아내와 함께 서울 세종문화회관에서 영광의 경장 계급장을 달고 높은 분들이 함께 베풀어 주는 리셉션에도 참석하는 영광을 안았다.

당시 강원도 출신 고위직 경찰들은 우리 부부에게 축하와 격려의 말을 건네고 사진도 함께 찍어 주는 등, 최고의 환대를 베풀어 주었고 일생일대의 잊지 못할 그해 경찰의 날이 될 수밖에 없었다. 이미 돌아가신 서장님께 늦게나마 이 글을 통해 다시금 감사의 인사를 전한다.

특진하고 얼마 있을 즈음 문득 여관에서 나의 운명을 봐주었던 그 선배 생각이 났다. 진급할 운이라며 나에게 그토록 힘주어 말하던 선배가 갑자기 보고 싶어졌다. 사기꾼이 아닌가 하고 의심했던 내가 한없이 미안하고 송구스러워졌다. 어디에서 무슨 공부를 하였기에 남의 미래를 그렇게도 잘 알아맞힐 수가 있단 말인가.

몇 년 후에 다시 만난 선배는 한결 도사 같은 풍모로 강원도 영서 지역을 두루 돌아다니며 역학자로 이름을 떨치고 있었다. 그로부터 나는 그 선배의 성을 따서 권 도사라고 부른다. 그때 그 인연으로 오늘날까지 자주 연락을 하면서 해가 바뀔 때마다 나를 비롯하여 가족들의 한 해 운세를 봐주곤 한다. 내가 근무했던 33년 동안 네 번의 진급을 할 때마다 족집게같이 미리 척척 알아맞히던 그 선배를 보면서, 역학의 신비함에 다시금 고개가 숙여진다.

입관수속

꽃

　　그것은 죽음에 대한 하나의 의식에 불과했다. 생명의 불은 꺼지고 영혼을 위로하며 저세상으로 보내야 할 육신에 대한 마지막 의례였다. 95년 동안 이 세상에서 머물다 가는 어머니라는 한 사람에 대한 보냄의 의식은 슬픔과 흐느낌 속에서 진행될 수밖에 없었다. 먹구름 같은 슬픔 속에서 흐느끼는 상주들의 눈물만이 무거운 분위기를 대변해 주는 입관식. 입술을 깨물며 인간으로서의 한계가 여기까지임을 느끼게 해주는 입관식은 그렇게 시작되었다.

　　장모님이 돌아가셨다는 연락을 받은 것은 겨울 채비를 하다 말고 저녁밥을 먹은 바로 뒤였다. 고단하여 잠자리에 들려는 순간, 처남댁으로부터 전화가 왔다. 평소 큰일이 있을 때마다 더 침착하고 대범해지는 아내는 애써 슬픔을 참고 눈물을 억누르며 한 시간 거리의 장례식장으로 향했다.

　　삼일장으로 해야 하는데 저녁에 돌아가셨으니, 이것저것 준비할 일이 급해졌다. 하루를 완전히 그냥 보내 버린 격이 되었다. 막내처남네와 우리 단 두 집이 모든 걸 주관하기로 하고 강릉 아산병원 장례식장으로 정하였다. 막내처남이 들어 놓은 상조회사 사장이 와서 장례에 관한 모든 걸 상의해 준다. 장례식장 측에서도 식사부터 시작하여 상주들이 모르는 부분까지 세세하게 챙겨 주었다. 수년 전 어머니가 돌아가셨을 때보다 훨씬 편리해지고 수월해졌다.

아내의 형제는 모두 육 남매. 일흔이 넘은 큰처남은 병중에 있고, 작은처남은 몇 년 전에 심근경색으로 유명을 달리했다. 이미 장성한 조카들이 든든한 상주들이었다. 집안에 대소사가 많다 보니 많은 사람으로부터 신세를 지고 있던 터라 이번에는 아무한테도 알리지 않기로 했다. 부득불 정말 가까운 친구나 몸담은 단체 한두 군데만 알리기로 한 것이다. 하루 만에 치러야 하는 장례라 시간적인 여유도 없었고, 부조금을 받는 일도 거북스러웠다.

그런 준비로 하룻밤을 보내고 난 다음 날은 입제 날이다. 문상객을 맞이해야 하는 날이었다. 기별을 받고 멀리 사는 친척들이 한둘씩 찾아오기 시작했다. 반가움과 슬픔이 교차하는 순간들이 계속 이어지고 있었다. 한때 잘나가던 작은처형은, 서울 생활을 접고 제주도에서 노후를 보내고 있었다. 멀리 있으니 자주 엄마를 보지 못한 게 한도 한이지만 엄마에 대한 죄스러움과 그간 겪었던 자신에 대한 고난이 점철되었는지 애절한 흐느낌은 죽은 장모님의 영혼을 깨우는 것 같았다. 가녀린 처형의 울음소리는 초상집의 분위기도 살려 주었지만, 주변에 있던 사람들 눈시울마저 붉게 만든 한 편의 작은 드라마였다.

정오쯤 되자 상조회사 사장이 입관을 하자고 한다. 가족은 영안실에 있는 입관 장소로 모이라고 해서 아내를 비롯한 처남네 가족 모두가 영안실 입관 장소로 모였다. 입관대 위에는 누런 베로 온몸을 덮고 있는 장모의 작은 몸이 입관 절차를 기다리고 있었다. 상조회사 사장과 그 회사의 장례지도사 두 사람이 입관을 위해 대기하고 있었고, 엄마의 시신을 본 딸들의 입에서는 "엄마 어떡해."하는 울음소리가 이어지기 시작했다.

양손을 아랫배에 가지런히 부여잡고 마지막으로 가는 엄마와 할머니라는 존재에 대한 엄숙한 이별의 순간이었다. 사자와 산자라는 양극의 차이도, 어쩌면 우리 모두가 필연적으로 겪어야 할 운명 아니겠는가. 평생 치러보지 못했던 생소함과 신비함은 어린 상주들에게는 인생과 죽음을 한 번 더 뒤돌아보게 하는 여정과도 같은 순간이었다.

고인에 대한 정성스러운 예의는 품격화된 장례 문화를 보여 주었다. 오랜 세월 주검에 관한 의례를 챙긴 탓인지 상조회사 사장의 관습화된 의식은 식순 없는 진행이었지만, 물 흐르는 듯 일관되어 있었다. 상식을 올리는 일도 제사를 지내는 시간도 모두 그의 주관하에 이루어졌다. 바쁘게 움직이는 장례지도사의 이마에서 땀방울이 흐르기 시작했다. 먼저 깨끗하게 소독된 솜으로 시신의 전신을 깨끗하게 닦아주고 부드럽고 감촉 좋은 한지로 온몸을 에워싸매 준다. 마치 어린아이들에게 새 옷을 입히듯이 말이다. 그다음은 베옷을 입히는 순서였다. 오랜 전통의 관습화된 장례 문화에서 우리 조상들의 슬기로움마저 느껴졌다.

수년 전부터 치매 증세를 보였던 장모는 시설이 비교적 괜찮은 요양원에서 노후를 보내고 있었다. 어머니를 요양원에 맡겼다고 하는 죄스러운 생각이 늘 마음 한구석을 누르고 있었지만, 치매의 부작용으로 있었던 지난 일들을 생각하면 훨씬 잘한 선택일 수밖에 없었다.

수시로 찾아가서 주변에 있는 맛난 음식점에서 소주 한잔 같이 나누고 돌아오곤 했다. 그래야만 마음이 한결 가볍고 편안했다. 장모님은 여자의 몸이었지만 호탕하게 웃어 젖히며 쓸쓸하고 외로운 노년을 달래며 산 여장부였다. 자식들과의 만남을 그렇게 좋아하셨는데 이젠 영영 보지 못하는 분이 되었다.

옷을 모두 입힌 장례지도사는 준비해 놓고 있던 화장품으로 장모님의 얼굴을 치장해준다. 파운데이션을 바르고 눈썹도 그려준다. 반달 같은 눈썹이 만들어졌다. 입술엔 빨간색 립스틱을 발라 잠자는 공주처럼 만들어 주었다. 미용사 같은 손놀림으로 머리까지 뒤로 넘겨, 보기 좋게 빗겨주었다. 죽은 장모가 시집가는 새색시처럼 예쁘게 단장됐다. 생소한 이런 절차에 경외심이 들었는지 슬퍼하던 딸들도 놀라는 표정을 지었다. 마지막으로 돌아가면서 얼굴을 한 번씩 만져보며 이별의 덕담을 하라고 했다. 모두가 엄마에 대해 그리움과 아쉬움의 말들을 남기기 시작했다.

"엄마, 하늘나라 가서 아버지 만나 행복하세요." "엄마 그동안 고생 많으셨어요. 부디 좋은 데로 가세요." "엄마 사랑해요. 잘 가세요." "할머니 사랑합니다." 혈육으로 맺어진 아들, 딸, 사위, 며느리, 손자들까지 돌아가며 마지막 가는 장모님의 얼굴을 매만지며, 아쉬운 작별을 나누고 있었다. 그것은 가식이 아닌 진심에서 우러나오는 핏줄의 목소리였다.

대답 없는 영혼은 흐뭇한 표정을 지으며 무언의 응답을 가슴속에 심어주고 있었다. 그런 절차가 이어진 후 마지막으로 입관에 들어갔다. 형식과 실질을 모두 아우른, 가는 분에 대한 마지막 효행으로 위안을 삼아야 하는 주검의 행진이었다. 더는 보지 못하는 아쉬움과 슬픔이 눈물로 이어지고, 장모님의 마지막 가는 입관식은 그렇게 끝이 났다.

선거 적폐積弊와 망국론亡國論

어떤 상황이 발생했을 때 사람이라면 누구나 가질 수 있는 보편적인 생각이나 감정을 인지상정人之常情이라고 한다. 고통 받는 이웃이 있으면 돕고 싶어 하고, 이웃에 좋은 일이 생기면 함께 축하해 주는 일은, 동서고금 민족과 지역을 떠나 사람이면 누구나 가지는 정서라 할 것이다.

선거는 민주주의의 꽃이라고 한다. 어느 단체나 국가를 운영하는 데 있어서 단체의 구성원을 대표하고 나아가서는 국민을 대표하여 신성한 주권을 행사한다는 뜻에서 꽃이라는 표현을 썼다고 보인다.

또한, 민주국가에서 선거는 갈등을 수렴하는 과정이다. 크게 보면 그런 역할을 하고 있다. 하지만 국론 분열이라는 상당한 부작용도 수반하는 것이 선거제도의 숙명이다. 우리나라의 경우는 특히 심하다. 선거가 다가오면 정부 정책추진은 중단될 수밖에 없다. 모든 게 정치 논리로 재단되고 반대를 위한 반대에 나서게 된다. 오죽하면 선거 망국론이라는 단어까지 나왔겠는가.

우리나라는 선거가 너무 많다. 대통령 선거를 비롯하여 총선이라는 국회의원 선거, 지방자치단체장 및 지방의원 선거, 교육감 선거에서 지방 농민들의 결사체인 조합장 선거까지 이루 헤아릴 수 없을 만큼 많다. 심지어는 시골의 작은 마을에 이장까지 선거로 뽑는 데가 있다.

경력이나 우수한 자질을 갖춘 후보자들이 출마하여 공명정대하게 운동을 한 다음 당선의 영광을 안게 되면, 그게 바로 우리가 바라는 선거제도의 정답이 아니겠는가. 그러나 실상은 그렇지가 않다는 데 문제가 있다. 우선 내 편 네 편으로 가른다. 반대편인 네 편은 일단 적으로 치부된다. 화합의 실마리는 기미조차 보이지 않는다. 시골 동네 이장 선거 후유증으로 주민 간에도 불화가 심한 곳도 있다. 그러다 보니 두 패, 세 패까지 갈린 동네도 있다고 한다. 내 편이 아니면 일도 안 해 주고 어울릴 생각조차 않는다고 하니 이런 병폐가 어디 있단 말인가. 지역의 발전은 고사하고 냉랭한 인심만이 뒷담을 넘나들고 있다. 시골에 귀촌한 사람들의 뇌리에 박혀 있는 살기 좋고 인심 좋은 농촌은 온데 간데없고, 이 집 저 집 눈치를 봐 가며 살아야 한다면, 그네들로부터 외면당하는 농촌으로 전락하는 건 불을 보듯 뻔한 일이 아니겠는가.

읍, 면 단위에 있는 조합장 선거만 해도 그렇다. 후보자들은 대개가 지역의 학교 선후배들이다. 어릴 적부터 한동네서 크고 자라난 형제 같은 사람들이라 해도 무방할 정도로 친숙한 사이들이다. 자고 일어나면 늘 보는 사람이고, 조합장이 되면 가문의 영광으로 알았든지 어쩌다 선거판에 발을 들여놓은 소같이 착실한 농민들도 개중에는 있다.

떨어진 사람은 당선된 사람에게 축하를 보내주고 잘 좀 이끌어 달라고 부탁해야 옳고, 당선된 사람은 떨어진 후보에게 위안해 주면서 선거 과정에서의 모든 일을 털어내야 마땅하다. 하지만 실상은 정반대로 흐르고 있다. 일단은 불복이다. 양측의 선거에 개입했든 안 했든 그쪽 편이라고 판단되는 사람들은 모두가 적이다. 당선된 사람이든 떨어진 사람이든 속마음은 상대를 죽일 놈이라고 치부해버린다. 거리에서 마주쳐도 외면할 정도로 냉대를 하는 것이다. 연봉이 많고 법인카드도 마음대로 사용할 권한이 있는지는 모르나, 농촌의 농민을 상대하고 대변하는 조합장은 격에 맞는 인품과 훈훈한 지도력을 두루 갖춘 분이 되어야지 서로 모질게 상대한다면 어찌 농촌을 대표하고 농민들 지도자가 될 수 있을 것인가.

평론가인 배병휴 씨는 "누가 선거를 민주주의 꽃이라고 잘못 정의했는지 모를 일이다. 마치 국민을 우롱하는 권력 투기장이 아닌가. 축제와 감동이 어디 있다고 민주주의 꽃에다 비유한다는 말인가. 피곤한 국민의 눈으로 보면 동물의 세계 야수들의 격투기와 무엇이 다른가?"라고 선거제도의 적폐를 평가한 적이 있다.

한 가지 선거가 끝나고 몇 년이 흘러 잊힐 만하면 또 다른 선거가 다가온다. 상처가 아물기도 전에 또 다른 질병이 몸을 괴롭히고 있는 격이다. 봉합의 기회는 싹수조차 안 보이는 선거의 적폐가 민심마저 갈기갈기 찢어 놓는다. 망국론으로까지 비하되고 있는 선거의 적폐야말로 시급히 개선되어야 할 우리 모두의 과제이다.

속물근성

인간은 미완성의 존재이다. 완벽한 사람은 아무도 없다. 허점투성이고 늘 실수라는 장애가 동반되기 마련이다. 제 마음대로 되지 않는 것이 인생이요 또한 우리의 삶이 아니던가. 그것은 모든 인간이 겪어야 할 필연적인 과제요 성찰을 해야 하는 대목이 아닐 수 없다. 인간의 삶에 있어서 누구에게나 공평하게 적용되는 법칙이나, 보이지 않더라도 나름대로 지켜야 할 관습이나 섭리가 있다. 각자 성격과 개성이 다르고 살아가는 가치 역시 다를 수밖에 없는 것이 인간들의 공통점이니까 하는 소리다.

제4의 정보화 물결은 사람을 대신할 수 있는 인공지능의 개발에까지 이르렀고, 이로 인한 기계의 인간화가 섬뜩할 정도로 다가와 인간의 직능까지 넘보게 되는 기상천외한 시대가 되었다. 신비한 과학의 세계가 장엄하게 펼쳐지고 있다. 이러함에도 세계 곳곳은 테러와 전쟁 그리고 인종 간의 갈등으로 죽고 죽이는 일이 매일같이 벌어지고 있다. 인간들의 잔혹함이 어디까지인지 가끔 당혹스러움을 감출 수가 없다. 문명사적 인간화가 요구되는 시대가 도래했는데도 본성이란 가면으로 속물의 탈은 도대체 벗겨질 줄 모르고 있다.

동네를 형성하고 있는 작은 사회의 사람들, 분명 사람이지만 사람이 아닌 것처럼 행동하고, 사람의 탈을 쓴 채 이 시대를 함께 살아가고 있는 현실. 선과 악의 기준을 자신들의 잣대로 재단하려 들고 모순덩어리인 인간 사회의 과제를 자신만은 안 그런 척, 자신이 곧 정의라고 생각하는 사람들 속에서 우리는 함께 살아가고 있다.

사람들이 모여 사는 작은 동네에서부터 국가라는 의미의 큰 집합체까지 서로 교감을 이루면서, 스스로 도덕과 규범이라는 잣대를 세워 그 속에서 조신하게 살아가고 있는 게 아닌가. 그들 중에는 인류 평화에 앞장서는 공기와 물과 같이 소중한 사람, 이웃에게 봉사와 사랑으로 거룩한 이름을 남기고 떠나간 사람, 작은 정성으로 삶의 가치와 흔적을 남기려고 애쓰는 사람들이 지구촌 곳곳에서 이웃하며 살아가고 있다. 이 또한 인간이기 때문에 이룰 수 있는 공동체적 삶의 진지한 모습들이다.

이런 훌륭한 사람들 덕분에 이 험난하고 고단한 사회가 서로 공존하며 부대낌 속에서도 공생하고 있다. 그러나 그 반면에 인류에게 해를 끼치는 인간들, 즉 남의 불행이 나의 행복이라는 피해망상적인 사고방식으로 살아가는 사람들 또한 얼마나 많은가.

긍정을 긍정으로 받아들이지 못하고 남의 고통과 실수와 허물을 찾아 이 골목 저 골목을 헤매는 부나방 같은 사람들, 어디 허물의 소재는 없는지 살펴보고 만들기에 바쁜 사람들, 이들은 남 애기를 못 하면 견디어 내지 못하는 정신적인 문제아들이다. 이런 인간들로 인해서 이웃과 사람이 싫어지고 사회가 멀어지면서, 모든 게 믿지 못하게 된다면 그것은 곧 정의로운 사회의 파괴자일 뿐 아닌가. 남의 허물이 나에게는 곧 행복이라는 이 삐뚤어진 심성의 괴물들에게 내세來世의 세계관을 심어줄 방법은 정녕 없는 것인지. 육도윤회의 첫바

퀴에 태워 아수라의 세계로 관광 보내야 할 피교육생들이다.

지난 일이고 아주 작은 일이지만 당혹스러운 일을 당한 적이 있었다. 온 청춘과 인생을 다 바친 33년간의 경찰관 생활을 마치고 명예퇴직을 했다. 말 그대로 명예라고 하는 소중한 이름을 걸고 당당하게 그만두었다. 정말 그 많은 세월 동안 한 가지의 흠도 없었고, 먼지와도 같은 소소한 잘못조차도 나를 비껴갔다. 하늘의 도움과 조상의 은덕 속에 아무 탈 없이 마친 나로서는 여간 다행스러운 일이 아닐 수 없었다. 이런 나를 정부는 일 계급 승진과 녹조 근정이라는 큼지막한 훈장으로 격려해 주었고, 그간의 고생을 보답 받는 것 같아서 행복감에 젖어 들기도 했다.

그러나 이 척박하고 매정한 사회는 첫발을 딛는 나에게 엄청난 고통을 안겨 주었다. 누가 이런 모함을 했는지 알 수가 없지만, 명예로운 나의 이미지에 시커먼 덧칠을 해서 거리 방에 굴리고 있었다. 여자 관계로 그만두었거나 돈을 먹다가 그만두었을 거라는 추측성 허위 사실을 포장하여 매도하고 여론화시켰다. 애초부터 좀 잘된 놈은 꼴도 보기 싫다는 심보인가. 이러다 보니 나로서는 사회가 싫어지고 사람들을 만나기조차 싫어졌다. 살려고 들어온 고향의 매정함에 떠나고 싶은 생각이 문득 들기도 했다.

남의 곤욕을 즐기는 것이 얼굴 없는 인간들의 속물적 속성이기는 하다. 그렇다고 직장을 그만둘 때 동네에 와서 보고라도 하고 그만두어야 한단 말인가? 한동안 거짓으로 포장된 여론의 바람에 휘청거릴 뻔했지만, 사필귀정이라는 심정으로 잘 이겨냈다. 앞으로 또 어떤 테마로 나를 주인공 삼아 흔들어도 끄떡하지 않는 고목이 되겠다고 다짐해 본다. 벙어리도 3년만 와서 살면 말을 한다는 어느 선배의 동네 평이 가슴에 와닿았다. '까마귀 노는 곳에 백로야 가지마라' 시조가 떠오른다. 속물들이 판치는 흙탕물에 휩쓸리지 말고 자연과 더욱 친해져야겠다고 마음먹었다. 긍정의 힘은 자연에서 나오고, 자연은 있는 그대로이기 때문이다. 그게 세상의 진리이고 섭리가 아닌가.

대통령 탄핵 하루 전

세상이 하 수상하니 날씨마저 제철을 잃은 것인가. 대설이 지났는데도 눈다운 눈은 오지 않는다. 방송에서 한파라고 외쳐대도 고작 한 자리 숫자에 불과한 영하일 뿐이고, 겨울답지 않은 날씨의 연속이다. 겨울다운 맛도 사라진 요즈음 불쾌할 정도로 칩칩한 일상의 연속이다. 나라가 유례없이 혼란스럽다는 말이다. 촛불과 함께 가다 보니 어느덧 마지막 달력 한 장이 남았다. 지구상에 작고도 작은 나라가 세계 뉴스의 중심에 서 있는 게 아닌가. 국가를 맡겼더니 강남 아줌마가 설쳐댔다. 장관도 임명하고 차관 정도가 수행비서였다는 증언이 보도되었다. 국민 정서에 맞지 않는 싹수없는 일만 골라서 하고 다녔단 말인가.

누구도 잘 만나주지 않던 불통 대통령이 그 여자 손에 철저히 놀아났다니, 국민 분노가 하늘을 찌른다. 국민 정서가 뭔지도 모르는 대통령이 여기까지 이 꼴로 끌고 왔지 싶다. 그런데도 본인은 오로지 나라와 국민을 위해 일해 왔다고 한다. 사리사욕을 챙긴 건 하나도 없다는 강변이다. 참으로 답답할 노릇이다. 위가 아픈 환자를 머리만 매만지곤 명의라고 주장하는 격 아닌가.

수첩 공주가 구중궁궐 제왕이 되어 세상 돌아가는 물정을 전혀 몰랐다고 한다. 민심이 천심이거늘 국민의 마음을 모르니, 하늘의 뜻을 알 리가 있겠는가. 그 여자가 시키는 대로만 하니 그 누구도 만나 볼 필요가 없을 수밖에. 참으로 답답한 심정을 뭐라고 표현해야 좋을지 부아가 슬그머니 치밀어 오른다. 뭐라고 변명해도 안 통하는 외톨이 대통령이 된 것 같다.

시대의 풍랑이 어디로 어떻게 흘러 어떤 결과의 역사적 반전이 일어날지는 모르나, 작금의 상황은 온통 대통령에 대한 성토뿐이니 한심한 노릇이 아닌가. 텔레비전을 틀기가 싫어졌다. 온통 그 말뿐이다. 머리 좋고 많이 배운 위정자들은 여태 뭘 했나 싶다. 터지고 나니 내 편은 하나도 없다. 야당은 권력 욕심으로 난리를 치고, 잘못한 대통령은 철판을 깔았다고 아수라판이다. 국민 따윈 안중에도 없는 것 같다. 5%의 지지율이 작금의 민심을 대변하고 있을 뿐이다. 모두가 이구동성으로 대통령 뽑은 걸 후회하고 또 후회한다.

그런데 이들의 한결같은 질타는 이렇다. 살기가 너무 어렵다고들 한다. 장사가 안되고, 뭐든지 되는 게 없는 나라가 되었다는 말이다. 그토록 매스컴에서 짖고 떠들던 불통이라는 대통령만이라도 믿고 있었는데, 알고 보니 이 지경이 된 게 모두 대통령 때문이라는 결론으로 귀착되었다. 결국, 못살게 된 주범이 대통령이 된 모양새가 되었다.

마음 둘 곳이 없다고 한다. 모두가 저 잘난 맛에 사는 세상이 된 것 같다. 정치하는 사람들 때문에 모두 내 편 네 편으로 갈라지고, 동네마다 갈래갈래 찢어지고 반목하는 곳만 생겨난다. 지역 갈등, 이념 갈등, 여야의 정치 갈등, 하루라도 조용할 날이 없는 이 나라에 태어난 걸 후회하고 이민 길에 오르고 싶다는 사람들이 늘어난다는 보도가 신문지상에 오르내린다. 높은 물이 혼탁하니 아랫물은 말할 것도 없다.

요즈음 산골 노인들은 이렇게 불안하기는 처음이라고 한다. 형편없이 타락한 가장과 가정을 지키려고 발버둥 치는 엄마와의 싸움에 떨고 있는 어린애들 심정이라고 표현한다. 배고프고 추운데다 못된 아빠와 착한 엄마의 고성이 오가는 싸움 속에 있는 어린애들의 심정이랄까.

자칭 잘나가는 사람들에게 권유하고 싶은 말이 있다. 정말 못살고 어려운 사람들과 같은 형편에서 한 달만 살아 보라고. 이따금 재래시장이나, 시골 오일장에 와서 그들의 애환을 한 번만이라도 느껴 보라고 권해보고 싶다. 용돈벌이라도 하려고 채소밭에 심어놓았던 이것저것을 머리에 이고 상점 한쪽 귀퉁이에서 모든 수모도 마다하지 않고 단 몇 푼 벌려는, 그 할머니들 마음을 헤아려 보라는 뜻이다.

이제 몇 시간 있으면 국회에서 대통령에 대한 탄핵 표결이 이루어질 것이다. 탄핵이 될 가능성이 크다는 뉴스가 주를 이룬다. 종편에 나온 유명하다고 자칭하는 패널들의 고성이 청각을 자극한다. 참 말도 많고 탈도 많은 나라에서 입 가지고 잘도 벌어먹는다는 생각이 들었다. 많은 국민은 탄핵 이후가 더 큰 문제라고 걱정한다. 혼란 속에 걷잡을 수 없는 일들이 벌어지지나 않을까 걱정을 한다.

주위의 강대국들이 수수방관하고 있는 사이 나라 꼴이 이 모양이니 나올 한숨도 없다는 현실 속에서 혹여 북한이 오판이라도 한다면 이 민족과 국민은 어떻게 될 것인가. 아직 살길이 많은 젊은이가 불쌍하다는 생각이 든다. 정말 잘 돼야 할 텐데 말이다.

애물단지

펜션을 운영한 지도 벌써 15년째다. 사십 대 후반에 시작하여 육십을 훌쩍 넘겼으니 흐르는 세월 앞에 무상함이 적잖다. 처음 시작할 당시에는 펜션의 인기가 꽤나 괜찮았다. 경관이 좋은 곳은 으레 펜션 후보지로 입에 오르내렸다. 냇가를 끼고 있거나, 풍광이 그런대로 괜찮다고 하면 무조건 펜션이 들어섰다.

우리나라 사람들은 뭐가 조금 뜬다 싶으면 묻지마 투자로 유명한 건 짐작했지만 그렇듯 펜션이 빨리 늘어날 줄은 상상도 못 했다. 전후좌우 살피지 않고 밀어붙이다 보니 돌 풍수장이인 내가 보아도 저기는 집터가 아닌데 하고 있다가도 몇 달 후 보면 어김없이 펜션이 자리 잡곤 했다. 난개발로 골짜기마다 펜션들이 난립했다. 경제성이나 수요나 공급 따위의 수학적인 공식 같은 건 아예 입 밖에 내지조차 못할 정도로 펜션의 인기는 식을 줄 몰랐다. 전원생활을 즐기면서 돈도 벌겠다는데 무슨 말이 더 필요했을까.

직장 생활에 염증을 느낀 도회지의 많은 퇴직자가 그동안 모아 놓았던 돈으로 펜션에 투자했고, 개중에는 대출을 받아서 펜션에 투자한 사람들도 많다고 들었다. 누구를 탓할 것도 없는 나도 그런 부류 중의 하나였다. 금당계곡에 있는 고택古宅 터가 나를 유혹하였다. 쌀밥을 먹던 터라고 하면서 뭐든지 하면 잘될 거라고 부추겼다. 또 많은 사람이 펜션을 지으라고 조언도 해 주었다. 계곡이 너무 좋다는 이유도 있었지만, 당시 식을 줄 모르는 펜션의 인기에 모두가 빠져 있을 무렵이었으니까.

신고만 하면 누구나 손쉽게 지을 수도 있었고, 경제성 같은 것은 따질 필요조차 없을 정도로 모였다 하면 펜션 펜션하고 떠들었으니까 말이다. 앞을 내다볼 줄 모르는 평범한 보통 사람들의 한계였다. 당연히 당시 여론에만 몰입한 채 수십 년간 사무적인 공직의 세계에서 장사꾼의 길 아닌 길로 접어들고야 말았던 사람들, 그것이 고난의 길인 줄 누가 알았을까. 다른 사람들이 다 써먹은 전원생활을 운운하면서 제법 그럴싸한 변명으로 나를 합리화 해 나갔다.

펜션이 처음 도입된 2천 년대 초에는 그런대로 운영이 잘되었다. 수입도 짭짤했다. 호기심에 들뜬 많은 사람이 펜션을 찾았고, 봄부터 가을까지 주말이면 어김없이 만실이었다. 특히 여름휴가 기간인 7~8월에는 수입의 절정을 이루는 호황이었다. 이대로 가면 직장이고 뭐고 다 때려치우고 펜션만 해도 연봉을 훨씬 뛰어넘는 수입을 올릴 수가 있을 것만 같았다.

손님들도 다정했다. 바리바리 싸 온 먹거리로 옆방 손님들과 나누면서 계곡의 풍광에 취하곤 했으니까 분위기가 좋을 수밖에 없었다. 모두 아스팔트 생활에 지친 삶의 고달픔을 잠시 내려놓고, 늦은 밤까지 주말의 파티를 즐겼다. 자동으로 초대받은 쥔장(주인장)이 빠질 수가 없었다. 이곳저곳에서 불러주는 손님들과 오고 가는 소주잔에서 세상살이의 풍류가 넘실거렸고 맑은 공기는 보너스였다.

공기가 좋아서 그런가, 술기운도 아침이면 모두 없어지고 출근과 퇴근도 ㅈ

상적으로 이어졌다. 이대로 몇 년만 가면 빚도 가릴 수 있고 부수입이 아닌 본직업으로 내세워도 떳떳할 것만 같았다. 내 판단이 맞았다고 으쓱해 하며 벌어들인 돈으로 재투자를 하는 사업가다운 기질도 보이곤 했으니, 자신을 스스로 대견해 하던 시절이었다.

그랬던 때가 엊그제 같은데 이젠 펜션이 완전 사양 산업으로 접어든 것 같은 느낌을 받는다. 시국에 따른 내수경기의 불황 속에 점차 손님들이 줄어들고, 불 꺼진 펜션들이 하나둘 늘어나고 있다. 수요와 공급의 편차를 줄이지 못하는 펜션의 홍수 속에 허우적거리는 꼴이 되고 말았다.

내가 있는 금당계곡만도 민박을 합쳐서 40여 개의 업소가 있고, 평창군만 해도 약 400여 개의 펜션이 운영 중이다. 대규모의 리조트 시설인 콘도를 비롯한 호텔까지 합치면 수천 개의 객실이 먼 산만 바라보고 있는 처지다. 깊은 산중에 주지 없는 암자처럼 달빛 속에 풍경 소리만 허공을 가른다. 처량한 신세가 아닐 수 없다.

관광의 패턴이 바뀌는 세월의 시류를 감지하지 못한 점도 원인 중의 하나였다. 종편방송 때문인가. 몇 년 전부터 젊은이들 사이에는 야영이 인기몰이하기 시작했다. 대세가 되어 버린 것이다. 수억 원씩 공들여 지어 놓은 펜션은 뒷전으로 밀려나기 시작했다. 주말에도 불 꺼진 창에 걸쳐있는 주인들의 그림자만 어른거릴 뿐이다.

터가 좋아서 그런가 아니면 도사님이 지어준 상호가 특출해서 그런가. 내가 운영하는 원경펜션은 그런대로 현상 유지를 하고 있다. 단골손님들이 채워 주는 빈자리가 그리 고마울 수가 없다. 그러나 근근득신이라는 말이 딱 어울리는 겨우 풀칠을 하는 수준이라면, 누가 믿을는지 갑갑한 마음에 이따금 울화통만 치솟는다.

펜션의 인기가 이러하니 주인들의 입장이 영 말이 아니다. 갑에서 병으로 추락한 꼴이다. 펜션의 규정은 무시되기 일쑤이고, 예의를 망각한 일부 손님들의 취중 행동이 더욱 서글프게 한다. 할 수 없이 내놓은 매물들도 구매자가 나서지 않는다. 다섯 개 이상의 방이 딸린 별장을 누가 사들인단 말인가. 손님은 없고 운영비는 자꾸만 들어가고 팔리지도 않는 펜션을 부여잡고 울고 있을 쥔장들을 보면 안타깝기 그지없다. 산은 산이고 물은 물이로다. 성철 스님이 그리워진다.

심근경색

작년 봄에는 그렇게도 가물더니 올봄엔 그냥저냥 비가 자주 내려 여간 다행이 아닐 수 없다. 비가 내리면 겨우내 잠들었던 수목들의 한결 물오른 표정에서 생기가 넘쳐난다. 새싹들이 다투어 머리를 치켜든다. 겨우내 참았던 생명력, 환희에 찬 현상들이 봄의 절기를 접수하려 들고 대지는 금세 초록빛 딴 세상으로 바뀌어 봄이 왔음을 확인케 해 준다. 희망과 함께 찾아오는 봄은 늘 이렇게 시작된다.

봄비가 내리면 산골짜기마다 빨간 모자를 쓰고 산불을 감시하던 사람들도 쉴 틈이 생겨서 좋다. 늘 있던 자리에서 보이지 않는다. 심어 놓은 작물들에는 자양분의 미네랄이 함유된 맛있는 음식을 제공하는 것 같아서 더욱 좋다.

봄비가 내리는 날에는 나도 모르게 사색에 잠기게 되고 지나온 삶의 여정을 하나둘 떠올리게 된다. 첫사랑의 그 여인은 지금쯤 어디에서 어떻게 살고 있는지, 어릴 적 친구들은 모두 잘살고 있는지, 일찍 상처喪妻했던 동환이는 재혼이라도 했는지 궁금증이 더해간다. 주로 나보다 잘살고 잘나가는 친구들보다는 어렵고 힘들게 살던 친구들 생각이 먼저 나는 걸 보면, 역시 사람의 마음 중에 동정심이 우선으로 작용하는 게 아닌가 싶다. 그래서 선거도 동정표를 많이 받으면 당선 가능성이 높다고 하지 않던가.

이런저런 남들 생각으로 궁상을 떨다 보니 내 신세도 딱히 그리 좋은 처지가 되지 못하였다. 지난 3월 2일 새벽이었다. 딸내미 첫째 딸, 그러니까 외손녀가 초등학교에 입학하는 날이었다. 꼭 참석해야 한다는 딸내미 성화에 집사람을 분당으로 올려 보내 놓고 이것저것 집안일을 하다가 갑자기 가슴이 답답해지면서 조여 오기 시작했다. 그러잖아도 이런 증상 때문에 원주기독병원에 예약해 놓은 상태가 아니던가. 구토가 나면서 식은땀이 흐르고 몸을 어떻게 가누기 힘들 정도로 숨쉬기가 어려웠다. 평소 텔레비전을 통해 보고 들었던 심근경색의 증상과 흡사했다. 그만 놔뒀다가는 이대로 죽을 수도 있다는 생각이 들었다. 119에 전화했다. 빨리 구급차 좀 보내달라고 부탁했다. 가슴이 답답하다는 내 말에 다른 대꾸도 하지 않고 즉시 보내겠다고 말하는 그 소방대원은, 사전에 심근경색에 대한 교육을 충분히 받은 사람 같았다. 집사람에게 전화를 걸었다. 어디냐고 물었더니 문막을 막 지나간다고 했다. 나 죽을 것 같다고 했더니 떠날 때 이상함을 알고 간 아내는 몹시 놀란 목소리로 심해진 거라며 빨리 원주기독병원으로 오라고 했다.

옷을 대충 챙겨 입고 집 밖으로 나오니 구급차가 당도했다. 남자 간호사라는 젊은 친구가 아버님이라는 호칭을 써가면서 나를 안심시켜 주었다. 혈압과 체온을 재고 무슨 약을 입안에 넣어 주면서 녹여서 삼키라고 했다. 그렇게 달리기 시작한 지 얼마 만에 원주기독병원 응급실에 도착했다. 119 직원에게 연락을 받은 응급실의 의사와 간호사들이 바쁘게 움직이기 시작한다.

검사와 동시에 응급약을 투약하고는 산소 호흡기로 숨쉬기를 편안하게 해주었다. '휴, 이젠 살았다.'는 안도감이 밀려오면서 불안했던 한순간을 무사히 넘길 수 있었다. 처음 당해본 일이라 지옥에서 천당으로 온 기분이랄까. 텔레비전에서 일어나는 일이 나에게도 닥칠 수 있다는 생각이 들었다.

　검사를 다 끝내고 얼마 후에 교수라는 분이 와서 심근경색 증세라고 했다. 일단 위급한 고비는 넘겼으니 내일 아침 시술하자고 한다. 입원하고 나니 만감이 교차했다. 젊었던 시절 술과 고기로 비만에 이르게 하고, 정기 건강검진에 늘 이상 소견을 보였던 그 몸 상태가 이제 이 나이가 되고 보니 현실로 나타나는 모양이었다.

　속일 수 없는 육신의 반응에 나 자신이 민망해지기 시작했다. 내 몸 하나 제대로 간수 못 하는 주제에 무엇을 한다는 말인가. 문병 온 친구들 보기도 부끄럽고, 내 아이들과 나를 아는 모든 사람에게도 부끄러운 어른이 된 것 같았다. 그런 와중에서도 신외무물身外無物이란 문구가 떠올랐다. 내 몸 외에 중요한 건 하나도 없다고 늘 입버릇처럼 말해 오던 문구였는데 막상 내 처지가 이렇게 되고 보니 어안이 없었다.

　다음 날 수술실에 들어갔다. 심장으로 통하는 주요한 혈관 두 개가 80%정도 막혀 스텐트라는 것을 넣어 혈관을 넓혀 줘야 한다고 했다. 한 시간 정도의 시술을 받고 나오니 아내는 대기실에서 기도하고 있었다. 전날 나한테 싫은 소리 한 것이 그렇게 마음에 걸렸다고 하면서 중환자 취급을 했다. 어찌 됐건 나에게도 이런 일이 벌어질 수 있다는 생각에 지나온 삶의 과정을 다시 한번 더 뒤돌아보게 하는 계기도 된 것 같다.

　퇴원 후 체질을 개선하라는 교수님의 지시로 식이요법에 들어갔다. 하루 한 공기로 식사량을 줄이고 채식 위주의 식단으로 바꾸었다. 지치고 힘든 몸이지만 하루 4km씩 걷는 운동도 병행했다. 이 모든 걸 아내는 매일같이 꼼꼼하게 챙겨주었다. 몸무게가 줄어들기 시작했다. 한 달간 이어진 방법으로 5kg의 체중을 감량했다. 살기 위한 최대한의 몸부림이었고, 학대당한 육체에 대한 최소한의 성의 표시였다. 그리고 자신에 대한 인내심의 엄중한 도전이기도 했다.

며칠 전 나를 안전하게 후송시켜준 대화 119 지역대를 찾았다. 비록 그 친구 근무시간이 아니어서 만나지는 못했지만, 감사의 표시를 하고 싶어서였다. 응급환자를 자신의 가족같이 보살펴 준 소방관이 우리 주변에 있다는 사실이 매우 자랑스럽기도 했다. 진정한 공복의 표상이 아닐 수 없다.

생전 처음으로 응급환자가 되어 119구급차로 후송도 되어보고, 수술실에서 시술도 받아보면서 일상이라는 소중한 체험을 하였다. 생로병사에서 설마 '병'의 단계까지 이른 것은 아닌지 성급한 생각에 잠겨 보기도 했다.

어리석은 세상

꼴통들이 판을 치는 세상이다. 한 치 앞도 내다보지 못하는 어리석고 무지한 자들이 싸움꾼이 되어 세상을 엉망으로 만들고 있다. 세상이 어리석으니 백성도 어리석고 나라 또한 어리석은 나라가 되고 있다. 과연 이 혼탁한 세상을 누가 바로 잡을 수 있을 것인가. 나라를 맡겼더니 정쟁의 원흉이 되었다. 친박 비박은 무엇이며 이젠 진박까지 나오고 있으니, 백성들은 세상을 한탄하며 하늘만 처다본다. 장사가 안되고 경기가 안 좋다는 말은 이미 오일장 떨이꾼들의 소리 정도로 흔한 말이 되고 말았다.

삶의 질 정도는 안이한 단어로 자리매김되었고, 지옥 같은 한국이라는 어줍잖은 수식어가 시대를 대변해 주는 냉소거리가 되었을 뿐이다. 모든 게 어수선하기만 하다. 어리석다의 사전적 의미는 '슬기롭지 못하고 아둔하다'이다. 세상은 하루가 멀다고 변하는데 아둔하고 우매한 사람들은 곳곳에서 자꾸만 늘어나고 있는 게 아닌가. 어두침침하고 섬뜩한 영화 속의 한 장면을 보는 것 같다. 세상이 참으로 혼란스럽다고 아우성치는 것은 나 혼자만의 생각이 아닐 것이다.

피해 의식으로 물든 역사적 인식의 유산인가. 아니면 속칭 엽전들의 근성인가. 만나면 싸움질이다. 정치의 기본인 바름은 안중에도 없고, 곡학아세曲學阿世하는 자들만이 세상을 농단하며 판을 치고 있다.

후안무치한 자들의 혹세무민惑世誣民이 어리석은 세상으로 인도한다. 고전 속의 이런 한자성어가 수백 년 동안 빛을 발하게 한 장본인들은 오늘도 잘난 척하는 모습뿐이다. 자괴감이 드는 날의 연속이다. 이 나라에 태어난 걸 자랑스럽게 생각해야 하는데도 젊은이들 입에선 벌써 헬조선이니 삼포시대니 하는 풍자의 소리만 맴돌고 있다. 누구는 그랬다. 블록버스터 영화보다 더 흥미진진한 전개에 현실감각도 무뎌져 간다고, 일어나서 외치는 촛불의 목소리는 저 멀리까지만 들리는 것 같고, 맹탕 청문회는 물 없이 고구마를 먹은 듯 답답함을 안겨준다고.

작금의 어리석은 세상은 끝장 드라마보다 더 추악하고 상상을 초월한 살벌한 사회, 분노와 사기, 음해와 협잡, 사찰과 갑질, 권력 남용 등 소통하지 않고 군림하려는 과거 정권들이 남겨준 적폐들이 몸속 암 덩어리처럼 곳곳을 병들게 만들고 있다.

윗물이 그러하니 아랫물은 말하나 마나, 한자리 해 먹는 자들은 겸손할 줄도 모른다. 모두 껴안아야 할 백성들인데도 내 편이 아니라고 생각되면 아예 적으로 매도한다. 아예 존재 자체를 인정하려 들지 않는다. 자신이 맡은 바 소임에 전념하는 성실한 관료들을 무심하게 만들고, 백성들이 낸 세금 가지고 온갖 장난질을 다 하는 셈이다. 선량하고 우직한 백성들은 내 일이 아니라고 눈길조차 주지 않고, 분노할 힘조차 잃어버렸다. 개판에 몸을 더럽히고 싶지 않기 때문이다.

강남 댁에 농락된 정권의 실상에 모두 혀를 차고, 국가와 결혼했다던 존경스럽던 여왕의 얼굴이 추악하게 일그러진 21세기 작금의 대한민국 현실을 역사가들은 뭐라고 남길 것이며, 후손들에게 뭐라고 말해 주어야 할 것인지 명치 끝이 답답할 뿐이다. 많이 배우고 똑똑한 사람들은 어디로 갔는지, 입만 열면 애국자인 양 외치던 그 알량한 선량들은 오늘도 패거리들과 입지 정쟁 중이라는 언론 보도만 연일 계속되고 있다.

성현의 심성과 혜안을 가진 지도자가 필요한 세상이다. 동방의 명지에 자리잡은 대한민국에 바람을 불어 구름을 일으키는 제갈공명 같은 예지자는 나타나지 않더라도 백성의 마음을 한곳으로 모을 수 있는 지도자는 정녕 없다는 말인가. 실상이 이런 데도 누구 하나 책임지는 인간이 없다. 모두가 하나같이 아니다. 모른다. 네 탓이다가 화두인 양 판을 치고 있다. 뭔가 단단히 꼬이고 꼬인 나라의 실상이 망국으로 가는 징조인 것만 같다.

골목 하나는 촛불이요, 또 다른 골목은 태극기로 덮이니 양 갈래 민심의 끝은 어디인가. 21세기 대명천지에 여태까지 빨간 좌파, 극우, 보수라는 단어가 오일장 간고등어처럼 전시되고 저잣거리 음담처럼 논쟁의 대상으로 팔리는 실상을 세계는 뭐라고 평가할지 참으로 부끄럽기 그지없는 일이다.

백성은 먹고살기 위한 처절한 몸부림으로 생업에 열중하면서 잘도 참아내고 있다. 몸의 중심인 허리처럼 나라의 기둥 역할을 다하고 있는 셈이다. 오늘도 이들은 가정과 나라를 위한 일념으로 기본에 충실하며 백성 된 의무를 다함으로써, 암울한 대한민국의 희망이며 밝은 미래가 아닐 수 없다. 3일밖에 남지 않은 2016년 끝자락에서 바라본 내 조국 대한민국의 실상은 지금 이러이러하다.

욕심은 화를 부르고 화는 죄를 낳곤 하였다.
설령 달나라에 가서 사는 세상이
온다 해도 순리에 맞는 삶이 우리가 추구해야 할
진정한 목표가 아니겠는가.

－「살살 가」 중에서

4부

흰 구름의 나라

살살 가

세상은 온통 달리기 시합판과도 같다. 올림픽 경기도 아닌데 모두가 허겁지겁 깊은 늪 속에 빠진 사자처럼 허우적거리고 있다. '빨리빨리'가 일상용어처럼 굳어져 버리고, 실제로 이 말처럼 굴러가고 있으니까 하는 말이다. 그래야 성이 차는 것이 우리 민족의 본성인지도 모르겠지만, 오죽했으면 사탕도 깨물어 먹는 유일한 민족이라는 어느 외국인의 핀잔을 듣고도 부인할 수 없는 처지가 되고 말았다. '천천히'라는 말은 어쩌다 굽은 도롯가에 무심하게 우뚝 서 있는 교통 신호표지에서만 눈에 띌 뿐, 빠름의 문화가 일상사처럼 되어가고 있다.

이만큼 살게 된 것도 어쩌면 부지런함 속에 배어 있는 빠름의 DNA가 성장의 속도를 견인했다고 할 수도 있다. 해방 이후 70년 만에 이룬 경제성장의 주체는 다름 아닌 빠름이었다. 천성적으로 부지런한 민족성에 속도를 첨가하였으니, 다른 나라들보다 더 잘살 수밖에 없는 빠름의 환경으로, 놀랄 만한 경제성장을 이루어 낸 것이다.

그러다 보니 부작용 또한 심각할 수밖에 없게 되었다. 모든 게 경쟁 속에서 살아남아야 하는 치열한 다툼의 시대로 접어든 것이다. 그러니 삶의 질은 자연히 떨어질 수밖에 없고, 생활이 온통 피폐하고 열악한 상태로 모두가 피로에 젖어버렸다. 허울 좋은 영광뿐이고 1등만 살아남을 수밖에 없는 사회구조가 세상을 각박한 곳으로 변하게 한다. 삼포시대라는 씁쓸한 단어가 회자되고, 영광과 그늘진 곳, 화려함과 어두움이 공존하는 복잡하고 다난한 사회로 전개되고 있는 것이 아닌가.

남보다 더 잘해야만 하고 앞서가야 한다는 조급증에 의한 강박은 교육, 환경, 경제, 문화 모든 면에서 이미 사회 깊숙이 침뿌리처럼 얽히고설킨 문제가 되고 말았다. 개인 간의 경쟁은 물론이고 지역 간의 경쟁, 나아가 국가 간에도 경쟁이란 단어가 일상화된 지금, 시간에 쫓기며 살아가는 현대인들에게 '느림 운동'이 전개되고 있는 것이 그나마 작은 위안으로 다가오고 있다. 생활의 속도를 줄이고 여유로운 삶을 즐기면서 행복을 찾자는 운동이다. 빠른 이동을 위해 자동차를 이용하고, 식사시간을 줄이기 위해 패스트푸드를 먹는 생활습관이 환경에 부담을 준다는 생각이 널리 퍼지면서 나타난 운동으로, 이미 30개국에 236개 도시가 참여하고 있으며, 우리나라에서도 청산도를 비롯하여 13개 지역이 등록을 마치고 주민들에게 느리게 살아가는 공약을 제시하고 실천 중에 있다.

슬로시티Slow city 운동은, 2002년 이탈리아의 작은 도시 그레베의 시장이던 '파올로 사투르니니Paolo Saturnini'가 마을 사람들과 세계를 향해 느리게 살자고 호소한 데서 시작되었다. '빨리빨리'를 부르짖기보다는 '느리게 살기'를 추구하는 운동이다. 빠르다는 것은 성과적인 면에서는 긍정적인 면도 있지만, 삶의 질적인 면에서는 많은 부작용을 양산해 내고 있다.

철학자 프란츠 알트는 『생태주의자 예수』라는 책에서 현대인의 조급함을 이렇게 지적한다.

> "가속화의 파괴성은 느림의 창조성을 쫓아낸다. 사과나무를 키우면서 그
> 것을 돌보지 않는다거나, 열매가 익는 데 충분한 시간을 두고 기다릴 줄 모
> 른다면 조만간에 사과나무는 열매를 하나도 맺지 않을 것이다. 똑같은 원리
> 가 어린이의 성장과 성숙에도 적용된다. 오늘 우리가 자연과 어린이에게 요
> 구하는 속도는 그들이 감당해낼 수 없는 수준이다. (중략) 우리 시대가 안고
> 있는 생태 문제는 대개 속도의 문제다. 우리는 자연과 자원을 너무 빨리 갈
> 취했다."

　자연환경이 비교적 좋은 계곡에 살다 보니 귀촌하는 사람들이 늘어나고 있
다. 하루가 멀다고 생겨나는 전원주택에 외지인들이 이미 원주민의 숫자를 훨
씬 넘어서고 있는 현실이다. 우리 집 바로 위엔 쌍둥이네가 살고 있다. 아들 둘
이 쌍둥이라서 동네에서는 편하게 쌍둥이네라고 부른다. 법 없이도 살 수 있
다는 쌍둥이 집 위로 무슨 연수원 건물이 크게 들어서고 있었다. 매일같이 여
러 대의 덤프차들이 흙먼지를 일으키며 쌍둥이네 집 앞으로 다니는 바람에 곤
욕을 치르던 중이었다. 차들이 다니는 집 앞길에다가 '천천히 서행' 등 많은 문
구의 알림판을 세워 두어도 도무지 말귀가 먹히지 않는 게 아닌가. 하다 못한
쌍둥이네는 궁리 끝에 다음과 같은 안내판을 세워 놓았다. 그것은 다름이 아
닌 '살살 가'라는 내용의 표지판이었다.
　그 이튿날부터 이상한 조짐이 일어나기 시작했다. 모든 차가 천천히 가는 게
아닌가. 참으로 신기한 일이 아닐 수 없었다. 이 한마디 한글 단어 하나가 운전
자들의 마음을 움직였다는 말인가. 같은 뜻의 말인데도 왠지 어리숙해 보이며

서도 우스꽝스럽고 반말 투인 낱말 하나가 자신들의 불편한 민원을 스스로 해결한 꼴이 되고 말았다. 과묵하고 부부애가 남다르면서 오직 농사에만 전념하는 쌍둥이 아빠, 엄마에게서 진한 문학적 감각을 느낄 수가 있었다.

자연은 빠름을 원치 않는 우리와 함께하고 있다. 오랜 세월 우리 선조들이 그리해 왔듯이 자연이 주는 시간표대로 살아가면 되는 것이 아닌가. 욕심도 남보다 잘살기 위한 빠름에서 시작되었다. 욕심은 화를 부르고 화는 죄를 낳곤 하였다. 설령 달나라에 가서 사는 세상이 온다 해도 순리에 맞는 삶이 우리가 추구해야 할 진정한 목표가 아니겠는가.

"살살 가." 어쩐지 성미 급한 나에게 딱 맞는 말인 것 같아 나 자신을 돌아보게 만든다.

기적 같은 홀인원

어깨너머로 감히 골프를 배웠다. 그 당시 골프는 귀족 운동이라 해서 잘나가는 사람들만 즐겼고, 우리 같은 졸자 공무원은 엄두도 내지 못하는 스포츠요 레저였다. 비싼 요금과 많은 시간을 들여야 하는 운동이었기에 골프를 한다고 하면 주변의 시선이 자연 날카로워지곤 해서 쉽사리 시작하지 못 했다.

그때는 골프를 좀 치려고 하면 골프장의 수요와 공급의 엇박자로 예약 전쟁에서 예약 지옥이라는 말이 연일 신문지상에 오르내릴 정도로 예약 자체를 할 수가 없었다. 소위 그린피라고 하는 골프장 이용료도 우리 같은 하위직 공무원들의 한 달 치 용돈을 털어야만 정규 홀을 한번 칠 수 있을 정도로 만만치가 않았다. 그러니 골프는 요원한 신선들의 놀이 정도로 치부하는 것이 오히려 마음이 편하던 때였다.

그런 세월이 지금부터 한 스무 해 정도 되었고, 퇴직 이후 자연인으로 돌아와서도 골프에 대한 미련을 버리지 못한 채 틈틈이 연습에 몰두하곤 했다. 코치를 받은 적도 없으려니와 전에 남이 썼던 낡은 채를 아주 싼 값에 사들여, 길

나가는 사람들 흉내를 좀 내보았다. 어쩌다가 이 눈치 저 눈치 다 보고 골프장 근무하는 아는 사람을 통해 일 년에 한 서너 번씩, 퍼블릭이라고 하는 저렴한 대중 골프장에서, 도둑고양이처럼 몰래몰래 치곤 했으니까.

그러니 연조는 좀 쌓인 셈이요, 구력 또한 오래된 사람들 축에 속하게 되었다. 하지만 맨날 쳤다 하면 오비요, 양파를 까면서 속이 터지곤 했다. 백돌이라고 초보 신세를 면하지 못하였을 뿐만 아니라, 현역 시절 남의 눈치를 보고 치던 골프가 잘 맞아 줄 리도 만무했다.

그러나 골프를 하면 형편없이 튀어나오던 배는 더 불어나지 않는다는 나만의 위안으로 아주 손을 놓고 있지는 않았다. 그러던 것이 골프장은 늘어나고 자연히 손님이 적어지면서 공무원들마저 골프장 출입이 금지되자 우리 같은 서민 골퍼들에게는 절호의 기회가 찾아왔다. 가격이 싼 것은 물론이요, 주중 아무 데나 가도 늘 칠 자리가 있었다. 집에서 20분 거리에 있는 대중 골프장은 2만 원만 주면 9홀을 도는 이벤트로 수입 올리기에 바빠졌고, 나와 같은 아마추어에겐 백돌이를 면하는 기회가 활짝 열린 것이 아닌가. 격세지감은 이때를 두고 하는 말 같았다.

애초 제대로 된 폼을 배운 적이 없었던 터라 텔레비전 골프 채널에 나오는 강사진의 설명을 듣고 배워가면서, 한두 박스로 연습에 몰두하곤 했다. 마침 우리 동네에는 지방 예산으로 지어준 연습장이 있어서, 골프 동호인들에게 늘 저렴한 가격으로 즐길 수 있는 모임 장소가 되었다. 그러던 지난해 드디어 백돌이 신세를 면하고 소위 보기 플레이라고 하는 조금은 아는 단계까지 발전을 이뤘다. 동반 플레이어들은 장작 패던 폼에서 이젠 제법 프로선수 같은 폼이 간혹 난다고 하면서, 고참인 나를 띄워 주곤 했다.

골프는 나와의 싸움이라고 한다. 인생살이와 흡사하여 인생의 축소판이라고도 불리는 중독성이 아주 강한 스포츠임에는 틀림없는 것 같다. 삼성그룹을 세운 이병철 회장은, 골프와 자식은 마음대로 되지 않는다는 유명한 말을 남겼고, 아직도 그 말은 성현이 남긴 말처럼 지당하다는 생각을 지울 수가 없다.

골프를 배우고 난 뒤론 고질적으로 아팠던 허리디스크도 치료가 되었고, 먹으면 찌고 튀어나왔던 배와 체중도, 어느덧 근육질로 다져지고 바뀌는 멋진 6학년생이 되었다.

지성이면 감천이라 했던가. 지난달 중원 골프장에서 드디어 홀인원을 하는 영광을 안았다. 신라코스 8번 홀 135m의 파 쓰리홀에서 한 번에 넣는 정말 운 없이는 이룰 수가 없는 기적 같은 영광을 이룬 것이다. 평생 처음이자 우리 고장에 있는 골프 클럽 17년 만에 나온 첫 쾌거라고 했다. 70여 회원들이 축하해 주었고, 일반 주민들도 마치 내가 로또에라도 당첨된 것처럼 축하한다고 손 좀 잡아보자고 한다. 뭐 3년간 재수 대통을 하니 5년간 운수대통을 한다고 하면서 내 기분을 마구 북돋아 주곤 했다.

중원골프장 명예의 전당에 내 이름이 오르고, 동네 골프연습장에 홀인원 증명서가 내 사진과 함께 큼지막하게 게시되는 바람에, 후배 골퍼들에게 우상이 된 것이다. 그래서 한턱낸답시고 국수 좀 샀다. 홀인원 하면 그리해야 한다기에…. 크게 쓸 돈도 없어서 국수 몇 그릇으로 때웠으나 혹여 운이 좋아서 로또라도 당첨되면 그땐 정말 크게 쏘기로 약속할 수밖에 없었다.

어떤 선배들은 풍수 좋은 내 집터의 기氣를 받았다고 하는가 하면, 어떤 친구는 연습을 열심히 한 결실이라고 말해준다. 어쨌든 기분은 좋고 누구나 하기 힘든 홀인원을 하고 나니, 이 나이에도 못할 것이 없다는 생각이 들었다. 그날 이후 매일같이 나도 모르게 어깨에 힘이 들어간다. 골프는 힘을 빼야 하는데 얼마나 또 많은 오비로 시련을 겪으려고 이러는지, 빨리 제자리를 잡아야겠다는 생각이 문득 들었다. 어찌 됐든 간에 충만한 이 기를 지금 나보다 더 어렵고 힘든 이웃과 동료들에게 나누어 주고 싶다. 비록 통하지 않는 기라고 하더라도 말이다. 지금 이 글을 읽고 있는 귀하에게도 말이다.

겨울 손님 반려동물

생명력을 잃어버린 갈대가 술에 취한 듯하다. 몽롱한 사람처럼 비틀비틀 중심마저 흔들거린다. 한동안 춥더니 계곡물도 얼어붙기 시작했고, 획획 한겨울 눈보라가 휘몰아친다. 이젠 제법 강원도다운 동장군의 심술이 제대로 느껴진다. 그래도 계곡 한복판에 떡 하니 버티고 있는 삼철바위는 미동조차 없다. 자기가 이 계곡의 터줏대감이나 되듯 어른 행세가 여간 아니다. 참으로 위세가 당당하다. 하긴 수백 년 오직 그 자리에서 수없이 많은 풍상에 부대끼며 흘러가는 강물을 다독여서 서해西海로 보냈으니, 자부심이 대단할 만도 하다. 덩치 또한 만만치가 않다. 키를 훌쩍 넘긴 엄청난 장마철 물에도 끄떡없었다. 작은 흔들림마저도 용납되지 않는다. 장군 같은 모습이 계곡의 수문장과도 같다. 물고기에게는 천하의 안식처이자 역세권의 보금자리이다. 꽤 많은 물이 모여들어 작은 웅덩이를 만들어 예전부터 사람들의 철렵 장소로도 소문이나 있는 곳이기도 하다.

동네 사람들은 언제부터인지 삼철바위를 신성시했다. 삼천리를 떠내려왔다고 한다. 변함없는 모습이 전설로 자리매김했다. 자연이 맺어준 바위와의 인연이다. 이를 소중하게 생각하는 산골 사람들에게서 진한 정을 느낄 수 있었다. 눈 덮인 계곡에는 수달 가족들이 바위 밑으로 연신 잠수질을 해댄다. 고기가 없는지 먹는 모습을 도무지 볼 수가 없다. 제대로 먹지 못하여 모두가 앙상하게 패래 보였다. 겨울이라 고기들이 모두 깊은 돌 틈에 숨어 버린 것일까.

한겨울이 되면 원경은 손님 치르느라 다소 바빠진다. 초청도 하지 않은 산고양이, 들고양이들이 먹이 찾아 모여들고, 이들 접대로 분주하기만 하다. 밥 먹여 키워줘도 소용없는 동물들이다. 더운 계절이 돌아오면 온다 간다 말도 없이 사라진다. 그래도 어쩌겠나, 모두 살자고 모여드는 것이니 하면서 오늘도 먹던 밥 쓸어 담아 그 녀석들 길목 식당에 어김없이 갖다 놓는다.

청계 닭 다섯 마리와 오골계 두 마리 역시 빼놓을 수 없는 원경의 식솔들이다. 매일같이 모이를 주고 닭장 청소를 해주어도 도무지 주인을 알아보지 못하는 형편없는 닭대가리들이다. 볼 때마다 후다닥거리고 자기들 잡아가는 사람쯤으로 알고 퍼드덕댄다. 그래서 머리 나쁜 사람을 보고 닭대가리라고 했을까. 닭들 모이를 참새들이 수시로 드나들며 훔쳐 먹는다. 수십 마리의 참새 떼가 닭장 주변을 에워싸고 모이 줄 때만을 기다리고 있다. 닭들의 식사가 끝나기 무섭게 달려들어 닭장은 마치 참새 떼가 점령한 것 같은 느낌을 준다. "워이 워이." 소리치면 뒷산으로 잠시 피하였다가 사람만 안 보이면 금세 돌아온다. 이미 배가 부른 닭들은 눈길조차 주지 않는다. 눈 덮인 산천에서는 이처럼 손쉬운 먹잇감이 없는가 보다. 해마다 겪는 원경의 한겨울 풍광이다.

참새 떼는 노는 모습 또한 정겹다. 큰 새들처럼 시끄럽지도 않고, 집단으로 생활해도 질서 또한 정연하다. 우리에게 한겨울의 선행거리를 만들어 주어서 더욱 친근감이 든다. 몇 달 동안 사료만 축내던 청계 닭이 드디어 알을 낳기 시작한다. AI 여파로 달걀값이 만만치 않은데 자주 볼 수 없던 계란 프라이가 끼니마다 올라온다. 그래서 그런지 밥값을 하는 청계 닭이 대견해 보인다. 하루 서너 개의 알로 우리를 기쁘게 하니 말이다.

원경과 나이가 같은 할머니개 산이도 빼놓을 수가 없다. 원경 개업 때 강아지로 왔으니 벌써 열다섯 살이나 먹었다. 사람 나이로 치면 90이라고 한다. 늙어서 잠이 없는지 새벽녘이면 내실 근처를 어슬렁거린다. 귀도 먹고 눈도 멀어서 큰 소리로 불러야 겨우 알아듣는다. 할머니들처럼 입맛도 까다로워 때마다 고기가 없으면 먹이를 거부한다. 마음씨 고운 안주인이 돼지고기를 사서 끼니마다 먹여준다.

이쯤 되면 원경의 식구가 만만치 않다. 갑자기 어깨가 무거워진다. 시국이 어수선해지니 주말에도 불 꺼진 펜션뿐이다. 별수 없이 식솔들과 어울려 우리만의 즐거움을 찾아야 한다. 모두가 잠든 한겨울의 산골은 이렇듯이 따뜻한 생명력을 가진 인간과 동물들이 함께 공존하는 세계로 변모한다. 배반할 줄 모르는 이네들이 오히려 상대하기가 훨씬 수월하다. 눈빛으로 서로 교감하며 사람의 손이 가지 않으면 살아갈 수 없는 우리의 가족이자 반려동물이다.

찬바람 몰아치는 눈 덮인 산야에 먹이 찾아 들어온 산짐승들과 이렇듯 한겨울을 보내고 나면 왠지 모르게 뿌듯하고 넉넉한 사람이 된 것 같은 생각이 든다. 어쩌다 축생畜生으로 태어났을 뿐 모든 게 제행무상諸行無常이 아니던가. 사람도 지은 죄가 크면 축생의 길로 갈 수도 있다는데 그네들도 어쩌면 전생에 사람이었을 수도 있다는 생각에 측은한 마음이 가슴을 덮는다.

인생은 유한하지만, 자연은 무한하다. 짧고 덧없는 인생, 꿈같은 세월이 오늘도 계곡물처럼 말없이 흘러가고 있다. 꿈속의 세계를 향하여 한없이 윤회輪廻하고 있지 않은가. 자연 속에 모두가 한 일원이요 가족이자 동반자들이다.

하서문학 울릉도를 품다

반복적인 학습 효과는 시사하는 바가 크다고 할 수 있다. 나쁜 일에 대한 거듭되는 떠올림은 타락과 저항을 불러오지만, 기쁘고 좋은 일에 대한 관심과 배려와 거론은 환희와 함께 생동감을 불러온다. 생활 리듬을 좋게 할 뿐만 아니라 활기찬 일상을 가져오게 하여 모든 걸 업UP 시켜준다.

문학기행 떠나기 한 달 전부터 하서 선생님은 우리에게 늘 같은 말로 기행에 대한 관심을 주지시켜 주시곤 했다. 왜 매일 같은 말을 하실까에 대해 의문도 들었지만, 그것은 좋은 일에 대한 관심을 반복적으로 표명함으로써 문학교실의 분위기를 띄워 주는 차원 높은 교육의 한 방편이었다.

진갑이 다 되도록 울릉도를 한 번도 다녀오지 못한 우리 부부에게는 문학기행 이상의 여행이 될 것 같다는 생각이 들었다. 외국 여행도 여러 번 했던 아내는 국내 여행인데도 마치 외국의 먼 나라를 떠나는 기분으로 가끔 흥분된 목소리로 "파도가 세면 어떻게 하지." 하면서 수학여행 떠나는 여학생처럼 좋아하곤 했다. 서너 번 갔었던 사람들도 여러 명 있었지만, 그들도 좋아하는 표정에는 변함이 없었다. 여행은 인생의 삶을 살찌우게 하는 마법과 같은 것이라는 어느 여행가의 글이 생각났다.

게다가 독도까지 갈 예정이라는 계획에 더욱 신이 났다. 독도는 바로 위에 형님이 84년도에 두 달 동안 경비대장을 했던 곳이 아니던가. 당시 열악했던 근무 환경의 이야기를 들은 적이 있었다. 식수가 공급되지 않아서 빗물을 받아 식수로 사용하면서 빨래까지 했었다는 일화를 비롯하여 고독하고 바람 센 독도에서 경비대원들을 격려하고 다독이며 근무했던 형님의 젊은 시절 고생의 흔적이 서려 있는 곳이기에, 나에게는 더없이 보고 싶은 곳이기도 했다. 또한, 별로 성실하지도 못한 나는 동해경찰서에 과장으로 1년 동안 근무하면서도 코앞 같은 울릉도 독도를 한 번도 갔다 오지 못하는 바보같이 고지식한 경찰관이었다. 함께 근무하던 직원들이 날씨 좋은 날 다녀오라고 수차례 권하였지만, 혹여 파도가 갑자기 세어져 제때 출근하지 못할 것 같은 기우 때문에 포기하곤 했었다.

드디어 떠나는 날이다. 동해시 묵호항에는 우리가 예약해 놓은 씨스타 1호 유람선이 어김없이 정박해 있었다. 가벼운 흥분 속에서 우리 하서문학회원 27명은 동해에 몸을 맡긴 채 울릉도, 독도 문학기행의 첫발을 내디뎠다. 바다는 아주 잔잔했다. 울릉도 주민들은 잔잔한 바다를 가르켜 장판 위를 오셨다고 하면서 복이 많은 사람이라는 우회 표현을 써 주었다. 3시간의 항해 끝에 울릉도 사동항에 도착했다. 뱃멀미가 심할 거라고 지레 겁을 먹고 약까지 먹었던 회원들은 멀쩡하기만 했다. 예약해 놓은 펜션에 여장을 풀고 대기한 버스를 타고 울릉도 일주 투어길에 나섰다. 경상도 사투리를 곁들인 운전기사의 투박한 말솜씨가 관광지 이미지와 아주 잘 맞아떨어졌다.

선창 바닷가를 비롯하여 가두봉 등대, 거북바위, 남양 몽돌해변, 사자암, 곰바위, 만물상 전망대, 코끼리바위, 나리 분지 등 숨 돌릴 틈 없는 절경이 우리를 맞아주었다. 행남 해안 산책로 역시 국내 최고의 해변길로 꼽을 수 있었다. 도동항에서 행남 등대를 거쳐 저동의 촛대바위까지 변화무쌍한 비경이 이어졌다. 기암절벽과 천연동굴의 결을 따라 때로는 절벽과 절벽 사이를 잇는 무지개다리와 소라계단이 또한 환상적이었다.

두 번째 날은 독도를 방문하는 날로 기대가 한껏 부풀어 있었다. 배편은 있으나 좌석이 모자라 전체가 다 갈 수 없다는 연락이 왔다. 할 수 없이 한 번도 가보지 못한 사람들이 선택될 수밖에 없었다. 그중 신혼부부로 따라온 김수진 회원 내외는 "우리는 젊어서 나중에 갈 수도 있다."면서 선뜻 포기 대열에 서서 버스에서 내려 주었다. 젊은 부부가 바다 같은 마음을 지니고 있었다.

1시간 40여 분 만에 독도에 도착했다. 선장은 접안이 허락되었다며 감격스러운 말투로 안내방송을 했다. 일순간 "와~." 하는 작은 함성이 들렸다. 그것은 그만큼 독도 접안이 어렵다는 얘기였다. 1년에 70일 정도 접안이 가능하다고 했다. 파도가 심한 날은 그냥 한번 둘러보는 것으로 독도 관광을 마친다고 한다. 3대가 적선을 쌓아야 독도 접안이 가능하다는 말도 있다고 하니, 처음 온 우리로서는 여간 다행스러운 일이 아닐 수 없었다.

감격스러운 독도에서 태극기를 들고 여러 번 기념사진을 찍었다. 형님이 기거했던 숙소 쪽을 쳐다보았다. 오랜 세월이 흘렀지만 어디선가 형님의 체취가 해풍을 타고 우리 품 안으로 스며들고 있는 것 같았다. 감격에 겨운 듯 엄기종 시인은 평소 닦고 익힌 오카리나로 아리랑을 구성지게 불러 많은 관광객으로부터 찬사와 박수를 받았다. 외로운 섬 독도, 살점과도 같은 국토의 끝자락에서 소망과도 같은 작은 애국심을 감동으로 승화시켜보았다. 가슴속에 환희의 눈물이 어른거렸다.

독도 방문을 마친 우리 일행은 도동항 근처에 있는 봉래폭포를 비롯하여 독도박물관을 관람한 후, 청마 유치환 시인의 울릉도라는 시비詩碑를 둘러볼 기회를 가졌었다. 누군가 짓고 있는 3층짜리 건축물이 시비를 뒤편으로 밀어내고 가리고 있었다. 공사 전에 어디 좋은 곳으로 옮겨놓고 하였으면 얼마나 좋았을까, 소중한 문화의 자산을 아무렇게나 내버려 둔 것 같아서 못내 아쉬웠다. 마지막 코스로 케이블카에 올라 울릉도 전체 지역에 대한 조망을 봄으로 여행을 마무리했다.

울릉도는 울퉁불퉁 거친 절벽과 기암괴석으로 가득한 난공불락의 화산섬이었다. 해안도로는 고개의 연속이고, 높고 트인 장소는 어디든 최고의 전망대가 되었다. 원시림과 짙푸른 바다는 공포와 매혹을 한데 숨긴 야누스였다. 쾌속선으로도 3시간을 가야 하고, 제때 갔다가 예정대로 나올 수 있을지 알 수 없는 예측 불가의 날씨는, 육지와의 사이에 문턱이 되어 매력마저 밀봉시킨 듯 언제 보아도 몇 번을 가도 질릴 줄 모르는 신비의 섬이었다.

흰 구름의 나라로!

　　인생의 여백을 여행으로 채우라고 했다. 그만큼 여행은 공허한 삶에 활력을 넣어주는 중독성이 아주 강한 취미 생활 중 하나라고나 할까. 직장인을 상대로 한 취미 선택의 설문조사에서 여행은 운동, 영화, 비디오 감상 다음으로 많은 사람이 선호하는 것으로 알려져 있다. 그래서 그런지 많은 사람이 1년에 한두 번씩 외국 여행을 다녀온다. 그것도 '반드시'라는 친구와 함께 말이다. 내가 사는 면 단위 시골의 경우는 주로 동갑계, 동창회, 친목계, 심지어는 여행계까지 만들어서 외국물을 먹고 온다. 모아 놓은 금액에 따라서 유럽이나 동남아 등 다양한 나라들을 두루 다니게 되는데 대개의 경우가 주로 중국을 비롯한 동남아시아 국가들로 여행지가 선택될 수밖에 없다. 그것은 아마 돈도 적게 들 뿐만 아니라, 먹거리나 정서가 우리와 비슷해서 그런 것 같다. 해외여행을 통해서 중년의 삶에 보람을 느끼며 재충전의 기회를 찾으려는 심산인 것 같다.

　　가까이 사는 육촌 이내 동서들끼리 매달 조금씩 모아 놓은 돈으로 뉴질랜드와 호주 두 나라를 돌아보는 외국 여행길에 올랐다. 여행 계획을 세워서 날짜까지 받아 놓으면, 시집가는 처녀처럼 마음은 싱숭생숭, 피곤하고 짜증나는 일이 있다가도 금방 기분이 전환되곤 했다. 여행은 늘 기분을 좋게 해주는 다정한 연인과도 같이 신비하고, 호사스러운 취미 생활이라는 걸 그 누구도 부인할 수 없을 것 같다는 생각이 들었다.

산골에 살면서 몇 년마다 한 번씩 이렇게 해외여행을 떠날 때마다 꼭 수학여행을 떠나는 중학생같이 흥분되고, 괜히 시겁스러워 지는 걸 보면, 여행과 동심은 형제 같다는 생각이 들기도 한다. 퇴직 이후 나른한 삶에 희망의 메시지고, 나도 모르게 힘을 불끈 솟게 만드는 기쁜 일이니까 말이다.

인천 공항에서 열 시간 만에 뉴질랜드 북섬에 있는 오클랜드 국제공항에 도착했다. 뉴질랜드는 '긴 흰 구름의 나라'라는 뜻으로 북섬과 남섬으로 나누어져 있다. 남섬은 영국 BBC 방송국이 선정한 죽기 전에 꼭 가봐야 할 50곳 중 4위에 올라 있는 유명한 관광지이다.

인구 150만 명이 사는 오클랜드는 뉴질랜드에서 제일 큰 도시로 옛날 수도였다고 한다. 그런데도 공항은 텅 빈 것처럼 한산하기 그지없다. 인천공항의 한쪽 귀퉁이 정도밖에 되지 않는 것처럼 북적이지도 않고 시골의 작은 공항에 온 것 같은 느낌을 지울 수가 없었다. 그런데도 입국 절차만큼은 만만치가 않았다. 먼저 검역부터 한 뒤 입국심사를 하고 수화물을 찾은 다음 다시 세관검사를 받는 절차로, 섬나라 특성상 동식물이나 음식물의 반입이 까다롭기로 유명하다고 했다. 우리 일행을 비롯한 한국 여행객들은 무슨 죄지은 사람들처럼 심사대 앞에서 초조하게 지켜보며 지루한 시간도 감수한 채, 바리바리 챙겨온 보따리를 일일이 공개하며 대응해야만 했다. 말도 통하지 않고 가이드도 없었지만, 손짓 발짓해 가면서 지니고 온 물품들에 대해 이해시켜 주었다. 수많은 한국 여행객을 상대해온 그들이지만 대충 통과라는 것은 없었고, 상당한 시간을 입국하는 데 보내야만 했다. 짜증 나는 입국 절차였지만, 축산업으로 먹고 사는 뉴질랜드만의 특색 있고 복잡한 그 나라 규정을 따를 수밖에 없다는 생각이 다소 위안으로 다가왔을 뿐이다. 나쁜 바이러스 감염으로 인해서 무공해 이미지에 심각한 타격을 받을까 싶어 이렇듯 세밀하게 검사한다는 다른 일행들의 말에 모두 고개가 끄떡여졌다.

북섬은 별로 볼거리가 없다는 것을 사전에 알고 있던 터라 우리는 일정에 따라 퀸스타운이라는 남섬의 유명한 관광지로 이동했다. 뉴질랜드 항공기로 두 시간여 이동하면서 내려다본 이 나라에서 가장 먼저 눈에 띈 점은 고층 건물이 없다는 것이다. 땅덩어리가 크다 보니 집을 지을 여력이 많다는 건가. 대개의 집을 비롯한 건물들이 1층 내지는 2층의 단층 구조로 지어져 있었다. 넓은 평야가 도시 주변을 에워싸고 초원으로 이어지고 있었으며, 초원에는 하얀 양 떼들이 어김없이 풀을 뜯고 있는, 축산업으로 먹고사는 나라라는 것도 금방 눈에 들어왔다.

뉴질랜드 최고의 관광지 중의 하나인 퀸스타운의 와카티푸호수는 외국인들이 제일 먼저 찾는 관광지 중에 하나라고 했다. 빙하가 녹아 흘러내린 물들이 모여서 장엄한 호수를 이루었고, 제일 깊은 곳은 수심 300m에 달한다고 한다. 맑은 물과 60km에 이르는 호수 주변은 온갖 새들과 꽃들로 그 어떤 곳보다도 아름다웠고, 세계 최초로 번지점프가 시작된 곳이라서 그런지 더 호기심이 가기도 했다.

지상낙원답게 호수 주변에는 그림을 그리거나 악기를 연주하는 사람, 반려 견과 산책을 하는 외국인, 세계 각국의 모든 사람이 함께 즐기며 쉬어가는 정 겨운 풍경이었다. 부호들의 별장이 주변의 산 중턱까지 이어져 있고, 영국풍의 집들이 주변 환경과 너무나 잘 어울리는 세계적인 관광지임이 틀림없다는 생각이 들었다.

　둘째 날은, 세계 8번째 불가사의로 통하는 밀퍼드 사운드로 이동했다. 곳곳마다 펼쳐지는 초원과 양 떼들, 수많은 말과 소, 사슴 떼 등 셀 수조차 없는 많은 동물이 인간이 쳐 놓은 철책 안에서 묵묵히 풀을 뜯으며 방목되고 있었다. 이상하게도 사람들이 보이지 않는다. 인구 밀도가 아주 낮은 나라로 동물보다 사람 보기가 쉽지 않은 나라이기도 했다. 집은 어쩌다가 띄엄띄엄 한두 집씩 보였다. 대체 이 나라 사람들은 어디서 무엇을 하고 있는지 궁금증이 더해갔다. 이런저런 궁상 속에 수다를 떠는 순간에도 가이드가 운전하는 미니버스는 끝이 보이지 않는 평야를 달리고 있었다. 사람 손으로 16년 만에 뚫었다는 호머 터널을 지나 바닥이 투명한 이끼가 반사되어 마치 거울을 보는 것처럼 착각에 빠지게 하는 거울 호수도 그런대로 볼거리가 되었다. 드디어 3시간여 만에 밀퍼드에 도착했다.

　뉴질랜드 남서쪽 끝 피오르랜드 국립공원 안에 있는 거대 협곡으로 신의 조각품이라 부르는 밀퍼드 사운드의 크루즈 투어는, 뉴질랜드 관광의 대미를 장식했다. 수많은 유럽의 관광객들은 원더풀을 남발하였고, 우리 일행도 자연히 감화될 수밖에 없었다. 150m의 산에서 바다로 떨어지는 스털링폭포를 비롯하여 웅대한 자연을 자랑하는 보웬폭포, 그리고 사자산과 코끼리산, 산 밑에 모여 한껏 게으름을 피우고 있는 펭귄과 물개 떼들은 지금까지 우리가 보지 못했던 색다른 풍경 아닌가.

　퀸스타운으로 돌아온 우리는 메뉴를 바꾸어 그 나라 사람들이 운영하는 레스토랑에서 그 나라 사람들이 주식으로 한다는 양고기와 소고기 스테이크로 저녁 식사를 했다. 소위 현지식이다. 많은 외국인 관광객들과 어깨를 같이 한 것 같아서 왠지 모르게 어깨가 으쓱해지기도 했지만, 억지로 줄인 몸무게가 원상으로 돌아가면 어쩌나 싶은 것이 가장 큰 걱정거리일 수밖에 없었다.

마지막 날 우리 일행은 아침 일찍부터 부산을 떨며 600km에 달하는 장거리 여행길에 나섰다. 무려 열 시간이나 걸리는 먼 여정이었다. 호주로 가는 비행기를 타야 하는 국제공항이 있는 크라이스트처치로 가는 길이었다. 가는 도중 뉴질랜드 최대의 과수 재배 단지에 들렀다. 사과가 우리나라 사과 크기의 반 정도밖에 되지 않았다. 영양제도 주지 않는 순수한 무공해 과일이라서 작다는 가이드의 설명이 뒤를 이었다.

여성스러운 뉴질랜드의 대자연과 함께 구릉으로 언덕진 땅에 온통 갈색 풀이 덮여 있고, 양 떼가 군데군데 흩어져 풀을 뜯고 있는 오마라마 갈색 초원지대를 거쳤다. 착한 양치기의 교회와 양몰이 개의 상이 우리를 반겨 주고 있었다.

오후 늦게 도착한 크라이스트처치는 남섬에서 제일 큰 도시라고 했다. 인구는 35만 정도밖에 되지 않지만, 50만 평의 해글리 공원을 자랑하고 있으며 풍족한 자연을 누리고 있는 행복한 도시였다고 한다. 그러나 6년 전 닥친 지진으로 무려 180명이 사망했고, 그 도시가 자랑하던 오래된 성당 건물을 비롯한 많은 곳이 지진 상흔으로 얼룩져 있었다. 만약에 우리나라처럼 아파트가 많았다면 엄청난 인명 피해를 보았을 거라는 가이드의 설명에, 인구의 반이 아파트에 사는 우리나라는 지진이 일어나서는 안 된다는 생각이 순간적으로 스쳤다.

뉴질랜드에서의 마지막 식사는 한국식이었다. 우리 교민이 운영하는 식당에서 된장찌개로 식사했다. 종업원들도 이민을 온 가정의 자녀이거나 유학을 온 학생들이었다. 교민이 운영하는 식당에 가면 우선 한국말로 소통이 된다는 게 참으로 좋았다. 그 도시에는 3,000여 명의 우리 교민이 살고 있다고 했다.

대자연 속에서 가축들과 공존하며 살아가는 청정국가 뉴질랜드는 의료비

일체도 국가가 책임지는 복지 국가였다. 틀림없이 잘사는 나라였지만, 사람의 품이 그리운 나라이기도 하다. 세계 여자골프를 주름잡는 리디아 고의 성공 신화가 있는 나라, 치열한 경쟁이 없는 가운데 넓은 들을 가진 뉴질랜드는 분명 잘 사는 나라임이 틀림없었다.

꿈속의 항구 시드니

뉴질랜드에서 3박 4일을 보낸 우리 일행은, 오스트레일리아 항공편을 이용해 호주 시드니 국제공항에 도착했다. 이웃 나라였지만, 3시간 동안 하늘길을 가야만 했다. 세계 3대 아름다운 항구를 가졌다는 시드니. 그 유명한 오페라하우스, 호주의 그랜드캐니언이라 불리는 블루마운틴 등 평소 꼭 가보고 싶었던 호주에 드디어 온 것이다. 먼저 갔다 온 친구들이 시드니항의 멋진 밤 풍경을 얘기할 때마다 나는 늘 꿰다놓은 보릿자루 신세였다. 하나도 부럽지 않다는 듯 억지 표정을 애써 참아 보았지만, 늘 부러움에 연민의 눈으로 상상만 하고 있었을 뿐이었으니까.

머뭇거릴 시간조차 아깝다는 듯이 공항에서 만난 가이드의 미니버스로 시드니의 첫날 여행이 시작되었다. 뉴질랜드와 눈에 띄게 다른 점은 도심 거리에 많은 사람이 자유롭게 거닐고 있다는 것이다. 풍성하게 보이는 서양 사람들이 활보하는 호주는 제법 큰 도시다운 모습으로 우리에게 다가와 주었다.

오가는 사람들의 자유스러운 표정 하나하나가 밝고, 어두운 그림자라곤 찾아볼 수가 없다. 모두가 흡족한 표정이고 만족한 걸음걸이였다. 잘사는 나라가 주는 매력이랄까. 주식이 육식이라 그런지 뚱뚱한 사람들이 자주 눈에 띄는 것이

특징 중의 하나였다. 80kg를 웃도는 나의 몸뚱이가 날씬하게 보일 정도였으니 참으로 다행이다 싶어지면서 위안이라는 친구가 다가와 손을 내밀어 준다.

첫날은 블루마운틴 관광과 라이프파크 동물원 관람으로 하루를 보냈다. 오늘의 부유한 호주가 있기까지 석탄 산업의 역군들이 일구어 놓은 생생한 현장에서 느낀 것은, 어느 국가든 조상들의 고난과 역경의 역사로 그 후손들이 잘 살게 된다고 하는 평범한 진리였다. 세계 석탄 매장량 1위인 나라, 그것을 토대로 현재 국민소득 6만 불로 우리보다 세 배나 잘사는 나라라고 가이드는 힘주어 말한다.

시드니로 돌아온 우리는 아시안 푸드, 호주산 육류와 다양한 디저트를 즐길 수 있는 정통 뷔페식으로 저녁 식사를 즐겼다. 입장할 때 여권을 제출해야 할 정도로 고급스러운 식당이라는 것이 우리를 잠시 긴장케 하기도 했지만, 풍부한 먹거리와 다양한 식재료며, 먹성 좋은 거구들이 주로 자리를 함께하는 것만 봐도 이름 있는 뷔페 식당이란 걸 알 수 있었다. 정말 국내에서 보지 못하는 온갖 종류의 음식들이 손짓하며 식탐을 불러일으킨다.

이튿날은 포트 스티븐스로 이동하여 새하얀 사막과 400km의 해변이 공존하는 이색적인 장소에서 신비롭고 이국적인 분위기에 취해 보기도 했다. 여러 마리의 돌고래를 가까이에서 볼 수 있는 바다에서 사진 찍기에 바빴고, 사막에서 미끄러져 내려오는 모래 썰매 타기 체험도 해보았다. 모두가 일정에 의한 방문이었고 우리는 거기에 한껏 취해 즐길 수밖에 없는, 동심 속의 뛰어노는 한낮 어른들에 불과했다.

호텔로 돌아온 우리는 좌장 형님네 방에 모여서 우리만의 시드니의 밤을 즐겼다. 한국에서 가지고 온 소주가 주인공이 될 수밖에 없었다. 누가 뭐라 해도 우리 입맛에는 역시 소주가 제일가는 벗이었다. 피곤함도 잊고 여행에 점

빠져드는 분위기에 모두가 동감하면서도 역시 해외여행은 젊어서 해야 한다는 이야기가 복음처럼 들려왔다. 아무리 좋은 여행도 내 몸이 괴로우면 만사가 귀찮은 존재일 수밖에…. 막내 처제가 다음에는 북유럽으로 가자고 제의한다. 모두가 좋다고 화답했지만, 나는 잠시 침묵으로 일관해야만 했다. 그것은 심장병으로 항상 비상약을 지니고 다녀야 하는 불편함과 건강에 자신감을 상실했기 때문이다. 병들고 늙어가는 육신이 정신마저 접수하고만 꼴이다. 그렇게 모인 네 동서 부부는 깊어가는 시드니의 밤을 웃고 떠들면서, 여행의 즐거움을 아름다운 추억거리로 매김하고 있었다.

드디어 마지막 날, 시드니 시내 관광과 더불어 오페라하우스를 보러 가는 날이었다. 먼저 시드니 동부지역에 있는 시드니 시내가 한눈에 내려다보이는 더들리 페이지와 시드니의 관문이자 수직 절벽 및 〈파피용〉 촬영지로 유명한 갭 파크를 둘러보았다. 삶에 회의를 느낀 염세적인 사람들이 자살하는 장소로도 이름이 나서 어른 크기의 울타리가 둘레를 가로막고 있었다. 그곳에 꽃다발이 놓이면 누군가는 바다로 떨어져 죽었다는 기사가 실린다는 가이드의 설명에 어느 나라든 사회 문제화 되어가는 자살에 대한 시급한 대책이 필요하다는 것을 멀리 이국에 와서조차 느껴야만 했다.

호주의 상징이자 최고의 명소인 오페라하우스에 도착했다. 덴마크의 유명한 건축가가 접시에 담겨 있는 껍질 까진 귤을 보고 착안하여 지었다는 오페라하우스, 무려 13년간의 길고 긴 건축의 결과물로 세계의 자산이 된 게 아닌가. 호주의 연인들이 가장 많이 찾는 낭만의 장소, 영국의 유산이자 바다를 가로지르고 있는 유명한 하버 브리지가 서로를 마주 보면서 아름다움을 넘어 세상에."라는 감탄사가 절로 나오게 만드는 오페라하우스 주변의 풍경이야말로 형언할 수 없는 아름다움의 극치였다. '아, 이래서 유명하구나' 혼자 속으로 느끼기엔 표현조차 할 수 없는 흥분이 온몸에 전율로 다가왔다. 이순이 되어서 이런 광경을 보다니 치열하게 살아왔던 젊은 날 고생의 상흔들이 치유되면서 보람의 순간으로 바뀌는 순간이기도 했다.

항만을 유람하는 크루즈에서 우리는 세계 여행객들과 함께 떠들고 즐기면서 시드니의 밤을 즐기고 있었다. 행복감에 젖을 수밖에 없는, 잊을 수 없는 밤의 향연이었다. 우리는 최고로 전망 좋은 3층 스위트 자리에서 부들부들한 호주산 소고기로 만든 스테이크를 자르며 와인을 곁들인 최고의 만찬을 즐겼다. 아내의 얼굴에도 행복감이 충만하여 있었다. 복에 겨운 호강이었지만, 젊은 날 그토록 모진 고생도 많이 했는데, 오늘에야 그 보상을 해 주는 것 같아서 다소 위안이 되었다.

다음 날 새벽 짐을 챙겨 공항으로 향했다. 그새 정이 들었는지 가이드는 아쉬운 표정을 지으며 기억에 오래도록 남을 참 좋은 손님들이었다고 하면서, 덕담으로 헤어짐을 마감하는 센스까지 보여주었다. 감사하다는 말과 함께. 한국 사정이 너무 안 좋아서 걱정이라는 같은 생각을 공유하며 아쉬운 작별을 해야만 했다. 국내 사정이 최순실 게이트로 전 세계로부터 주목받고 있기 때문이었다. 부모님과 형제들이 있기에 늘 한국 소식을 귀담아듣는다고 했다. 피는 물보다 진하다는 것을 그 가이드를 통해서 다시금 확인할 수 있었다. 고향 언덕과도 같은 한국행 비행기에 올랐다. 반쯤은 이미 고향에 온 것같이 포근한 담요가 되어 전신을 덮어주고 있었다. 스튜어디스 아가씨들의 해맑은 미소를 보니 피로감이 엄습했다. 며칠 동안 국내 소식이 너무나 궁금했다. 비행기 안에 있는 신문을 집어 들고 모두 읽었다. 겨울만큼이나 혹한이 몰아치는 한국 소식이었다.

"잘돼야 할 텐데…." 어느 개그맨의 한마디가 문득 떠올랐다.

인생백년 자연만년

인생은 자연 앞에 한 점 이슬이다. 유별나게 살아봐도 별 볼 일 없는 게 인생이거늘 사람들은 천년만년 살 것처럼 우쭐댄다. 어제 오후부터 내리던 눈이 밤중까지 이어져, 온 세상을 흰색으로 도배하고 말았다. 봄이야 오건 말건, 겨울의 애잔함을 이렇게 심술로 표현하려는 걸까. 그러나 삼월에 내리는 눈은 왠지 모르게 측은한 생각마저 들게 한다. 햇살에도 금방 녹아 없어지는 눈이라서 그런지 소가 닭 보듯 힐끗 한 번 쳐다보고 만다. 하여 이맘때 온 눈은 무덤덤한 인생같이 우선순위에서 한참 밀려 관심 밖일 수밖에 없다.

덕지덕지 많은 눈을 덮어쓰고 있는 수목들의 가지가 힘에 겨운 듯 축 처져 있는 모습이 애처롭기만 하다. 서리 맞은 소나무가 항상 푸르듯이 곧 해가 뜨면 원기를 회복할 가지들에 잠시만 참으라고 응원의 눈길을 보낸다. 매년 겨울에 보는 눈 오는 날의 풍광이고, 해가 뜨면 금방 사라질 자태들이지만 요샛말로 경치 하나는 정말 끝내준다. 겨울이 남겨주고 가는 마지막 보너스라고나 할까. 나 혼자 보기에는 아깝다는 생각이 든다. 사진에 담아 이곳저곳에 올리고도 싶지만, 사진에 담는다 한들 어디 실물만 한가 싶어 생각을 접는다.

절기마다 되풀이되는 자연의 섭리에 스스로 고개가 숙여진다. 오묘함을 뛰어넘는 자연은 늘 인간들에게 삶의 진리를 깨우치게 한다. 자만하고 방탕하며 교만한 인간들에게 수시로 경종을 울려 주면서 겸허하기를 바란다. 오만한 자들은 하늘이 심판한다고 했던가. 이상 기후로 세계 곳곳에서 피해가 속출하고 있다.

이 모든 현상은 인간의 자연에 대한 무관심 때문이다. 마구 훼손되고 파헤쳐진 자연은, 그 원인을 제공한 인간들에게 때로는 경고로, 때로는 엄청난 재해로 응징한다. 알량한 삶의 잇속을 위해 개발이라는 명목하에 저지르는 인간들에게 주는 엄중한 경고이다. 과학의 발전도 중요하고 개발도 해야겠지만, 자연을 훼손하는 행위는 곧 재앙이라는 인과응보로 연결된다는 것을 알아야 한다.

이 지역에는 주기적으로 엄청난 자연재해가 발생한다. 그 주기가 주로 십 년 단위라는 것이다. 2006년도에 큰 피해를 준 집중 호우가 곧 닥치지나 않을까 걱정되기도 한다. 당시를 생각하면 엄청난 인명 피해와 도로, 전기 등 모든 기반 시설의 파괴로 18세기의 삶으로 되돌아가야만 했던 시절이었다. 그러다 보니 자연의 재해를 늘 감당해 왔던 산골 사람들은 공손한 마음으로 자연을 대하곤 한다.

한여름 소낙비를 몰고 온 천둥 번개가 요동치면, 방에 틀어박혀 꼼짝도 하지 않는다. 새색시처럼 얌전한 자세로 자신의 허물을 되짚어 보며, 반성문을 쓰는 심정으로 숨소리조차 죽인다. 마당을 내다보며 그칠 때만 기다리는 인내심은 곧 자연에 순응하는 마음이다. 매년 이어지는 한여름 천둥 번개는 산골 사는 사람들의 어진 마음을 더 순하게 하는 회초리가 된다. 앞산과 뒷산에서 대포 소리같이 울려대는 천둥소리는 밀림에서 울리는 사자의 포효소리보다 더 위력적이다. 모두가 숨죽여 조용히 물러가기를 바라는 초원의 초식동물과도 같다.

자연이 인간에게 보내는 호통이랄까. 저승사자의 그림자 같은 한여름의 천둥 번개는, 하늘이 인간에게 보내는 메시지라는 생각이 든다. '죄짓지 마라.' 벼락이라는 엄중한 자연의 형벌이 인간들에게는 늘 두려움의 대상으로 다가오는 건, 완벽하게 살 수 없다는 뜻일 수도 있다. 그러니 인간들은 늘 겸허하게 받아들일 수밖에 없다고 본다. 특히 산골에서 맞이하는 한여름의 자연현상은 이렇듯이 드라마틱하면서도 혼탁한 정신세계를 차분하게 소지해 준다.

눈 녹는 3월이면, 냇가 버들강아지가 맨 먼저 봄의 전령이 된다. 누가 시켰는지 하얀 솜털을 가지마다 심어 놓고, 봄이 왔음을 세상에 알린다. 시샘하는 삼월의 찬바람조차 솟아나는 새싹들의 향연을 막지 못한다. 자연의 위대함을 절기로 대변한다고나 할까. 그 누구도 거역할 수 없는 자연의 현상이다. 산골 사람들의 달력에는 빨간색으로 표시해 놓은 동그라미가 눈에 띄곤 한다. 절기에 맞추어서 씨앗을 뿌리겠다는 심산이다.

그런데 최근에는 이상한 일들이 벌어지고 있다. 잎을 피우고 꽃을 피우는 수목들의 순서가 절기를 잃어버린 것 같다. 진달래가 피고 나면 개나리가 피고 그다음은 철쭉꽃이 피어야 하는데 거의 동시에 한꺼번에 피는 아이러니한 현상들이 해마다 되풀이되는 것이다. 자연에 이상이 생겼다는 신호인가. 이러한 현상들을 보게 되면서 두려움을 느낀다. 이상 기후에서 오는 자연 변화에 대한 인간의 불안한 심리는 자꾸만 커지고 있다. 이에 대한 슬기로운 대처가 시급한 때이다. 자연을 연구하는 분들의 어깨가 점점 무거워져가는 것만 같다. 안타까운 일이다.

문학기행과 우환愚患

완벽한 자네가 아니었던가? 이순을 넘기면서도 실수는커녕 말한마디도 허투루 하지 않는 자네였는데. 더구나 아내가 쓰러진 이후 병간호로 하루도 빠듯하지 않은 날 없이, 살림살이까지 맡아서 하던 자네한테서 그런 일이 일어나다니 그저 어안이 벙벙할 따름이었네. 병환 중의 아내를 위해 8년이라는 긴 세월 동안 고생을 고생이라고 내색하지 않고 살던 자네의 성실한 삶에 우환이 보낸 심술 보따리는 너무나 아프고 놀랄 만한 일이었어.

연로하신 부모님까지 모셔야 하는 자네는 늘 나마저 쓰러지면 안 된다고 하면서 매일 2만 보를 걷는다고 자랑 삼아 얘기하곤 했었는데, 그래서 우리는 전보다 들어간 자네 배를 보면서 "그래, 정말 많이 빠졌네! 마이 들어 갔다야." 하며 진한 평창 고향 사투리로 응원의 스킨십을 보내 주곤 했었지. 그건 모두 자네의 사기를 올려주려고 일부러 하는 말이 아니라 근래 들어 정말 보기 드물게 빠진 자네의 몸을 보면서 뱉은 내 진심이었어.

매년 늘 이맘때 떠나는 문학기행은 일행 모두를 어린 소녀로 만들고 말았지 어둠이 채 가시지도 않은 관광버스 안에서 오지도 않는 잠을 억지로 청했지만 들떠 있는 감정을 늦히기에는 역부족이었어. 늘 그러했지만, 여행은 공허한 삶의 언저리를 채워 주는 마음속의 선물이었고, 그렇게 떠나는 여행은 문학기행이라는 고상하고 유식한 낱말로 포장된 채 희망처럼 우리에게 다가와 주었지.

작은 나라라고 깎아내리던 우리 강산은 다섯 시간이라는 비교적 긴 시간 동안 우리 모두를 들마루 같은 버스 안에서 보내게 했지만, 멀미하는 사람들은 하나도 없더군. 대단한 체력의 소유자들이라는 생각이 들기도 했지만, 기분이 좋으면 멀미도 도망간다는 어느 여행가의 말이 떠오르기도 했어. 틈틈이 들르는 휴게소의 깨끗하게 청소된 화장실은 세계적으로 자랑할 만한 선진국의 표상이었고, 정갈하고 곱게 뻗은 도로 역시 잘사는 나라임을 입증하는 데 아무런 부담이 없었던 거야.

육십 평생 못 가 본 곳이 수두룩한데도 우리는 늘 지도에서 보아왔던 편견대로 우리나라는 아주 작은 국가라는 선입감에서 벗어날 줄 몰랐었지. 그리곤 누구나 할 것 없이 해외로, 해외로 나갔던 거야. 조국에 대한 심한 모독이었고 배반이었다는 생각이 들었네. 전라도 바다 끝 완도에 있는 청산도는 정말 끝내주는 절경이었어. 영화 〈서편제〉를 찍었다는 유명세만큼이나 어머니 품 안 같이 포근한 섬이었지. 첫날의 여행, 아니 문학기행은 그런대로 방점을 찍었다는 생각이 들었다네.

이튿날 우리는 예정했던 대로 전라도 남쪽 끝자락의 명소들을 두루 둘러보았잖아. 이미 유명해진 돌산갓과 향일암은 먹거리와 불심을 아우르는 유명한 관광지가 되어 있었어. 나는 108배의 절로 이 세상에 존재하는 모든 것들에 대하여 업장소멸을 빌고 또 빌었지. 강원도 촌놈이 아주 멀리 전라도 바닷가에 있는 유명한 기도처인 암자까지 왔는데 그냥 간다는 건 불자로서 마음이 영 꺼키지 않았지 뭐야. 그래서 시작한 게 108배였지. 뚝뚝 떨어지는 땀 속에 이룬 백여덟 번의 절에는 우리 모두에 대한 안위도 당연히 포함되어 있었다네. 지내놓고 보니 절박한 현실 앞에 놓인 인간들의 고통을 잠시라도 덜어주는 데는 염원 이상인 것도 없다는 걸 이번에 또 알게 되었지 뭔가.

남다른 관광 마인드를 가진 여수는 분명 앞서가는 도시였어. 여수 앞바다를 가로지르는 케이블카 안에서 우리는 하서 선생님을 모시고 추억 만들기에 바쁜 시간을 보내기도 했어. 고령의 몸으로 함께해 주시는 선생님의 생전 모습을 계속 담고 싶었던 마음이 잠시 슬퍼지기도 했지만, 여행이라 웃을 수밖에 없는 환경이 싫어지기도 했지. 그럭저럭 2박 3일의 관광은 무르익었고 준비했었던 출판기념회나 등단 기념식도 무리 없이 잘 진행되었잖아. 그 틈에 남해에서 나는 바다 회도 실컷 먹었으니 이만하면 두루두루 본전은 뽑았다는 생각을 떨쳐 버릴 수가 없었지. 히쭉거리는 마음을 뒤로하고 일행 모두는 추억 담기에 여념이 없었고, 통영에서 마지막 밤을 보내게 되었지.

그날 밤 덮친 어두운 그림자는 분명 재앙이었어. 가장 건강해야 하고 가장 무탈해야 할 완벽한 자네에게 그런 어처구니없는 일이 생기다니. 여태까지 믿고 싶지 않지만, 사실이라는 것만은 틀림없다는 거였어. 모두가 잠든 새벽 2시 답답함에 열었던 창문은 자네의 육중한 몸을 돌보다 더 단단한 대리석 위로 끌어내 아래층 땅바닥으로 팽개치고 말았어. 그것도 5m 되는 아래로. 하지만 다행히도 의식이 있는 자네를 보고 모두는 살아 있다는 게 신기하다는 듯 놀란 입을 다물지 못하였다네.

부러지고 충격받은 자네 몸뚱이는 얼른 큰 병원으로 가야만 했어. 통영응급실을 떠나 집 가까이에 소재한 원주기독병원으로 옮겨질 수밖에 없었지. 구급차 좁은 침대칸에 누워 있는 자네의 동태를 살피면서 나는 제발 무사히 가게 해달라는 염원을 수없이 거듭하면서 붙어 있는 자네의 숨소리가 그토록 자랑스러울 수가 없었다네. 다시 태어난 것 같은 친구를 만난 기분이랄까? 자네는 나의 새로운 벗이고 문우文友임이 틀림없었어.

이보게 친구, 나는 늘 이렇게 생각하네. 인간은 고뇌 속에서 살아가는 한 미물일 뿐이라는 것. 그리고 아주 나약하고 미미한 존재라는 것도 말이야. 누구에게도 그런 불행은 찾아온다는 거지. 시련을 잘 이겨내는 사람만이 살아남는 절박한 삶의 한 단편이라는 생각을 지울 수가 없었네. 시인이 되고 싶어 하는 자네에게 시마詩魔의 심술이 아닌가 하는 생각이 들기도 했어. 인간은 늘 고통 속에서 새로운 문명을 맞이하곤 했으니까. 시재詩材를 찾는 마음에 새로운 세계를 열어준 일이었다면 조그마한 안위라도 되겠지만 병상에서 나에게 보내준 자네의 시 한 편은 문외한인 나에게도 작은 감동을 안겨주었어.

아무쪼록 큰 시인이 되어 주시게. 인생 후반기에 겪고 있는 자네의 생활 모습 하나하나가 전부 시의 소재가 아니겠는가. 이번 일이 기회가 되었다면 그것이 바로 전화위복轉禍爲福이라 하지 않겠는가. 자네의 건승과 빠른 쾌유를 비네.

깜총이의 삶과 죽음

지난 13년 동안 원경과 함께한 우리의 지킴이 깜총이가 갔다. 지난달 바람도 잔잔하고 날씨마저 쾌청한 날 깜총이는 끝내 돌아오지 못할 저세상으로 떠나고 말았다. 죽기 며칠 전부터 이미 자신의 운명을 예고라도 한 듯 먹는 것조차 마다하고 힘없는 눈망울로 시선 마주치는 것 또한 힘들어 했다. 매년 그랬듯이 날씨가 추워져 그러려니 하면서, 이불 조각만 잔뜩 넣어 주고는 큰 관심을 두지 않았었다. 등한한 주인의 일방적인 판단이었다. 개도 늙으면 모든 게 귀찮아져서 그러는 줄 알고 별다른 관심조차 보이지 않았던 것이 솔직한 표현이다. 무디어진 박애 정신이 판단력마저 흐릿하게 해 놓은 꼴이 되고 말았다.

몇 년 전 깜총이가 여섯 번째로 출산할 때였다. 밤새 한 마리를 낳고 괴로워하며 새벽에 나간 내 바짓가랑이를 물어 당기며 살려 달라는 듯 눈물을 보이는 게 아닌가. 말 못 하는 짐승의 간곡한 표현은 이내 둔감한 나의 감정을 자극해 그 길로 원주 동물병원에 전화하기에 이르렀다. 원장님 말씀이 한 시간 내로 오지 않으면 잘못될 수 있다는 말에 세수고 뭐고 집어치우고 깜총이를 싣고 ㅎ

달음에 원주로 향했다. "야, 깜총아 죽으면 안 돼. 힘 좀 내." 점차 의식이 희미해져 가는 깜총이를 타이르듯 달래며 득달같이 달려 도착하니, 고마우신 원장님은 잠자던 간호사까지 깨워놓고 대기하고 있었다. 평소 한 시간여 걸리는 거리를 10분 이상 단축했던 거로 생각된다. 새벽 시간의 도로는 막힘이 없었고, 오로지 깜총이를 살려야겠다는 절박함은 119 구급대원의 심정 그 이상으로 다급했었으니까. 대수술 후 3일간 입원시켜 살려놓은 개가 바로 깜총이다.

돈도 꽤 들었지만 비록 말 못하는 짐승일지라도 사람 된 도리를 다한 것 같아서 늘 고마운 녀석이었다. 그 후로는 임신 같은 건 생각지도 못하고 독야청정 오직 주인만 섬기며 원경 지킴이로서의 해야 할 역할을 다해 왔다. 원경과 같이한 13년, 사람들은 사람 나이로 치면 한 팔십은 된 것 같다고 했다. 제명을 다 산 것 같아서 위안이 되기도 하지만, 죽기 전에라도 한 번 더 병원에 데려가 보지 못한 죄책감이 늘 마음을 사로잡고 있다.

깜총이와의 인연은 우리가 펜션을 오픈 할 때 시작되었다. 해병대 후배인 신리 교회 목사님이 펜션 개업 기념이라고 하면서, 한번 잘 키워보라고 직접 데려다 준 작고 볼품없는 강아지였다. 하지만 어찌나 영특하고 붙임성이 좋은지 새까만 놈이 총명하다고 해서 깜총이라고 부르기 시작했다. 겨울철 산에서 내려온 산돼지나 고라니에게도 사정없이 짖어 대며 자신의 몫을 다 했고, 난데없이 나타난 이웃집 큰 개들한테도 텃세를 다 하는 우리 집의 든든한 경비병이었다. 참으로 겁도 없는 녀석이었다. 식당 개 3년이면 라면을 끓이고, 서당 개 3년에 풍월을 읊는다고 했듯이, 바로 우리 깜총이를 두고 한 말 같았다.

외딴곳 산속에서의 삶이란 외롭고 적막함이 엄습하는 도량 같은 느낌을 준다. 사람과 교감의 한계를 영특한 개들이 대신해 주고 있기도 하다. 그래서 반려동물이라고 하지 않던가. 깜총이가 죽던 날 집사람은, 눈물을 흘리며 따뜻한 양지쪽에 잘 묻어 주라고 당부했다. 정이란 참으로 묘하다는 생각이 든다. 삭막하고 메마른 세상에 키우던 개와의 이별 앞에서 진심으로 슬퍼하는 집사람 표정이, 목석같은 나에게도 한 가닥 애잔한 마음을 주었다. 요즘도 아내는 깜총이집 쪽으로 가면 꼬리 치며 나올 것 같다면서 잊으려면 세월이 많이 흘러야 할 것 같다며 아쉬운 감정을 애써 감추고 있다. 한동안 텔레비전에 깜총이를 닮은 강아지라도 나오면 슬쩍 일어나 냅킨을 들고 방으로 들어가 훌쩍이기도 한다.

인연이란 이렇듯 참으로 질긴 것인가 보다. 사람들은 말할 것도 없고, 하찮은 축생들도 정이 들면 사람과 같은 연민을 느끼게 되는 모양이다. 그래서 원경은 처음부터 강아지와 함께하는 애견 동반 펜션이었다. 사람과 반려견이 둘 아닌 하나라는 생각에서였다. 똑같이 한 개의 생명을 지닌 인연의 동반자들인 것 아닌가. 깜총이가 낳은 여섯 배의 새끼들은 어디에서 어떻게 살고 있는지, 제 어미의 죽음을 알고나 있는지, 사람과 짐승의 차이가 이런 것인가 곰곰이 생각해 본다.

오늘도 훅하고 뛰쳐나올 것만 같은, 개 중에 영물 깜총이를 떠올려 본다. 손님인지 아닌지도 구분 잘하던 녀석의 우렁찬 목소리가 참으로 아쉽기만 하다. 내일은 깜총이가 잠들어 있는 곳에 한 번 다녀올까 한다. 녀석의 꼬리 치며 반기던 평소의 모습을 그리면서.

지푸라기 잡는 심정

— 참회와 기도

아이가 집을 나간 게 틀림없었다. 사는 곳이 면 소재지라 금방 소문이 돌았다. 양심상 얼굴을 들고 다닐 수가 없을 지경이었다. 아들 녀석 친구들을 찾아가 어디로 갔는지 연락은 되는지 물어도 도통 대답을 해주지 않았다. 처음에는 저희끼리의 의리 때문에 말을 안 하는 것 같아 보였다. "그러면 안 된다, 친구를 데려와 바른길로 인도해야 한다."면서 설득하고 또 설득한 끝에 얻어들은 말은, "아빠 때문에 집을 나가는데 서울 가서 직장 생활로 돈을 번다."는 것이었다. 절대로 말을 하지 않기로 서로들 굳은 약조까지 했다는 것이다.

참으로 황당한 대답이었다. 이제 겨우 열다섯 살짜리가 알지도 못하는 서울에 가서 무엇을 한단 말인가. 아내와 나는 어찌할 바를 모르고 공황상태에서 허덕이게 되었다. 당시는 휴대폰도 없던 때라 마땅히 연락할 곳도 없으니, 이 녀석이 나쁜 길로 빠져든다면 나나 집사람은 그동안 쌓아 놓은 모든 것들이 한순간에 무너진다는 생각에 밥조차 제대로 먹지 못하고 전전긍긍 마음만 졸이고 있었다. 지금 생각해 봐도 우리 내외에겐 처음으로 겪어보는 위기의 순간이었다.

자식 교육에 다소 등한했던 지난 일들이 주마등같이 스쳐 지나갔다. 후회한들 소용이 없었다. 수습할 길이란 빨리 아이를 데리고 집으로 돌아오는 길밖에 없었으니까. 매일같이 아이의 친구들을 만나서 소식이 왔는지 묻고 묻는 게 일과였다. 며칠이 지나도 소식이 없었다. 그때의 애타는 심정이야 당해 보지 않고서는 어찌 짐작이나 하겠는가. 저녁때만 되면 잠이 오지 않아서 술로 세월을 보냈다. 집에 있는 술도 동이 날 지경에 이르렀고, 심신은 점점 황폐화되어 갔다. 아내는 눈물로 나날을 보내고 연로하신 어머니마저 걱정으로 하루를 보내게 해 드린 불효의 나날이었다.

누군가에게 들은 말인데 불가에서는 자식은 전생에 철천지원수이었거나, 아니면 제일 선한 인연으로 맺어진 사이라는 것을 계속 떠올리기도 하면서 위안 아닌 위안으로 나날을 보내고 있을 뿐이었다. 그렇게 며칠을 보내고 나니 아무것도 할 수가 없었다. 다른 방도가 없다는 생각이 들었다. "아, 할 수 없다. 사람의 힘으로 안 되는 것은 종교의 힘이라도 빌리는 수밖에." 모든 게 내 잘못이고 나로 인해서 생긴 일이니 내가 신봉하고 있는 부처님께 한번 구원을 얻어 보자고 마음먹었다. 평소 영험하기로 소문이 난 오대산 적멸보궁에 가서 간절히 한번 빌어 보기로 작정하였다. 군에 있을 때 그토록 매일 하던 기도와 염불을 손에 놓고, 등한시한 게 후회스러웠다.

퇴근하고 일찍이 잠자리에 들었다가 새벽 3시경에 일어나서 아내와 오대산 상원사 위에 있는 적멸보궁으로 향했다. 적멸보궁은 우리나라 5대 보궁 중의 하나로서 석가모니 부처님의 진신사리를 모셔 놓은 곳으로 불상이 없는 암자이다. 일 년 내내 전국의 불자들이 찾아와서 소원을 빌고 가는 유명한 기도처로, 세조와 문수 보살과의 인연이 역사로 증명된 성지이기도 하다. 성심을 다하여 기도하면 한 가지 소원은 들어준다는 말을 듣고 있던 터라, 지푸라기도 잡는 심정으로 기도에 모든 걸 걸어볼 작정이었다.

피곤하거나 잠이 오는 것쯤은 사치에 불과했다. 어린 자식은 서울 어딘가에서 무엇을 하고 있는지 알지도 못하는 판에 잠이 올 리가 없었다. 그저 멍하니 고민으로 시작하여 고민으로 끝나는 하루였으니까. 차로 한 시간을 달려 상원사 주차장에 세워 놓고 비로봉 가는 방향으로 40여 분쯤 걸어 올라가면 연꽃 모양의 산 중턱에 작은 암자가 적멸보궁이다.

금방 기도를 끝냈는지 법당엔 작은 촛불이 우리를 기다리는 것 같이 파르르 소록하게 타고 있었다. 희망의 촛불처럼 말이다. 아내와 나는 암 검진을 받는 환자가 된 것처럼 고개조차 들지 못하고 법당에 들어갔다. 누가 먼저랄 것도 없이 절을 하고 또 하였다. 108배를 해야 발복한다는 어머니의 말씀처럼 108 염주를 양손에 쥐고 아들이 돌아와 주기를 염원하고 또 염원했다. 절이 우리의 유일한 주치의였고, 탈출구로 여겼으니까. 고요한 정막만이 감도는 산중 암자에서 아들을 위한 기도는 그때부터 그렇게 시작되었다.

아이가 집으로 들어오게끔 노력하고 매달렸던 것은 오로지 그것뿐이었다. 한없이 나약한 아비가 할 수 있는 일이라곤 깊은 산중에 있는 보궁에서의 참배였으니, 하늘을 향해 비를 내리게 해달라는 기우제를 지내듯이 일순간 허망함이 교차하기도 했다. 그러나 중생의 허물을 예견하고 설파하신 붓다의 예지력에 일순 의지할 수밖에. 그런 와중에도 직장에는 소홀할 수가 없었다. 사람의 정신력이야말로 육신에 우선하는 놀라운 능력을 함유하고 있다는 것도 그 대야 터득하였다. 몇 번의 간절한 기도는 염원으로 점철되었다. 기복신앙의 절 찾이라 해도 할 수가 없었다. 절을 많이 해서 무릎이 아픈 것 정도는 복음을 알리는 신호에 불과하였다.

마침내 아이가 어디 있다는 희망적인 소식을 접하게 되었다. 서울에서 경찰관 생활을 하는 형에게 전화했다. 서울 어느 동 역전 부근에 있는 명궁이라는 중국집에 우리 애가 있다고, 형이 빨리 가서 애를 좀 데리고 중간 지점에서 만나자고 했다.

바싹 마른 모습으로 나타난 아들을 보자 눈물이 확 쏟아졌다. 그토록 강인했던 경찰관 아빠도 아들 앞에서는 어질고 순한 감정에 이끌리는 한 마리의 양에 불과했다. 아빠 노릇을 잘 못한 반성의 표현이기도 했다. 서울로 올라가는 형 왈, "그 중국집 사장이 병호 때문에 장사가 몇 배나 잘 되었다고 하더라." 면서 아이를 두둔해 주었다. 아빠도 울고 아들도 울었다. 아들 녀석의 가출은 내 인생에 한 가지 역경을 이겨낸 소중한 추억으로 매김되어 있다. 순수한 팩트 속의 꿈만 같은 잔잔한 드라마였다.

내 고장 문학관을 찾아서

－ 이효석 문학관

큰 나무에 그늘이 많다고 했던가. 그렇다면 가산 이효석은 분명한 거목巨木이다. 매년 가을 메밀꽃이 필 무렵이 되면 효석문화제가 시작된다. 아흐레 동안 수많은 사람이 효석의 고향을 찾는다. 소금을 뿌려 놓은 듯 남안동의 메밀밭은 카리브해 파도처럼 하얀 풍경이 장관을 이룬다. 포토존에 점령당한 메밀밭은 관광객의 채색된 옷으로 마치 울긋불긋 가을 설악을 잠시 옮겨놓은 듯하다. 32만 명이나 되는 인파가 효석을 만나고 그의 문학세계에 빠져너울거린다.

강원도 평창 작은 면面이 그 이름에 기대어 명성마저 자자하다. 태백산맥의 줄기가 실핏줄같이 뻗어내린 봉평면 남안동은 효석이 태어난 동네이다. 남향의 자그마한 초가삼간 뒤로 낙타 등 같은 맥이 흘러 뒤꼍을 감싸 준다. 앞에 안산들도 그 형국이 절대 예사롭지가 않다. 우측으로 보이는 노적가리 문필봉은 효석의 탄생을 알리는 듯 나지막한 자태로 바람막이 역할을 톡톡히 하고 있다. 큰 인물이 태어났다는 사실만으로도 비범함을 느낄 수 있는 좋은 터다.

효석은 총명했다. 공부는 늘 우등이었고, 음악이나 운동에도 남다른 소질을 보여줬다. 면장까지 역임했던 그의 아버지는 이런 아들을 그냥 둘 리가 없었다. 평창까지 무려 백릿길이나 떨어진 초등학교에 다니게 한다. 이따금 주말 집으로 올라치면 그 먼 길을 꼬박 걸어서 와야 했다. 어린 시절 그는 물놀이와 고기잡이, 시골 오일장의 풍경 등 시골의 정취를 함빡 받는 경험을 하게 된다. 문학적 작품의 배경으로 이때의 정서가 늘 등장할 수밖에 없었다.

특출난 아들의 미래를 염려한 아버지는 효석을 경성제일고등보통학교(지금의 경기중·고)에 입학시키면서 문학의 큰 별로 성장케 하는 초석을 놓아준다. 이처럼 총명한 아들 뒤에는 교육에 열정인 훌륭한 아버지가 있었다.

경성제국대학 영어영문학과를 졸업한 효석은 문학에 큰 뜻을 품기 시작하여 마침내 1928년 단편소설 「도시와 유령」을 발표하면서 문단의 주목을 받기 시작한다.

효석이 스물다섯이 되던 해 당시 열여덟 살이던 함경북도 경성 출신의 이경원과 결혼하면서 경성으로 이주, 그곳에 있는 경성농업학교에 영어 교사로 취직하게 된다. 안정적인 생활로 매사가 편안해진 효석은 1936년 숭실전문학교 교수로 취임하면서 창작열은 더없이 활발해진다. 단편인 「메밀꽃 필 무렵」을 비롯하여 「인간 산문」, 「분녀」 등 220여 편의 시, 소설, 희곡, 시나리오, 수필, 평론 등 수많은 문학 작품들이 그의 머리를 떠나 세상 밖으로 꺼내어졌다.

1940년 부인의 사망과 둘째아들마저 죽는 사별의 아픔을 겪으면서 실의에 빠져 만주 등지를 잠시 방황하면서도 그의 창작열은 식을 줄 몰랐다. 장편과 단편 등 많은 문학 작품들이 해마다 쏟아져 나오던 효석에게 뜻하지 않은 불행이 찾아든다. 너무나 크고 위대한 창작이 단명을 알리는 비극의 시작이었나. 이태 뒤인 1942년 5월 25일 결핵성 뇌막염을 앓던 효석은 서른여섯의 젊은 나이에 인생을 마감하고 만다. 큰 별은 일찍 진다고 했던가. 아쉽고도 아쉬웠다.

만, 한국 문단의 큰 별은 그렇게 지고 말았다.

효석이 떠난 뒤 그가 남긴 주옥같은 글들은 시류에 편승한 국가적 고난 속에서도 국어 교과서에 실려 후학 양성에 도움을 주는가 하면, 모래 속의 진주 같은 존재가 되어 은은한 자태를 빛내고 있었다. 민생고가 우선이던 산업화 시절, 문학이나 문화는 늘 그 뒤편에서 우울한 배후가 되어야만 했다.

1973년 정부가 효석에게 금관문화훈장을 추서함으로서, 침묵하고 있던 그의 작품들은 서서히 세상 밖으로 얼굴을 내밀게 되는 계기를 맞는다. 세월은 흘러 어느덧 먹고 살만해진 사람들이 팔을 걷어붙이기 시작했다. 고매한 흔적을 남긴 문단의 영웅을 추스르기 시작한 것이다. 여기에는 동참하는 문인도 있었고, 앞서가는 공직자도 있었으며, 고향 사람들도 뜻과 마음을 보탰다. 2002년 드디어 모두가 소망하던 그의 문학관이 문을 열게 된다.

효석이 태어난 생가에서 약 1km 떨어진 남안동, 야트막한 산 정상에 터를 잡았다. 8천여 평의 부지에 250평의 건물로 지어진 이효석 문학관은 그를 만날 수 있는 유일한 장소이다. 그의 대표작이라고 해야 할 「메밀꽃 필 무렵」의 봉평 장터가 한눈에 내려다보인다. 충주집도 보이고 물레방아가 돌던 방앗간도 눈에 들어온다. 마침 7일 봉평 장날이라 장돌뱅이 허 생원과 조 선달의 악다구니 소리가 손에 잡힐 듯하다. 때가 선거판이라 후보들의 스피커 소리에 옛날 그때의 추억은 이내 사라지고 만다.

어디선가 문득 수탉의 긴 울음소리가 들려온다. 전혀 시골스럽지 않은 이곳에서 들려오는 수탉의 소리는 문명화를 질투하듯 효석의 어린 시절로 되돌아간 것 같은 느낌을 받는다. 과거와 현재의 중간쯤에 서 있는 나는 타임머신을 타고 어린 효석과 잠시 친구가 되어 본다.

왼쪽 흥정산에서 발원한 흥정천이 우측으로 감아도는 좌득수左得水의 터에 자리 잡은 기념관은 기가 막힌 명당 터라 돌 풍수장이인 필자의 마음마저 어느새 낚아채 버렸다. 기념관은 효석의 생애를 일목요연하게 정리해 놓은 전시장이자, 그의 혼을 모셔 놓은 사당 같은 느낌을 준다. 정갈하게 가꾸고 품격있게 꾸며 놓았다. 입구에서부터 기념관까지 산책 코스로도 아주 적당하다. 효석을 만나려는 문인들이나 가족 또는 연인들 틈에 섞여 효석의 그림자를 따라가 보기로 했다.

현대식 벽돌 쌓기로 지어진 건물에 굴피나무 껍질로 씌워진 지붕이 특색 있는 모습으로 다가왔다. 설계자의 안목이 제법이다. 우측 동 한 칸은 문화전시실로 그의 생애와 문학세계를 시간의 흐름에 따라 볼 수 있도록 구성되어 있으며 재현한 창작실, 옛 봉평 장터 모형, 문학과 생애를 다룬 영상물 등을 통해 다양한 체험이 가능하도록 준비되어 있다.

또한 그 옆 칸에는 메밀에 대한 생육 과정에서부터 음식에 이르기까지 모든 것이 자세하게 설명되어 있는 것이 이채롭다. 일찍이 우리의 조상들이 못살 때 먹던 메밀은 구황작물救荒作物이었다. 이런 메밀을 요즘 사람들이 선호하는 귀한 음식으로 만든 건 순전히 효석의 공이었지 싶다.

　　"길은 지금 긴 산허리에 걸려있다. 밤중을 지난 무렵인지 죽은 듯이 고요한 속에서 짐승 같은 달의 숨소리가 손에 잡힐 듯이 들리며, 콩 포기와 옥수수 잎새가 한층 달에 푸르게 젖었다. 산허리는 온통 메밀밭이어서 피기 시작한 꽃이 소금을 뿌린듯이 흐뭇한 달빛에 숨이 막힐 지경이다."

소설 「메밀꽃 필 무렵」의 가장 자랑스러운 문장의 한 대목이다.

문학을 사랑하는 많은 현대인들은 효석의 이 유명한 소설 속에 등장하는 ㅁ

밀의 향기를 느끼며 오늘도 메밀국수를 찾고 있는지 모른다. 그래서인지 기념관 주변은 온통 메밀국숫집이다.

문학관 건물 좌측 동에는 커피숍이 자리 잡고 있다. 진한 아메리카노 한잔 마시면서 정원 속에 고즈넉이 앉아서 글을 쓰는 효석의 모습을 바라보고 있노라면 어느덧 유명한 작가가 된 것 같은 착각에 빠지게 된다. 오랜만에 느껴보는 소소한 행복이다. 내 고향, 우리 고장 평창을 빛낸 가산 이효석 선생의 발자취는 실로 위대하고도 위대하다.

군불 지펴놓고 고구마를 구워 훌훌 불어 먹으면서,
그동안 못다 나눈 정을 듬뿍듬뿍 주고받으리라.
이게 사는 거라고 사는 게 뭐 별거 있느냐고
하면서 이 한겨울을 그렇게 보낼 것이다.
하얀 눈과 같이 소담스럽게.

─「겨울 초입의 금당계곡」중에서

5부

긴 겨울 쉼터

긴 밤 지새우기

겨울밤이 두렵다. 참으로 길고도 긴 겨울밤, 한잠 자고 일어나도 어둠뿐이고, 궁상 속에 뒤척이고 나서도 역시 어둠이 지배하는 밤뿐이다. 잠 못 이루는 주인에게 밤새 시달림을 당한 텔레비전은, 지친 기색도 없이 첫 뉴스를 토해낸다. '이젠 아침이겠지'하고 자리에서 벌떡 일어나 커튼을 열고 밖을 보아도 여전히 사방은 어둡기만 하다. 백수가 사는 산골의 겨울밤은 이렇듯 여명黎明을 거부하고 있다. 오묘한 절기의 참맛을 마음껏 누리겠다는 자연의 심술이랄까. 막상 날이 밝는다 해도 달리 할 일도 없는 백수인데 왜 환한 낮을 고대하는지 모르겠다. 아마도 깊은 잠을 이루지 못해서 오는 피로감 때문인 것 같다. 대개의 친구는 노화 증세라고 하면서 서로들 잠 못 이루는 밤의 대처에 대해 이러쿵저러쿵 말도 많다.

어떤 친구는 새벽 3시쯤 되면 눈이 떠진다고 한다. 그다음에는 마누라 깰까 봐 지그시 눈을 감고 날이 샐 때까지 쥐죽은 듯 누워 자는 척을 한다고 했다. 그러자 친구들로부터 집중타를 당한다. "야 그건 고문이다, 고문." 모두가 이구동성으로 그 친구의 대처 방법에 대해 성토하기 시작한다. 배려라기보다는 ₴

처가인 게 틀림없는 것 같다. 어쩌다 그 지경이 되었는지 측은한 생각마저 들었다.

　도시의 밤은 휘황찬란한 네온사인과 어디론가 바삐 다니는 사람들, 그리고 수많은 자동차 불빛 속에서 아무 곳이나 쏘다니다 들어와 잠을 청해도 된다. 하지만 이곳 산골의 겨울밤은 오후 다섯 시만 돼도 어둑어둑해진다. 천지가 암흑뿐이다. 이따금 지나가는 차량의 헤드라이트 불빛뿐 사람들은 그림자조차 보기 힘들다. 밤만 되면 골방에 처박힌 노인처럼 궁싯거리다 꿈나라로 여행을 떠나야만 하는 신세다.

　어린 시절의 밤은 나 자신을 숨기기 좋은 은신처 같은 역할을 했다. 가설극장이라도 들어오면 선생님 몰래 숨어들어 영화도 감상했고, 겨울밤이면 빵떡모자 깊게 눌러 쓰고 찹쌀떡을 팔 때 부끄러움을 숨겨준 그런 밤도 있었다. 학창 시절 사춘기 때는, 짝사랑하던 여자 친구 집 주변을 괜스레 기웃거리게도 하고 친구들과 몰려다니며 이런저런 못된 짓거리를 만들었던 것이 밤의 문화였다. 직장인이 되었을 때는 밤낮 모르게 일에 몰두하다 집에 돌아오면 밥술 놓기가 무섭게 잠이 들었고, 아침이 오면 뒤돌아볼 겨를 없이 출근길로 바쁜 하루를 보내곤 했었다. 긴긴 겨울밤을 운운하면서 망상에 젖은 궁싯거림은 한날 사치에 불과했다.

　올해 연세가 80세 되는 이웃집 영감님에게 물어보았다. 긴긴 겨울밤을 어떻게 보내느냐고 물은 것이다. 인생의 대선배이신 그 영감님은 "날이 밝을 때까지 자다 깨다 하지 뭐!" 처음엔 무슨 대답이 그러냐 싶었지만, 곰곰이 생각해 보니 참으로 명답이 아닐 수 없었다. 그것은 바로 자연에 순응한다는 뜻이었기 때문이다. 자연에 순응하는 것은 바로 우리의 마음을 다스리는 일이기도 한 것이다. 또 어떤 이는 "잠을 잘 자려면 몸뚱어리를 힘들게 해야 해! 그러면 잠이 저절로 잘 와." 육신에 물리력을 가하라는 말이다. 피곤해진 몸은 해 뜨는 아침을 거부한다는 뜻이기도 하다.

그래서 옛날 어른들은 추운 겨울날 지게를 지고 산에 올라 나무도 하고, 소여물도 끓여주고, 장작도 패신 모양이다. 길고 긴 겨울잠을 잘 자려는 방편이요, 평범한 지혜였다. 나 역시 이제부터라도 두 어른의 말씀을 잘 되새겨야겠다. 춥다고 웅크리지 말고 걷고 뛰면서 움직여야겠다. 언젠가 '운동 없는 노화는 암 발생의 시작'이라는 뉴스를 본 적이 있다. 며칠 전 이웃 동네에 사는 후배가 위암 말기라는 소식을 들었다. 위를 모두 들어내는 대수술을 받았다고 한다. 평소 몸을 생각하지 않고 힘든 일로 지치면 술로 피곤을 풀곤 했는데, 그러다 보니 말기까지 모르고 지냈다는 것이다. 완전히 정복하지 못하는 암, 인간 한계의 시작에 불과한 것 같다.

치열하게 살아왔던 젊은 시절의 모든 걸 접고 행복한 노후를 위해 들어온 청정지역 금당계곡. 뒤늦게나마 맑은 물과 공기를 벗 삼아 건강하게 살아야겠다고 다짐해본다. 긴긴 겨울밤의 지겨움을 이겨내고, 그 소중한 시간을 활용해 이왕 발 들여 놓은 문학도의 길에 매진하는 데 힘써야겠다. 독서와 글쓰기로 깊어 가는 겨울밤을 이겨낼 수만 있다면, 겨울밤은 한낱 밤일 뿐이라는 어른들처럼 여유롭게 대처해 나갈 것만 같다. 그래서 두려운 겨울밤을 즐거운 겨울밤으로 바꾸어야겠다. 매서운 찬바람이 몰아치는 겨울밤에 명작名作의 소재를 찾아야겠다는 당찬 생각도 감히 해본다. 그리하면 내년에도 그 후년에도 글 쓰고 읽는 재미로 이 긴 겨울밤을 잘 극복해 낼 것만 같다.

어느 산림간수의 추억

고등학교를 졸업한 이후 마땅한 취직 자리가 없었다. 농고였는데 전공은 양잠과였다. 뽕나무를 심어 누에를 치고, 그 과정을 학과에 넣어 이론도 배우면서 실습도 하는 소위 양잠 전업농을 배출하는 교육이었다. 영어, 수학은 어쩌다가 일주일에 서너 시간 들어 있고, 사회에 나가서 써먹을 만큼 집중적으로 배웠던 교양과목은 별로 없었던 것으로 기억된다.

고등학교 시절 핸드볼 대표선수로 선발된 나는 훈련을 핑계로 공부 시간 빼먹는 걸 다반사로 여겼고, 학생회장에 당선된 이후로는 학생 위에 군림하는 특별한 학생이라는 착각 속에 살았다. 학과를 핑계 댈 이유도 없이 얼치기로 다닌 3년간의 고등학교 시절이랄까.

집은 가난했었다. 사업에 실패한 아버지는 잘되지도 않는 구멍가게로 근근이 생활하였고, 어머니는 식당들을 전전하며 구정물을 모아 돼지 먹이는 것으로 생계를 보태어 갔다.

영어, 수학을 못 하니 공무원 시험 볼 처지도 못 되었고 당시 고등학교까지 온 놈이 매일같이 빈둥빈둥 놀고만 있었으니, 아버지의 속마음은 천불이 날

지경이었다. 성격이 불같이 급하신 아버지는 늦잠 자는 것도 용서가 되지 않았다. 매일 아버지와 신경전이었고, 그러다 보니 천덕꾸러기가 되어가는 느낌마저 들었다.

그러던 중에 우리 동네에 있는 국유림관리소에서 순산원이라는 산림관리요원으로 정직원을 보조하는 임시직 자리가 있다고 했다. 아버지는 동네 유지들에게 칠념을 들어 아들의 취직 자리를 부탁하기 시작했고, 그런저런 덕분으로 취직이 되어 2년 정도 다니게 되었다.

봉급은 부모님을 조금 보태주고 남는 돈으로 용돈을 쓰는 수준이었지만, 빨간 글씨로 새긴 산불 조심 모자와 완장을 차고 출근하는 것도 좋았고 부러워하는 친구들에겐 취직했다는 것만으로도 우쭐한 생각이 들기도 했다. 이따금 담당 마을이라는 오지부락에 가면 산골 사람들이 굽신대며 잘 대해주는 것도, 어린 나로서는 너무나 기분 좋은 일이 아닐 수 없었다.

그 당시 농촌에서는 산림간수가 순사보다 더 무섭다는 말이 공공연하게 돌고 있었다. 나무를 주로 땔감으로 사용하는 시절이라 나무할 때나 해 다 놓은 나무도 시빗거리가 되기 쉬웠기 때문이었다.

그 당시 어렵고 불쌍한 강원도 산골 농민들은 대부분이 화전민이었다. 무지하고 순진한 그네들 앞에서 혹여 거만하게 굴지는 않았는지, 그분들의 가슴에다 못 박는 짓을 한 적은 없는지. 아무리 생각해 봐도 나는 그냥 시키는 대로 했던 임시직 산림간수였을 뿐이었다. 그러나 철딱서니 없던 철부지 시절이었던 것만큼은 틀림없었다.

내가 담당했던 봉평면의 선애라는 동네는 농가 호수가 약 70여 호 되는 벽촌 중의 벽촌이었다. 어디를 나가든 30여 리는 걸어가야 하는 오지 마을이었다. 주로 생산하는 농산물은 옥수수나 감자였고, 쌀은 그 동네에서 제일 잘는 한두 집만 생산하는 귀한 식량이었다. 쌀밥은 그저 명절날이나 제삿날 그리고 생일날 한두 끼 정도 먹는 것이 전부였다.

벌을 길러 꿀을 팔거나, 아니면 약초 등을 채집하여 장날에 팔거나, 뱀을 잡아 팔아 부수입을 얻었다. 비가 온 다음 날이면 가족 모두가 장화를 신고 자루에 주먹밥을 넣어 뱀 잡으러 나섰다. 온종일 잡은 뱀은 큰 단지 속에 보관했다가 가을이 되면 목돈을 받고 팔아넘겼다. 어쩌다가 큰 살모사나 구렁이라도 잡는 날은 횡재한 것처럼 온 집안 식구들이 좋아하곤 했다.

그 동네에는 떠꺼머리 총각들도 많았지만, 야생화같이 참신하고 순결한 처녀들도 여럿 있었다. 정말 머리 좋고 예뻤던 '원동선'이라는 열여섯 먹은 처녀는, 아직도 내 마음 한구석에 추억으로 자리매김되어 있다. 이제는 이순이 넘은 나이가 되었겠지만 그때의 감정이 쉽게 가라앉지 않는 것을 보면, 아마도 내가 그 동네에서 짝사랑했던 유일한 여자였는지도 모르겠다. 데리고 나와 학교라도 다니게 해 결혼 상대자로 삼았으면 하고 되지도 않을 별생각을 다 해보았으니, 총각 유 주사의 마음을 사로잡은 산골 처녀임이 틀림없었다.

보수적이고 완고한 우리 아버지가 "너 산골 가서 여자 잘못 건드려 임신이라도 하게 되면 촌 동네로 장가가야 하니, 정신 똑바로 차려라."고 하시던 말씀이 귀에 딱지가 되었다. 고등학교까지 나왔고 산림간수에다 인물 괜찮겠다, 집안도 가게를 하는 부자라는 소문까지 났던 나는, 그때 그 동네 처녀들의 우상처럼 되어 있었다. 저녁마다 두세 명씩 짝을 이뤄 내가 하숙하고 있는 집까지 들러 오곤 했다. 가족들 모르게 보자기에 달걀을 싸 오는 처녀도 있었고, 심지어는 살아 있는 닭을 자루에 넣어 가지고 오는 처녀도 있었다. 그때 내 나이 한창인 스무 살이었으니, 심장이 펄펄 끓는 용광로 같은 시절이었다. 그러나 그 누구도 손 한번 잡아보지 못한 채 돌려보내곤 했다. 아버지의 그 지엄하신 분부를 단 한 번도 저버리지 않고 지켜냈다. 아니 아버지의 말씀보다도 촌 동네로 장가가는 게 너무도 싫었던 것이 더 큰 이유였을지도 모른다.

나무를 심어야 하는 봄에는 동네 사람들을 동원했다. 전화가 없던 시절이라 이장 집을 비롯하여 3개 반장 집을 두루 돌고 나면 하루해가 기울었다. 전화가 없던 시절 30리 길은 족히 되는 것 같았다. 동원되는 사람들에게는 최저 단가의 국가 일당이 지급되었다. 4월부터 5월까지 이어지는 조림 사업으로 바깥세상과는 완전히 등진 산 사나이가 되었다. 두 달 동안 험하고 가파른 산속을 헤집고 다니면서 동원된 주민들과 입씨름을 해가며 하루하루를 보냈다.

70년대 초 한때 70호를 능가하던 주민들은 대다수 도시로 떠나버리고, 지금은 약초를 재배하는 외지인 두 세대만이 살고 있다. 그렇게 정겹고 친절했던 반장님들과 나이 많으셨던 어르신들은 이미 모두 고인이 되었으니까.

비만 오면 분교 마당에서 공을 차며 보냈던 총각들은 어디에서 무엇을 하며 살고 있는지, 많이 배운 것은 없어도 그토록 순결하고 청순했던 처녀들은 누구와 결혼하여 어디에서 어떻게 살고 있는지, 이따금 보고 싶을 때가 있다. 단 한 번만이라도.

40년이 지난 몇 년 전부터 나는 1년에 한 번 정도 그 동네를 찾는다. 아내와 걸으면서 저 집엔 누가 살았는데, 저 집터는 3반 반장님이 살던 터인데, 또 저 집터는 내가 하숙을 했던 조 씨네 집이었었는데 하면서 해마다 연례행사처럼 소풍을 갔다 온다. 비록 몸은 피곤하고 힘들어도 그때 그 사람들의 체취가 내 가슴속에 여태껏 맴돌고 있다.

유수와 같은 세월은 나를 반백의 환갑 지난 유 주사로 만들어 주었고, 그때 그 유 주사가 그분들과 함께 심었던 소낭구들만이 무럭무럭 자라면서 반갑게 맞아주고 있을 뿐이었다.

황 대감과 효녀 딸

파도 더미와 같은 진녹색이 금당계곡을 뒤덮고 있다. 깊숙한 강원도의 산골 여름은 언제나 밀림 속에 있는 것처럼 착각에 빠지게 한다. 청정한 산소의 상큼한 향기가 삶의 행복감마저 일깨워 주고, 덤으로 들려오는 새들의 합창은 영혼까지 맑게 해 준다. 이곳에 있음이 온통 감사함으로 점철되어 마음마저 내려놓게 만든다. 비라도 올라치면 묵묵한 수목들과 눈빛 교감을 나누며, 일상에 말문을 터놓는다. 바깥세상은 어떻든 간에 자연과 더불어 살아가는 금당계곡의 삶에 무게를 실었다. 나보다 행복한 사람이 별로 없어 보인다. 자신감이 넘치도록 자연의 힘이 빽이 되어 당차게 밀어주니까 말이다. 산사山寺에서 기도하는 선승禪僧과 같은 마음가짐으로 한 움큼의 욕심마저 덜어내며 담담하게 살아가려고 노력한다.

복잡한 일까지도 한순간에 내려놓을 수 있는 이곳. 나보다 남을 먼저 돌아볼 수 있는 여유로움이 생겨나고, 넉넉함의 보시報施 속에 사랑하는 마음이 저로 생겨나는 변화됨에, 그저 감사함이 충만하다. 이런 별스럽게 찬란한 곳에 소같이 우직하고 막걸리같이 텁털한 중년의 사나이가 살고 있다.

전일이라는 골짜기에 사는 황 대감이라는 사람이다. 대감은 대감인데 끗발

없는 대감이다. 단지 생김새와 말투, 그리고 마음 씀씀이가 대감 같을 뿐인데 누군가 대감이라는 별명을 지어 주었다. 별명치고는 괜찮아서 유심하게 보아 왔다. 우리 동네는 물론이고 면민 전체가 황 대감이라고 불러주니 별명 하나로 제법 유명해진 사람이기도 하다. 언제부터 누가 황 대감이라고 하였는지 몰라도 그 사람을 보는 순간, 마치 청순한 어린애를 보는 것 같아 선뜻 다가가고 싶은 친근감을 느끼게 된다. 감자 같은 얼굴 모습에 느릿느릿한 말투, 가끔 던지는 해학과 같은 방언이 도회지의 사람들을 헷갈리게 하기도 한다. 전형적인 강원도 산골 사람의 모델이라 할 정도로 꾸밈없고 순수한 아저씨다. 깊은 산속에 오랫동안 살아와서 그런지 자연 그대로 풋풋함이 배여 있는 황 대감에게서 진한 사람의 향기를 느끼게 된다.

손바닥을 엎어 놓은 것 같은 짙은 눈썹에 처진 눈매, 그리고 황소같이 느릿한 걸음걸이는 그분의 심성을 대변해 준다. 충청도 사람이 울고 갈 정도의 찬찬하면서도 느릿한 말투는 왕실 어전회의 시 대감의 말투와 흡사하다. 급한 것이라고는 전혀 없는 자연의 순박함까지 말이다.

가진 것도 별로 없고, 남의 집 농사일을 거들어 주며 품삯을 받아 근근이 살아가는 황 대감. 그에게는 말 못할 깊은 고민이 있다. 부인이 오랜 세월 동안 말도 못 하고, 대소변도 가리지 못하는 식물인간과 같은 생활을 계속하고 있다. 아이들은 사 남매를 두었지만 삼 남매는 서울 등지로 나가서 생활하고 큰 딸이 엄마를 위해 병간호를 하고 있다.

큰딸은 나이가 서른이 훌쩍 넘도록 자신의 희망마저 포기한 채, 엄마와 집안을 위해 희생하고 있으면서도 한마디 불평도 없이 남의 집 일로 지친 아버지를 위해 소주 한 잔 올려드릴 줄 아는 멋진 딸이다. 엄마의 대소변을 십여 년 받아내는 효녀, 이 시대에 보기 드문 황 대감 집 딸. 주위의 모든 사람으로

터 칭찬이 자자하다. 고등학교를 나오고도 그 흔한 연애 한번 못해보고 하늘 아래 첫 동네 전일 골짜기에서 오늘도 엄마를 위해 애쓰고 있는 황 대감 집 딸 앞에 저절로 고개가 숙여질 따름이다.

일요일이면 이런 엄마를 모시고 교회에 가서 간절하게 기도까지 올리고 오는 천사 같은 아가씨, 자기 앞에 닥친 일상을 숙명으로 받아들이고 부모와 가정을 위해 청춘을 바치는 황 대감 집 딸이 우리 이웃에 있다는 사실이 참으로 자랑스럽기까지 하다. 주말 손님들이 모두 가고 난 오후 나절, 펜션 청소로 주인아줌마를 도와 아르바이트까지 하는 이 착하고 심성 좋은 아가씨야말로 바로 우리가 갈구하는 현대판 심청이가 아닐는지.

부인의 오랜 병고도 아랑곳하지 않고 그저 소주 한 잔으로 고단함을 훌훌 털어내면서, 껄껄껄 너털웃음으로 좌중을 휘어잡는 황 대감. 그래서 사람들이 대감이라고 불러 주었는지도 모른다. 많이 배운 것도 없고, 돈도 많지 않은 그이지만 늘 행복감에 젖어 있다. 조금 잘나가는 거라고는 대감이라는 별명을 얻은 것뿐인 황 대감, 주어진 삶 모두가 순박함에 맛 들여 있는 묵은지와도 같다. 가끔 소주 한 잔 들이켜면 툭 하고 내뱉는 한마디가 서정시詩와 다름이 아니다. 인생 뭐 별거 있느냐고 이렇게 한평생 사는 거라는 취중의 한 마디가 심금을 울린다. 이곳의 삶이 더욱 충만하고 걸쭉해지는 건, 바로 이런 황 대감 같은 이웃들이 있기 때문이 아닐까.

잘나고 못나고도 없는 이곳, 많이 배우고 못 배우고조차 필요 없는 자연 속 골짜기. 콩 심은 데 콩 나듯이 오늘도 해는 어김없이 동쪽에서 뜨고 서쪽으로 지고 있다. 황 대감 가정에 웃음꽃이 활짝 피도록 하느님의 손길을 돌려주고 싶은 마음 간절하다. 비록 실현 가능성이 없는 허상이라 해도 말이다. 마음에서 우러나는 응원을 보낸다. 황 대감, 파이팅이라고.

마른 여름 긴 한숨

몇 달째 바싹 마른 가뭄이 이어지고 있다. 봄부터 비다운 비는 한 번도 내리지 않고, 어쩌다 소나기 한 번 훅하고 뿌려주곤 말았다. 수 대째 아무 이상 없이 살아오던 우리 동네 예린이네 집 샘도 말라서 옆집 물을 얻어먹어야 하는 처지가 됐다. 당혹해하는 예린 아빠에게 괜찮아질 거란 말밖에 달리해줄 말이 없었다. 새벽마다 유심히 보고 듣는 일기예보의 장마 이야기는 남부지방 쪽 이야기로만 들린다.

가물어서 자라지 못하는 작물들을 보고 농민들은 속이 타들어 간다. 창고에 아무렇게나 방치되어 있던 경운기를 꺼내어 강변 둑에다 대놓고 밤낮없이 물주기가 동네마다 이어지고 있다. 샛강의 물도 말라 큰 강의 물을 대야 하는 처지에까지 이르렀고, 우리네 고장 금당계곡도 예외가 아니었다. 왜가리가 일생 일대의 호기를 맞았다. 계곡을 제집 마당 다니듯 걸어 다니면서 물고기 잡기에 여념이 없다. 이러한 사정은 2015년 7월 바싹 마른 가뭄이 지속되고 있는 중부지방 농촌의 답답하고 목마른 풍경이다.

물고기도 지친 기색이 역력하다. 적은 물로 인한 산소 부족으로 숨쉬기조차 힘들어한다. 사람들은 절호의 기회라고 생각했는지 강변마다 깔려 있다. 아싹쓸이하려는 듯 물고기 씨를 말리려고 작정한 것 같다. 어떤 사람들은 포대로 잡아간다. 심한 가뭄 속에 근근이 연명하는 물고기들과 온갖 싹쓸이 도구를 동원하는 인간들의 싸움은 보나 마나 한 결과를 가져온다. 이건 공정한 싸움이 아니다. 비굴하고 치졸한 먹이사슬의 비애다. 먹이사슬의 가련한 피해자가 될 수밖에 없는 물고기들에게 인정사정이 통할 리가 만무하다. 간혹 싹쓸이 도구를 이용하려는 사람들에게 원경 권장은 물고기의 지킴이가 되어 주기도 한다. 법으로도 막는 그물, 투망 이런 것들은 불공정을 유발하는 인간들의 엄연한 범법 행위이다. 인간이 만든 법을 인간이 지키지 않는다면, 원한 맺힌 물고기를 먹는 결과로 이어지게 되는 것 아닌가? 한 맺힌 고기로 인해 우리의 피와 살이 혼탁해진다면 마음이 악해질지도 모른다는 생각이 들기도 한다.

낚시 삼매경에 빠진 분들은 그나마 점잖은 편이다. 큰 고기만 낚아 올리고 작은 고기를 놓아주는 자비스러운 분들도 간혹 눈에 띈다. 가물어서 나타나는 웃지 못할 계곡의 풍광이 아닐 수 없다. 가뭄으로 인한 사정이 그러그러하다 보니 얼른 장마라도 졌으면 하는 소원이 연일 이어진다. 근래 들어 군(郡)에서는 기우제도 지내는 등 가뭄 대책이 발표되고, 정부 높은 분들의 농촌 왕래가 잦아지고 있다.

인간들의 삶을 풍성하게 해주는 건 역시 여름엔 장맛비도 좀 내리고 겨울엔 눈도 펑펑 내리는 그런 세상이 아닐는지. 봄에는 아물아물 아지랑이 속에서 냉이도 캐고 가을엔 단풍 밟으며 산행도 즐기면서 거두미의 풍성함도 맛보는 것이 우리들의 세상사이며 살아가는 참맛일 것이다. 그런데 우리 삶 속에 자연이 주는 의미심장한 변화들이 속속 눈에 뜨이곤 한다. 피부에 와닿는 놀라움 속에서 적잖이 당혹스러운 일들이 종종 벌어지기도 하니 말이다.

십여 리 떨어진 아랫동네에선 집중적인 우박이 내리쳐 농작물이 모두 망가지는가 하면, 그 바로 윗동네는 신통하게도 멀쩡하다. 아무리 온난화에 따른 기상이변이라 해도 농민들의 마음속에는 언뜻 와닿지 않는 이해할 수 없는 현상이 아닐 수 없다. 그러니 하늘만 원망하다가 나라를 원망하기도 하고 나아가 모든 걸 부정 불신하는 사회로 이어지는 것은 아닌지 근심스럽다.

한동네에서조차 희비가 엇갈리는 현상들을 보게 되면, 자연이 인간에게 주는 의미심장한 메시지를 어떻게 받아들여야 할는지 어안이 벙벙할 뿐이다. 예상치 못한 기후로 농사 짓기가 예전 같지 않고 모든 걸 하늘에 맡겨야 한다고들 하니, 인류 문명이 발달한 21세기에도 하늘만 쳐다보는 전근대적인 사고가 이어지고 있다.

힘든 농촌 생활을 날씨 탓으로 돌리고 팍팍한 세상살이를 남의 탓으로 돌리는 주변 사람들이 속속 눈에 띈다. 오죽하면 그러랴 싶지만, 날씨 탓으로 돌리는 건 너무 심약한 게 아닌가 하고 자문해 보기도 한다. 동서고금을 통해 보아도 자연은 항상 인간에게 이 정도의 시련을 주었으니까. 이럴 땐 태풍이라도 좀 와서 비를 죽죽 내리게 하여 시름에 잠긴 농촌 사람들의 애타는 간장을 확 씻어 주고, 계곡마다 쌓여 있는 물 청태도 시원하게 씻어 주었으면 좋겠다.

농사만 50년째 지어오신 뒷집 할머니 왈. "비 오기가 너무 싫은가 봐요, 뭐든지 크지를 않으니 야단났네요." 산골 사람들은 늘 이런 말 한마디로 자연의 시험에 대응해 왔었다. 원망도 없이 의젓하게 상대해 왔고 또 그렇게 살아왔다. 어찌 보면 호들갑 같은 건 아예 생각조차 않으면서 말이다. 농촌을 지탱해준 우리들의 힘 같기도 하고 의지의 표현 같기도 하다. 평생 농사만 지으면서 우직하게 살아온 농촌 사람들, 그들의 노력으로 먹거리를 챙기는 도시 사람들에게 바라는 게 있다면, 이 같은 애환을 함께 근심하고 기원함이 어떨까 하는 생각이다. 그것이 바로 이 사회가 부르짖고 있는 다 함께 잘사는 세상이 아니겠는가.

그리운 김순위 선생님

선생님, 김순위 선생님!

제가 선생님을 처음 만났던 날이 1981년 5월 25일로 기억됩니다. 그러니까 햇수로 치면 벌써 35년이란 세월이 훌쩍 지났습니다. 그해 가을에 저희가 아들을 낳았으니까 그 녀석이 벌써 서른하고도 다섯 살이나 더 먹었습니다. 선생님을 만나기 전날 저희는 고향 평창에서 결혼식을 치르고 경주로 신혼여행을 갔었습니다. 신부인 아내는 임신 5개월의 몸으로 예식을 치렀고 피곤함도 잊은 채 직행버스 편으로 신혼여행을 갔던 것이지요. 지금은 너 나 할 것 없이 해외로 신혼여행을 가지만 그때는 경주만 해도 신랑·신부들에게 인기 있는 여행지였습니다. 불국사 부근 여관에서 첫날밤을 보내고, 관광을 하기 위해 택시를 타고 경주 일대 문화재를 보러 갈 계획이었습니다.

그때 바로 그 택시들이 줄지어 있던 장소에서 선생님을 만나게 되었습니다. 선생님에 대한 첫인상은 참으로 정갈하신 외모에 교양이 몸에 그득 밴 종갓집 맏며느리 같은 중후한 오십 후반의 멋진 여성으로 보였습니다. 그때 선생님은 나이 많으신 친정어머니를 모시고 경주로 여행을 오셨다고 하셨지요. 노모를 모시고 여행을 오신 선생님의 그 정성에 저희도 그만 감동하였고, 저희와 함께 여행을 다니자고 먼저 제의하게 된 것도 그 같은 이유에서였습니다.

안동이 고향이라는 선생님의 구수한 경상도 사투리를 들으며 저희 네 사람은 정말 즐겁고 뜻깊은 경주 여행을 마쳤던 것으로 기억됩니다. 임신한 몸으로 내색도 없이 잘 따라다닌 아내도 선생님의 노모에 대한 지극정성의 효성을 이내 본받았는지, 중풍으로 쓰러진 아버님을 극진히 봉양함으로써 효부상을 여러 차례 받기도 하였습니다.

그렇게 보낸 이틀간의 여행이 꽤 즐겁고 추억거리가 되었던 것은, 그다음부터 선생님이 저에 대한 고마움의 표시와 관심을 끊임없이 이어주셨기 때문입니다. 신혼여행을 끝낸 저희는 다시 일상으로 돌아와 직장으로 복귀하였고, 어렵고 힘든 신혼살이가 기다리고 있었습니다. 남매를 낳아 키우면서 맞벌이로 시간 가는 줄도 모르게 한 해 한 해를 보냈지요. 그 당시는 다들 그러했겠지만, 밤 열두시 전에는 잠자리에 누워 본 기억이 별로 없습니다. 한 사람 봉급으로 꼬박꼬박 적금을 부어 목돈을 만들어 갔습니다. 부모님이 살고 계신 헌 집도 헐어내고 보란 듯이 새집을 지어 모시게 되었습니다. 어려서 어렵게 자란고생의 흔적을 하나하나 지워 가면서 한눈팔지 않고 열심히 살았지요. 그렇게 한 해 한 해가 쌓이면서 수십 년 세월이 흘렀지만, 저에 대한 선생님의 감사함은 변함이 없으셨습니다.

보통 사람들 같았으면 벌써 잊어버리고 말 그 이틀간의 고마움을 계속해서 저에게 보여주셨습니다. "유상민 선생님 전 상서"라고 시작되는 선생님의 편지는 참으로 정이 흠뻑 묻어나는 하나의 불경이었고, 성서의 한 구절이나 다름이 없었습니다. 평생 그런 내용의 편지를 받아보지 못했던 저에게 선생님의 편지는 주옥같은 보물이었습니다.

아들 또래인 저에게 꼭 선생님이라는 호칭도 빼놓지 않으셨습니다. 한문을 섞어 정성스레 쓰신 선생님의 편지는 힘들고 지친 제 인생에 크나큰 격려가 되었고 활력소가 되었습니다. 선생님이 보내주신 지극한 정성을 본 제 동료가 이 실감 나는 인연의 내용을 제보하여 강원일보에 꽤 큼지막하게 기사가 실린 적도 있습니다. 나중에 알게 된 일이지만 선생님은 성덕도라는 종교의 교화원 교수로 재직하고 계시는 분이셨습니다. 효수지孝秀知라는 법명으로 신도들에게 삼강오륜, 인의예지를 가르치는 선생님이었던 것이었지요.

성덕도는 자아 반성을 통해 내 마음속의 착함을 찾고, 인간으로서 마땅히 지켜야 할 인의예지 도덕을 실천하여 모든 사람이 화목하고 행복하게 살아가는 길을 터득게 해 준다는, 지극히 평범한 진리를 믿음으로 하는 종교였습니다. 선생님은 그런 종교관을 몸소 실천하고 계셨던 것이었습니다. 아주 작은 인연의 소중함을 감사로 표현하시고, 수십 년에 걸쳐서 정성을 보여 주신 선생님은 삭막한 시대의 등불과도 같은 분이셨습니다.

희뿌연 미세먼지로 점령당한 아침나절, 오래된 사진첩의 추억 같은 선생님의 근영이 저의 신경세포를 자극했습니다. 마지막 근무지가 될 거라고 하셨던 울진 교화원에 전화해 보았습니다. 선생님은 이미 오래전에 고령과 신병으로 그만두시고 서울 모처의 요양원에 계신다는 소식을 전해 들었을 뿐이었습니다. 퇴직 이후 저로서는 새로운 인생 설계를 한답시고 그동안 소홀히 했던 것이 한없이 부끄러웠습니다. 저에게 보여 주셨던 그 정성에 십 분의 일도 보답 못한 것이 무척이나 자책스러웠습니다.

인의예지가 무너져 가고 있는 사회 속에서도 오직 인간다움을 몸소 실천하여 살아오신 선생님, 부디 건강을 회복하시고 다시 뵙기를 기원합니다. 안녕히 계십시오.

꿈속에 사는 인생

악몽에서 깨어난 사람처럼 정신이 어벙벙했다. 아마 꿈을 꿈이라 생각하고 꾸는 사람은 한 사람도 없지 싶다. 현실이라고 믿는 환상 속에 꾸는 것이기 때문이다. 어릴 적 왜 그리도 절벽에서 떨어지고 짐승에게 쫓기는 꿈을 많이 꾸었는지, 그런 무서운 현상도 막상 꿈이라는 전제하에 꾸게 된다면 정말 웃기고 싱거운 일이 아닐 수 없을 것 같다.

가끔 악몽에 시달리다 깨고 나면 '휴' 하고 정말 다행이다 싶어지는지, 꿈과 생시와의 괴리감을 느끼게 된다. 꿈을 꿈이라 생각하지 못하고 꾸는 것처럼, 우리가 사는 일상도 꿈일 수 있을 것 같다는 생각이 들 때가 있다. 그래서 참으로 억장 무너지는 일을 당했거나 큰 경사스러움이 있는 사람들은 '이게 꿈이야 생시야' 넋두리처럼 되뇌이며 허벅지를 꼬집는지도 모르겠다. 수많은 집요함 속에서 잠시 벗어났을 때와 생각이 없는 정신은 이따금 마음을 청정하게 해 주는 것 같았다. 마냥 자연 속의 일원으로 먹고 자고 일하고 그저 그렇게 목숨이 붙어 있는 동물처럼 본능적으로 지냈다.

'왜 사느냐'는 물음에 '살아 있으니까 산다'며 매사를 피동적으로 보냈으까 말이다. 일상을 공허한 무덤 속에 묻어두었다. 정체성 없는 나로 보내야 하는 세월이 전혀 무심하지 않은 것도 너무나 당연하게 생각했다. 가끔 흐릿한 정신은 무아지경의 세계로 인도해 주기도 했다. 바뀌는 절기의 떨어지는 나뭇잎도, 익어가는 계절의 탐스러움도, 지나치는 사람들의 인정 어린 표정과 정취도 아무런 의미가 없었다.

환상의 세계와 접했던 지난 한 달 동안 정신줄을 놓은 사람처럼 멍한 일상 속에 생각 없는 사람이 되어 봤다. 이런 나를 만든 건 육신의 지독한 학대였다. 지나칠 정도로 몸을 학대했었다. 살을 뺀다는 이유로 평생 해보지 않았던 금식과 무리한 운동으로 뭔가를 이루어야 한다는 강박증이 엄습해 왔다. 육신은 지쳐갔고 병약해지기 시작했다. 여지없이 고통이 찾아왔고, 억지 속에 가한 물리력은 정신마저 흐릿하게 만들어 놓았다.

할 일 없는 사람의 비정상적인 행동이었다. 이 나이에 살은 무슨 하면서 체념 섞인 자조의 생각도 들었다. 퇴직 이후의 무분별한 일상에 대한 반항일 수도 있었고, 무디어가는 나에 대한 엄중한 도전이기도 했다. 가장된 사람의 사정이 이러하니 아내는 혹여 남편의 행동에 지장을 주지 않으려 눈치 보기에 급급했고, 집안일은 어수선해지기 시작했다. 하루하루가 무의미하게 흘러갔다. 피곤하면 드러누웠고, 집안 살림이고 뭐고 아내가 다 챙기는 것이 공식처럼 되어갔다. 나는 그저 목표 아닌 목적을 위해 허우적대는 하나의 동물에 불과했으니까. 일체가 무無라는 탄허 스님의 열반송이 문득 생각났다.

위대한 자연 속의 삶 운운하면서 늘 입버릇처럼 뻐겨 오며 자부심에 꽉 찼던 나 자신이 초라해 보이기까지 그리 긴 시간이 필요치 않았다. 육신의 허상에 매달린 한낱 볼품없는 백수의 오기였다. 자랑스럽게 생각하며 여기까지 온 1간의 탑이 무너지는 것 같은 비애가 머리를 엄습했다. 초라함은 곧 측은함으로 바뀌기 시작했다. 정신마저 흐릿해지고 나서 한참 뒤의 일이었다.

　한 달간 한 끼만 먹은 것도 아주 금식을 한 것도 무모하기 그지없는 짓이었다. 연료 떨어져 견인되어야만 하는 처지가 된 자동차 같은 신세였다고나 할까. 그러나 큰 목표를 이룬 것처럼 자부하며 보낸 수 주일 만에 모든 게 예전으로 다시 돌아갔다. 육신의 원대 복귀였으니까. 모두가 허황한 꿈속의 스토리였다. 마치 히말라야도 정복한 것처럼 떠들어대던 내가 참으로 어리석다고 생각되었다. 아, 이런 상태가 지속되면 바로 죽음으로도 갈 수 있겠다고 하는, 지극히 평범한 생리적 체험을 하게 되었을 뿐이다.

　공허한 일상 속에 느끼는 바 또한 적지 않았다. 산허리를 감싸고 있는 물안개의 아름다움도 한낱 지나치는 환상에 불과했고, 한 송이 아름다운 꽃도 한 폭의 그림에 지나지 않았다. 한동안 굶주림 속에서 다가온 고통의 실체는 아름다운 자연도, 사랑하는 아내도, 집안의 살림도 모두 귀찮은 존재로만 생각되었다는 것이다. 이순耳順에 저지른 부끄러운 자화상이 아닐 수 없었다. 이기주의로 뭉친 어리석은 중생衆生의 참모습에 소름이 끼쳤다. 아직 멀었구나! 모두가 허황한 꿈이었다는 생각이, 겨울 바다의 풍랑 주의보처럼 다가왔다.

　인생은 자연 속 세월 속의 한 일원인 것을, 바람 부는 대로 물 흐르듯이 사는 것이거늘, 별나게 살아봐도 별 볼 일 없는 것이거늘, 자연 앞에 한 줌의 흙인 것을, 인간은 너무 티 나게 살려고 애쓰는 것 같다. 인연 따라 주어진 대로 모든 건 자연처럼 스스로 이루어진다는 것을 진작 알았어야 할 것을. 그래서 인간은 미완성의 존재라 하지 않았는가. 우리가 꿈을 꿈이라 생각지 못하듯이 꿈속에서 늘 허우적대며 사는 건 아닌지 모르겠다.

청명 한식과 조상님

올해도 어김없이 청명 날이 돌아왔다. 매년 4월 5일에서 6일 어간에 맞이하는 청명과 한식은 우선 마음과 생각을 조상님들이 누워 계신 산소로 쏠리게 한다. 오랜 풍습에서 오는 자연현상 같기도 하지만, 산소를 돌아보고 조상님들의 은덕을 기리는 날이라는 데는 의문의 여지가 없지 싶다. 예로부터 내려오는 전통이라고는 하나 이날이면 손 없는 날이라고 하여 산소를 다른 곳에 옮겨 쓰기도 하고 화장하여 그 유골을 산천에 뿌려 주기도 하는, 조상님을 위한 조상님의 날이라고도 해도 무방할 것 같다.

그런데 언제부터인가 우리나라도 매장 문화에서 화장 문화로 많이 바뀌었다는 설문조사를 본 기억이 난다. 약 80% 넘는 사람들이 화장을 더 선호한다고 한다. 한두 명뿐인 손자 세대 후손들이 조상들의 산소를 예전처럼 잘 보존하고 건사할 수 없다는 게 주된 이유인 것 같다. 그러니 이참에 후손에 누가 되지 않도록 말끔하게 화장해 한곳에 모아서 수목장이나, 아니면 봉안당에 모시자는 것이 요즘 사회의 분위기인 듯싶다.

어찌 보면 여러 곳에 흩어져 있는 조상들의 산소를 한곳으로 모아서 집중적으로 관리하자는 것인데, 다르게 생각하면 조상을 위한 일이 아니고 모두가 후손들 편해지자고 하는 일 같아서 어쩐지 마음 한구석이 편치는 않다.

우리가 깊은 신앙심을 지니고 온갖 신심을 다하여 교회나 사찰에 나가는 것처럼, 우리의 모태인 조상님을 지성으로 보살피고 찾아뵌다면 어떤 결과가 돌아올까. 아마 조건 없는 사랑의 손길이 후손들에게 미치지 않을까 하는 예상을 해 본다. 조상님은 몇 안 되는 후손들을 집중적으로 관심 있게 돌볼 수 있지만, 하나님이나 부처님은 세계적으로 분포되어 있는 수많은 신도를 다 돌봐야 하니 자연히 은혜의 혜택이 모두에게 고르게 못 돌아갈 것 같은 우려에서 해 보는 우둔한 생각에서다. 믿음을 산술적인 계산으로 따르게 할 수 없는 것은 틀림없지만, 조상을 더 위하자는 간절함 때문이리라.

화장하고 이장을 하고 모두가 참으로 중요한 집안의 대사大事이다. 그런 일들이 후손들의 길흉화복吉凶禍福과 연관되어 진다는 게 못내 안타깝다. "못되면 조상 탓이요, 잘되면 제 탓."이라는 말도 이 모두가 길흉사에서 생겨난 속담인 것 같다.

우리 두 내외는 지난해와 마찬가지로 청명 날을 맞이하여 조상님 산소를 찾아 겨우내 떨어져 나간 잔디도 군데군데 입혀드리고, 주변에 나뭇가지도 손질하였다. 경건한 마음으로 단출하게 술도 한잔 올려드렸다. 매년 반복되는 일이긴 하지만, 할 때마다 그 느낌은 다른 것 같다. 아버지, 어머니 그리고 할아버지, 할머니가 계시는 산소를 갈 때마다 푸근하게 느껴지는 이유는 천륜의 끈이 참으로 모질기 때문일 것이다.

다행히 계신 곳이 그리 멀지 않은 곳이어서 그저 툭하면 찾아가서 무언의 대화를 나누곤 한다. 고등학교 시절부터 할머니 얼굴도 모르면서 아무런 이유 없이 찾아가던 산소가 이젠 나의 유일한 소풍 가는 장소 겸, 주일예배를 보는 산상 교회가 되고 말았다. 직장 다니면서 받는 여러 가지 스트레스도 산소를 찾으면 이상하게도 말끔하게 해소되곤 했으니까. 조상의 보살핌이 피부에 와 닿는다는 느낌을 받기도 했다. 거창하게 예배드리는 일보다 더 소중한 내 마음의 안식처가 되었다.

요즈음 대책 없이 늘어난 산돼지들이 가끔 무덤을 파헤치는 일이 발생한다. 지난해에는 부근에 있는 이웃 산소 여러 군데가 산돼지들로부터 피해를 보았다. 마구 파헤쳐진 무덤이 흉한 모습을 드러냈다. 후손들 사는 곳을 몰라서 선행한답시고 삽과 곡괭이를 빌려다가 몇 시간 동안 보수를 해준 적도 있다. 그러고 나면 마치 이웃 독거노인들의 집을 고쳐준 것 같아 흐뭇해지곤 한다. 집으로 돌아오는 발걸음이 그렇게 가벼울 수가 없다.

나 자신도 왜 그리 어린 학생 시절부터 할아버지, 할머니 산소를 자주 찾았는지 지금 생각해 봐도 이유를 알 수가 없다. 그 시절엔 나무로 화목을 하던 때라 툭하면 누군가가 우리 산의 소나무를 무단으로 베어가곤 했다. 그것도 곧고 잘생긴 나무들만 골라서 도벌해 가는 것이다. 문중 산의 재산을 잃어버려 속이 상한 아버지는 주말마다 산에 가서 나무를 지키라고 나에게 시켰다. 그때마다 나는 중고 자전거를 타고 이십 리 정도 떨어져 있는 산에 가서 보초를 서곤 했다. 아마도 그런 습성이 나도 모르게 몸에 밴 것이 아닌가 싶다. 나무를 돌보던 마음이 조상님으로 옮겨간 것이라고 해야 할까.

40여 년간 반복되는 내 행동에 어떤 동네 어른들은 왜 산소를 그리 자주 갔다 오느냐고 물어보시기도 하고, 또 어떤 분들은 효심이 지극하다면서 듣기 좋은 말로 칭찬해 주는 분들도 있다. 손자가 할아버지, 할머니 산소를 찾는 데 무슨 조건이 있고 아들이 아버지, 어머니 계신 무덤을 찾는 데 무슨 이유가 있는가. 생전에 잘 못 모신 불효를 후회하며, 내 마음 위안 삼아 다니는 것이다.

다섯 형제 중 셋째인 내가 고향을 지키는 것도 조상을 잘 섬기라는 뜻으로 생각하고 있다. 숙명처럼 다가온 고향의 삶이 나에게는 큰 복이 될 줄은 몰랐다. 이만큼 사는 것도 모두 조상님들을 잘 모신 덕분이라고 생각한다. 못되면 조상 탓이 아니라 잘 모시면 반드시 좋은 결과가 있다는 걸 40년 체험으로 알게 되었다. 거창한 성심성의는 필요치 않다. 그저 자주 찾아뵈면 그보다 더한 효도가 어디 있을까.

큰항골

옛 문헌에 비단결같이 아름다운 못이 곳곳에 있다고 해서 비단 금錦자에 못 당塘자를 써서 불렸다는 금당계곡. 평창군 봉평면, 용평면, 대화면 등 3개 면에 걸친 60여 리의 긴 계곡은 한강의 최상류를 이루며 서해로, 서해로 낮은 곳을 찾아 흘러가고 있다. 5월 하순이면 철쭉꽃이 냇가 굽이굽이 휘휘 돌아가며 피어나, 그야말로 지나가는 나그네의 발걸음을 저절로 멈추게 하는 우리 고장의 명소 중 하나다.

그중 대화면 개수리는 금당계곡의 가운데에 있는 지역으로 열두 개의 골짜기로 이루어져 사람들의 왕래조차 뜸한, 원시림 같은 자연 속에 둘러 쌓여 있는 산골이자 절경이라 아니 할 수 없다. 최근 많은 도시민으로부터 귀농, 귀촌 지역으로 주목받고 있는 곳이기도 하다. 도시를 떠난 사람들이 제2의 인생을 위해 골짜기마다 찾아들고 있다. 벌써 몇 년 전부터 외지인이 토착민보다 훨씬 많은 구조로 이루어져 있다. 큰항골, 작은항골, 전일, 외솔베기, 구룡골, 봉황대, 통탱이 등 열두 개의 골짜기마다 애환과 전설이 깃든 사연들이 주된 이야깃거리로 가끔 등장한다.

연세가 지긋한 어른들은 자신이 소싯적에 들었다고 하면서 요즈음 들어보지 못하는 옛날이야기로 좌중을 주름잡는다. 어느 골짜기에 있는 누구 집은 밤마다 도깨비가 솥뚜껑을 솥 안으로 집어넣어 무서워서 살지 못하고 갔다고 하는 등, 주로 미신을 주제로 한 어처구니없는 전설의 고향 이야기가 여태까지 이어져 내려오고 있는 곳이기도 하다. 각박한 현세대에 들어보지 못한 옛날이야기가 존재하는 심심산골 이곳이 바로 개수리다. 그 당시 전기는 물론이고 문명의 혜택이란 전혀 받지 못하던 때라 농사지어 겨우 연명하던, 참으로 아득했던 시절 옛날이야기를 사실로 받아들일 수밖에 없을 정도로 깊고 깊은 산속이었다.

그 열두 개수 골짜기 중에 제일 만형 격이 바로 큰항골이다. 골짜기 끝까지 한 십여 리가 넘으니 산골치고 제법 깊은 편이다. 맨 위에 이 동네 토박이인 팔순의 김풍기 어른이 독신으로 살아가고 있다. 몇 년 전 난로 과열로 정든 집을 화마로 잃었다. 컨테이너로 집을 꾸려 홀로 농사지으며 살다 보니 종편방송 MBN에 〈나는 자연인이다〉의 주인공이 되었다. 전국에 수차례 재방송까지 된 이후 자칭 유명인사가 된 것처럼 우쭐해 하신다. 이따금 마을 회관에 모이면 그 이야기로 말문을 열기 시작한다. 출연료로 50만 원을 받았느니 닷새 동안 찍느라고 힘들었다느니 하면서, 우리가 잘 몰랐던 방송 진행상의 궁금증까지 풀어 주곤 한다. 자연과 같은 분이 진짜 자연인으로 출연한 것이다.

그 어른 집 밑으로 '로템 나무'라는 이름의 교회 연수원을 운영하는 젊은 목사 내외가 있다. 건강이 비교적 좋지 않은 큰아들을 비롯한 삼 남매를 학교에 보내지 않고 집에서 가르치는 소위 홈스쿨링이라는 방식으로 교육하면서도 착하고 반듯하게 키워 내고 있다. 늘 웃음 띤 얼굴과 개척자 같은 의지로 산골 생활에 적응해 가는 모습들이 주민들에게 귀감이 되어 칭송받고 있는 분이기도 하다. 그 집 너머에는 동네에서 하나뿐인 목장이 있다. 젖소 키우는에 몰두하고 있는 두 형제 내외, 오로지 일에만 전념하는 생활상이 한편으로는 벅차 보이면서도 너끈하게 소화하고 있는 참 일꾼들이다. 내공이 꽉 찬 내외가 소들과 벗하며 인생의 참맛을 누린다고나 할까. 깊은 산속에서 저렇게도 열심히 그리고 재미있게 살 수 있다는 삶의 진솔함을 보여주고 있는 분들이기도 하다. 그분들과 이웃사촌이 된 여류 수필가의 가족도 있다. 예의 바르고 부지런한 시인 지망생 딸은 이미 선구자의 길로 나서 떠났고, 늘 차분한 인상의 소유자인 선량한 남편은 동네 새마을 지도자가 되어 봉사의 길로 나섰다. 유정란을 낳아주는 수많은 닭과 가족이 된 수필가는 산골의 삶에 빠져 진짜 농사꾼이 되어가고 있다. 화장기 없는 수더분한 얼굴에 볶아치는 농사일에도 초연한 모습이 의지롭기까지 하다.

그 조금 아래 모퉁이에는 세월을 낚시 삼아 인생을 복기하듯 노년의 삶을 사는 퇴직한 노老 목사님 내외 등이 자연 속에 감화되어 자애로운 모습과 정겨운 말 한마디로 큰항골의 어른이 되었다.

귀촌한 사람 중에 이런 사람도 있다. 군軍에서 꽤 높은 계급으로 예편한 오십 후반의 남자가 큰항골 초입에 집을 지었다. 처음에 인사하면서 적잖이 당황했다. 이름이 정지라고 했다. 더 묻지도 못하고 며칠 뒤에야 정지라는 것을 확인할 수 있었다. 정지가 아니었으면 별이라도 달았을 정도로 훌륭한 인품을 지닌 분이다.

큰 나무에 그늘이 많듯이 이름 하나로도 우스갯거리를 만들어 주는 사람도 큰항골의 주인들이다. 어쩌다 마주칠 땐 손 한번 들어주는 정겨운 이웃이 있어 여기에선 갈등, 욕심, 다툼이란 단어가 점점 잊혀져 간다. 늘 푸르고 자비로운 마음씨를 가진 사람들이 사는 곳, 우리 동네 큰항골은 깊고 넓은 커다란 산의 바다이다.

고향 유정

− 땀띠물의 추억

밤 아홉 시만 되면 전깃불이 나갔다. 10분 정도의 여유조차도 없었다. 어김없이 동네를 암흑세계로 만들곤 했으니까. 밝음과 어둠이 공존하던 그 시절, 한전이라는 이름조차 몰랐던 60년대 초등학교 때의 일이었다. 당시 정 씨라는 분이 운영하던 자가 발전소에서 세 시간 정도의 한정적인 전기만을 사용할 수 있었다. 그 시간 안에 모든 일들을 해결해야만 했다.

학교 숙제는 물론이고 밀린 공부도 해야 했으며 어머니는 하던 일을 미뤄둔 채 오로지 바느질로 바쁜 손을 놀리셔야 했다. 암흑에서 광명 세계로의 변신은 오직 하나, 전기의 힘이었다. 환하게 비춰주는 전깃불이 문명의 눈을 뜨게 한 시작점이었다. 편함에서 오는 이기였지만, 놀라운 시대의 변화 앞에서는 모두가 환호할 수밖에 없었다.

초롱불을 이용해야만 하던 암울했던 시절, 난데없이 나타난 작은 유리 안의 빛은 수 세기 동안 체험해 보지 못했던 신비함 그 자체였다. 어둠을 밝혀 주던 전깃불을 보고 세상이 바뀌어 가고 있다는 낌새를 눈치챌 수 있었으니 말이다.

어둠이 지배하던 시절, 골짜기마다 구전을 통해 전해 내려오던 이야기가 여론의 중심에 있었고 진실처럼 믿고 따라야만 했던 우매한 시대였다. 과학적 증명도 없는 허황한 말들이 어진 사람들의 입과 귀를 점령하였으니, 참으로 무지몽매한 그 시대의 현실일 수밖에 없었다. 전깃불의 등장과 함께 소설 같은 옛말들은 점차 전설 속으로 자취를 감추게 되었다. 그런 말과 말속에 이어지던 세월은 훌쩍 시공을 뛰어넘는 무지개처럼 한없이 흘러가고 말았다.

동네 한복판에 있던 우물은 동짓달이 채 가기도 전에 존재를 감추고, 방학 동안에 내가 우선해야 할 일은 집에서 먹고 쓰는 물을 길어 오는 것이었다. 저녁밥을 짓기 전에 해야 할 지상 최대의 임무였으며 늦장을 부리다간 꼼짝없이 굶어야 하는 형편이었으니까. 나는 늘 주어진 임무에 열중할 수밖에 없었다. 엄마의 잔소리를 듣지 않아도 되고 밥값을 한 것 같아 투덜거림 속에서도 한편으로는 뿌듯한 감정을 감출 수가 없었다.

커다란 함석 물통 두 개를 지게 양쪽에 매달고 꼬불꼬불한 논둑길을 따라 한참을 걸어야만 했다. 징검다리가 놓여 있는 시냇물을 건넌 뒤 땀띠물에 도착할 수가 있었다. 자칫 눈길에 한눈을 팔다가 미끄러지거나 발을 헛디디면 물통과 함께 개울로 처박힐 수도 있는 쉽지 않은 일이었다. 땀띠물은 겨울철 동네 사람들의 유일한 식수였으며 생명줄이었다. 저녁 무렵이 되면 누구랄 것 없이 물통을 짊어지고 땀띠물로 발걸음을 옮겨야만 했다. 늘 해오는 일상사라 변함없는 표정들로 고단함 같은 것은 아예 찾아볼 수도 없었다.

땀띠물은 우리에게 먹는 물도 제공했지만, 한겨울 빨래터로도 사용을 허락했다. 서슴없이 자신의 안방마저 내어주고 온천수같이 따뜻한 물을 제공해 주는 신령스러운 물이었다. 동네 아줌마들은 한 보따리의 빨랫감을 이고 발걸음을 재촉한다. 부지런을 떨어야만 위쪽의 깨끗한 물을 차지할 수 있었으니 발걸음이 빨라질 수밖에 없었다. 어쩌다 푸근한 겨울날이면 땀띠물은 동네 아줌마들의 모임터가 되어 왁자지껄한 수다 장소로 돌변하기 마련이었다.

빨래터에서 들려오는 빨랫방망이 소리는 한겨울 산촌의 적막마저 깨트리는 오케스트라의 협주곡이 되어, 신명나는 장단에 어깨춤이 들썩였다. 청룡산을 감아 돌아 동네 어귀까지 들려 왔다. 사람들이 사는 소리였으며, 깊어가는 겨울의 정겨운 인기척이 아닐 수 없었다. 지금은 세탁기가 빨래를 대신해주는 시대지만, 그때는 아낙들의 손이 세탁기를 대신했다. 내 손이 내 딸이 될 수밖에 없는 절절한 시대였고 세월이었으니까. 수십 년이 지난 지금도 그 당시 그곳에서 일어났던 감미로운 정서는 잊을 수가 없다.

언제부터인지 몰라도 땀띠물은 신기하게도 겨울에는 마음씨 좋은 아저씨같이 따뜻하고 온화하다가도, 여름만 되면 앙칼진 처녀처럼 냉정하고 차가움을 제공하는 물로 변하곤 했다. 종아리 감각이 무뎌지도록 말이다. 동지와 하지를 기준으로 앙큼지게 변모하는 야누스랄까. 엄청나게 심한 땀띠도 두 번만 담갔다가 나오면, 말끔하게 사라지게 하여 병원 없는 의사 노릇도 썩 잘 해내고 있었다.

한여름 냇가 다리 위로 불이 건너다닐 정도로 지독한 가뭄이 지속하여도 땀띠물은 더도 덜도 없이 똑같은 양의 물을 세상 밖으로 내보내 준다. 그 어떤 간섭도 소용없는 자연의 순리를 수백 년째 이어오고 있다. 이 얼마나 신비스러운 물인가. 샘물 중에 진짜 샘물 노릇을 톡톡히 하고 있었다. 거친 바람을 막아주며 이 고장의 주산이 된 청룡산, 성스러운 용의 생식기와도 같은 곳에 이처럼 신비스러운 물이 샘솟고 있다.

2천 년대 초반 젊고 패기 넘치는 사십 대 초반의 경찰대학 출신 경찰서장이 부임했다. 마침 지역 행사에 참여했던 경찰서장과 지역 유지들 간에 땀띠물이 관한 이야기가 오가게 되었다. 때는 한참 무더웠던 8월 초순경 퇴근 시간이 한참 지난 어슴푸레한 여름밤이었다. 호기심을 느낀 서장의 말에 지역 유지 몇 사람과 땀띠물에 가게 되었다. 샘물의 차가운 기운을 느낀 서장이 모험심이 강했든지 장난기가 발동했든지 몰라도 유지들과 시합이 벌어졌다. 내기를 하기로 한 것이다. 물에 들어가 5분을 넘기면 유지들이 술을 사고 5분을 못 넘기면 서장이 술을 사기로 하는 시합이었다. 바지를 걷어붙이고 땀띠물에 들어간 서장은 초반의 기세등등하던 자신감은 어디로 갔는지 "으악" 하는 비명과 함께 3분 만에 밖으로 뛰쳐나왔다. 발목이 끊어질 것 같았다는 말에 모두가 폭소를 터트렸다.

경찰서장의 박봉을 털게 한 땀띠물은 그 누구도 자신의 몸에 5분 이상의 머묾을 허용하지 않았다. 한여름 가끔 몹시 취할 때면 비틀거리는 몸으로 땀띠물을 찾는다. 술에 젖은 몸뚱이를 잠시 맡긴다. 한 번 두 번 담갔다가 나오면 술기운은 온데간데없이 사라지고 혼탁했던 영혼이 맑아짐을 느끼곤 했다.

산업화 이후 다른 지역으로 비켜 간 고속도로 개통으로 시름시름 낙후되어 가는 내 고향 대화에, 땀띠물이 새로운 기운과 희망을 주고 있다. 급기야 '더위야 물렀거라'라는 타이틀로 더위 사냥 축제를 시작한 것이다. 어머니 같은 땀띠물이 축제의 모체가 된 것이다.

무관심 속에 진심 어린 돌봄도 없었다. 오랜 세월 고장 사람들에게 그 어떠한 대가도 바라지 않은 채, 그저 묵묵히 그리고 변함없는 모습으로 존귀한 자신의 생명줄을 이어가고 있는 땀띠물. 모성애로 그득한 땀띠물이 급기야 전국의 사람들을 불러 모으기 시작했다. 더위에 지치고 힘든 자들은 다 내게 오라는 듯이. 이 고맙고 성스러운 땀띠물에 마음속 감사의 인사라도 올려야 할 것 같다. 내 고향 대화에 이런 자랑스러운 샘이 있어 얼마나 고마운지 모른다.

겨울 초입의 금당계곡

한숨 자고 일어나니 하얀 된서리가 흠뻑 내려앉았다. 어느새 내렸는지 흰 눈이 내린 것처럼 온 천지를 하얀색으로 도배하고 말았다. 이젠 겨울을 준비하라는 자연이 보낸 전령인가 싶다. 내일 아침에도 아마 오늘 같은 된서리가 온 사방을 덮을 것만 같은 예감이 든다. 올여름 비바람 몰아치는 태풍 속에서도 그토록 잘 버티어내던 나무 이파리들이 된서리 한방에 떨어져 내린다. 소신공양이라도 하듯 바람 부는 대로 몸뚱이를 내맡긴다.

생겼다가 없어지고 또 없어졌다가 다시 생겨나는 자연의 이치가 참으로 신비스럽기만 하다. 서리만 없다면 겨우내 푸른 잎을 볼 수도 있을 텐데, 밤새 말없이 내린 된서리가 야속하기만 하다. 옷마저 벗겨져 버린 수목들은 이미 깊은 체념 속에 동면에 들어갈 채비를 하고, 모든 걸 운명으로 받아들이는 듯 표정조차 무심하다.

그토록 측은하게 노래하던 가을 전령사들마저 깊은 산속 은신처로 자취를 감추고, 조석으로 불어오는 서늘한 날씨에 어느덧 하늘마저 높아진 느낌이다. 산골의 농부들은 가을 거두미에 마지막 땀방울까지 떨구고, 들녘마다 쓸어 두

아 일 년 농사를 마감하려 든다. 그러고 나면 겨우내 먹을 김장하기로 마지막 여력을 쏟아부을 것이다. 외지에 나가 있는 아들딸에게 줄 김장 김치도 자연히 허리 굽은 시골의 부모님 몫이 될 수밖에 없다. 해마다 되풀이되는 산골의 모습이지만, 늘 밀레의 〈이삭 줍기〉 명화名畵를 보는 것처럼 정감이 넘쳐나고 시골다운 풍광에 나로서는 퇴직 후에 선택한 삶에 적잖이 위로를 받는다.

오십 년 전 스무 살 어린 나이로 출가하여 여태껏 이 동네 토박이가 되신, 여수가 고향인 뒷집 할머니가 있다. 차가 없었던 시절 대화 장에라도 나갈라치면 삼십 리 길을 걸어서 다녔다는 할머니. 일흔이 지났는데도 경보 선수처럼 발걸음이 무척 빠르시다. 이따금 걸어가시다가 차라도 태워 드릴라치면 "괜찮아요." 하면서 쏜살같이 내달리신다. 참으로 아득한 그 시절 첩첩산중이던 이곳 금당계곡으로 출가하여 맨손으로 돌밭 일구어 농사를 지으면서 아들만 삼형제를 두셨다. 모두 대학까지 가르치고 장성하여 출가시켰다. 이젠 좀 편안하게 사시겠지 하며 모두 할머니의 인생 여정에 행복이란 불이 들어오기를 기원하고 고대했지만, 기대와는 달리 삼 년 전 할아버지께서 암으로 쓰러지셨다. 오순도순 농사지으며 행복한 노후를 기대했던 주변 사람에게 안타까운 일이 되고 말았다.

할아버지의 병시중으로 힘든 나날이었지만 늘 밝은 표정으로 할아버지 안부라도 물을라치면 "괜찮아지겠지요, 뭐. 나는 원래 팔자가 이런가 봐요."라면서 매사를 긍정적으로 생각하시는 할머니에게서 진한 사람의 향기를 느낄 수 있다. 동네 행사라도 있는 날이면 언제나 빠른 걸음으로 제일 먼저 마을회관에 도착하여 음식 만드는 일에 앞장서시는 할머니. 고향은 아니더라도 고향인 것처럼 동네 경조사를 주관하시는 보배와 같은 할머니. 수십 년간 닦은 노하우와 인생 역경을 젊은이들에게 "인생은 이런 거야." 하면서 가르쳐 주시고 인생 항로를 설정해 주시는 교장 선생님 같은 할머니, 그 할머니의 모습에서 우리 모두는 진한 삶의 정취를 느끼곤 한다.

오늘도 일찍 조반 드시자마자 어김없이 들깨를 털러 밭으로 나오실 것 같은 할머니, 남자도 하기 힘든 도리깨질을 온종일 혼자서 하실 거라는 생각에 불현듯 돌아가신 어머니 생각이 들기도 했다. 오늘은 만사를 제쳐 놓고 할머니를 도와 드려야겠다는 생각이 들었다.

못하는 농사일이지만 옆에서 말동무라도 해드리면 나로서는 봉사했다는 마음에 항상 뿌듯함을 느끼곤 했으니까 말이다. 산골에서의 삶이 진정 보람되고 아름다운 건 여태까지 이런 모습들이 아직껏 군데군데 배어 있기 때문이다. 그것도 일이라고 도와드리면 할머니께서는 겨울에 그 보답을 반드시 하곤 했다. 내가 제일 좋아하는 손 가수기를 적잖이 밀어 오신다. 콩가루를 넣어 밀은 손 가수기를 한입 베어 먹을 때마다 할머니의 정성이 온 입안 가득히 퍼져 나가는 느낌이다.

할아버지가 돌아가시고 난 뒤, 삶에 고단함과 외로움을 느낀 할머니가 혹여 아들 집으로 훌쩍 떠나지나 않을까 걱정스러워질 때도 있다. 할머니가 사시는 금당계곡 항골 동네는 이렇듯 인심이 강물처럼 넘실대는 정겨운 곳이다. 시기, 질투, 허영, 불만, 불행이라는 단어들은 발붙이지 못하는 청정한 곳에 깨끗하고 아름다운 지혜를 가진 할머니가 오늘도 우리와 함께 살아가고 있으니 말이다.

이제 며칠만 지나면 겨울의 초입에 들어설 것 같다. 김장마저 마쳐 놓은 산골 사람들은, 한해의 고단함을 보상받듯이 긴 동면의 세계로 접어들게 된다. 장날에 나가 새로 산 털신 꺼내 신고, 오리털 잠바 깊숙이 두 손 찔러 넣고, 눈 덮인 오솔길을 조심스레 걸으면서 아래윗집으로 마실 다니는 게 유일한 낙일 것이다. 군불 지펴놓고 고구마를 구워 훌훌 불어 먹으면서, 그동안 못다 나눈

정을 듬뿍듬뿍 주고받으리라. 긴 겨울의 하얀 세계가 지친 몸 쉬어가는 쉼터가 되어 삼라만상 온갖 꿈을 동반하면서. 이게 사는 거라고 사는 게 뭐 별거 있느냐고, 세상살이 다 그런 거지 뭐, 하면서 이 한겨울을 그렇게 보낼 것이다. 하얀 눈과 같이 소담스럽게 말이다.

인생은 자연 속 세월 속의 한 일원인 것을,
바람 부는 대로 물 흐르듯이 사는 것이거늘,
별나게 살아봐도 별 볼 일 없는 것이거늘,
자연 앞에 한 줌의 흙인 것을,

－「꿈속에 사는 인생」 중에서

일상성을 따뜻함과 절실함으로
문학화해 내는 힘

– 수필집 『살살 가』를 중심으로 한 유상민 수필의 이야기 방식–

최원현 nulsaem@hanmail.net

수필가 · 문학평론가 · 한국수필창작문예원장 · 월간 『한국수필』 주간

일상성을 따뜻함과 절실함으로
문학화해 내는 힘

- 수필집 『살살 가』를 중심으로 한 유상민 수필의 이야기 방식-

최원현 nulsaem@hanmail.net
수필가 · 문학평론가 · 한국수필창작문예원장 · 월간 『한국수필』 주간

1. 들어가며

수필은 일상성을 문학화한다. 일상성이란 살아온 삶의 패턴이기도 하지만
이 살아온 삶에 대한 그만의 정형이라 할 수 있다. 말하자면 살아온 그리고 살
아버린 삶에서 자신도 모르게 체화되어버린 삶의 모습이다. 그것들은 수없이
반복되고 새롭게 시도되면서 끊어질 듯 연결되며 이어져 온 삶의 이야기들이
다. 그러나 이러한 삶의 이야기들이 말이 아닌 글로 표현되려면 최소한 몇 가
지의 제약을 받는다. 하나는 나만이 읽는 글이 아니라 누군가를 대상으로 한
독자가 있는 글쓰기라는 점이다. 따라서 수필이라는 한계적 상황인 허구가 아
닌 사실적 체험 이야기의 글쓰기여야 하고 둘째는 문학적 조건을 갖춘 글쓰기
여야 한다는 것이다.

문학이란 공감을 전제로 한다. 공감이 없다면 공허한 메아리일 수밖에 없다.
따라서 공감을 유발해 낼 수 있는 기술이 필요하고 그것은 작가만의 이야

방식이 된다. 삶은 매일매일 되풀이되는 것 같지만 흐르는 물처럼 결코 같은 물일 수는 없다. 일상성도 그 같지 않음을 표현하되 읽는 이의 공감으로 연결시켜야 한다. 그러려면 작가만의 독특한 철학으로 스며들게도 해야 하고 단순한 보여주기가 아니라 의미화 내지 형상화의 프리즘을 통과해 다른 의미, 다른 형상으로 보이게도 해 줘야 한다. 이것은 공감만이 아니라 내 독자로 만들어버리는 힘이 되기도 한다.

　문학에서의 언어는 일상의 언어를 사용하는 것 같지만 작가만의 독창적인 문학 언어로 재구성 내지 재창조된다. 마치 물을 필요에 따라 기체나 고체로 변화시키는 것처럼 그 변화된 문학 언어가 독자에게 다가가면 또 그 독자의 감성과 취향과 받아들이는 바탕에 따라서 큰 차이를 보이게 된다. 수필은 작가의 경험적 사실로부터 출발하지만 진솔한 이야기의 표현 내지 전개 방식에 따라 독자에게 새롭게 반향되고 발휘되는 힘의 정도가 달라진다. 특히 수필은 공감과 감동을 통해 마음에 파문이 일게 하는데 작가의 가슴에서 독자의 가슴으로 흘러가는 공감의 파문은 문학을 수용해내는 결과물로 감동을 넘는 감격까지 이어질 수 있다. 수필문학이 갖는 힘이지만 결코 쉬운 일은 아니다. 문제는 어떻게 이런 공감을 여는가이고 또 공감의 폭을 어떻게 얼마나 증대시키고 확대하느냐이다. 무엇보다 수필의 특성인 자기 이야기가 중심이 되면서도 흥미롭고 진솔한 이야기의 전개가 되어야 하고 그 진솔함이 진실의 이야기로 독자에게 다가갈 때 수필만의 맛과 멋으로 읽는 이의 가슴에 심어진다는 사실을 잊어서는 안 된다.

『살살 가』는 유상민 수필가의 첫 번째 수필집이다. 유상민은 천직으로 알던 년간의 경찰 생활을 영월경찰서 정보보안과장을 끝으로 마감하고 지금은 산 좋고 물 맑은 평창에서 펜션을 운영하면서 수필가로 활동하고 있다. 그런 그가 어떻게 문학과 인연을 맺게 되었을까. 사실 그에게는 어릴 적부터 문학에 대한 소망이 강하게 있었던 것 같다. 그러나 그 시대 사람들이 다 그랬겠지만 환경이 그를 그렇게 가만 놔두지 않았다. 해서 그는 '어릴 적에는 만화방을 전전하며 남의 글을 접하였'고, 커서는 '방학 때 내려온 서울 형들이 던져 주고 간 책들'을 통해 문학적 소양을 키웠다. '신문이나 잡지에 난 칼럼이나 잡지의 에세이'를 통해 갈증을 채우기도 했지만 그걸 다 해소한다는 것은 삶이라는 거친 바다에서 생존과는 거리가 먼 일로 감히 엄두를 못 낼 일이었다. 그러다가 '퇴직 이후 이순이 되어서' 해서 김시철 선생(시인. 전 국제펜한국본부 이사장)을 만나게 되었고 2016년 『한국수필』 신인상으로 수필가가 되기에 이르렀다. 그토록 하고 싶던 일을 할 수 있게 된 것이다. 그는 지금도 평창문예대학에서 문학공부를 하며 기회 닿는 대로 문학에 소용되는 지식들을 쌓기에 바쁘다. 등단한 지 2년 만에 첫 수필집을 낸다는 것도 그의 열정을 증명하고 남음이 있다.

그는 이번 책을 내는 데 있어서 폼 나게 살고 싶어서도 아니고 돈이 많아서 내는 것도 아니고 영화를 누리겠다는 것도 아니고 '한이 맺혀서 펜을 들었다'고 했다. '가슴 한구석에 응어리진 그 많은 한을 비로소 글로 옮기기 시작했다고 했다. 하면 그 한이란 건 뭘까.

이번 수필집은 5부로 나눠 총 52편의 수필을 싣고 있다. 1부 '신비스런 인연'에선 오늘의 삶이 있기까지의 인연들을, 2부 '불혹의 영광'에선 그가 경찰에 입문한 후 그 삶의 여정에서 얻은 기쁨과 보람들을, 3부 '세상살이 풍류'에선 삶 속 사유들을, 4부 '흰 구름의 나라'에선 기행적 수필들을, 5부 '긴 겨울 쉼터'에선 고향, 선생님 등 추억 깃든 이야기들을 펼쳐내고 있다.

2. 유상민 삶의 심연과 유영

유상민의 수필 속엔 다분히 불교적 사유가 깊고 넓다. '나는 누구인가'라는 존재론적 성찰을 가장 기본적인 지금의 내 위치와 그 위치 속의 나를 통해 보고 찾으려 한다. 곧 나라는 거울을 통해 나를 보고, 그 거울 속에 보이는 나를 통해 내가 가져야 할 인격과 품격, 내가 나아가야 할 길의 방향성을 확인한다. 그 바탕에 불교적 사상과 사고가 깔려 있다. '지금의 우리 사회에는 자신의 본분을 모르고 살아가는 사람이 너무나 많은 것 같다'. 바름과 옳음, 참과 진실에 대한 기본적 인간 삶에의 소망이 있는데 그렇지 못함을 보는 작가에게서 이시대를 바라보는 안타까움을 본다. 그렇다면 그가 생각하는 본분이란 뭘까.

「어느 선승의 가르침」에서 그는 인곡스님의 '나는 중이다'라는 법언을 듣고 그 뜻이 무언가를 생각한다.

마이크를 잡은 인곡 스님은 수계 받는 사미들을 향해 대뜸 "야 이놈들아 중은 하루에 한 번씩 제 머리를 만져야 한다. 알았느냐, 내 법문 끝났다." 하고선 연단을 내려오는 것이 아닌가. 모처럼 도를 많이 닦은 선승으로부터 수준 높은 법문을 듣고자 했던 사부대중들은 어리둥절한 표정으로 행사를 마치고 인곡 스님의 그 짧고 짧은 법문에 대한 해석에 들어갔다. 그 법문에 엄청나게 심오한 내용이 들어 있다는 결론을 내렸다.

깊은 산중 사찰에서 수년간 행자 생활을 거쳐 승려가 된 젊은 초보 스님이 도시에 볼일을 보러 나왔다가 우연히 불고기 집 앞을 지나가게 되었다. 산중에서 무나물 채소만 먹던 그 젊은 스님이 불고기 냄새를 맡았으니 오죽하겠는가. 그럴 때 얼른 제 머리를 만지면서 '나는 중이다, 나는 중이다' 하면서 본분을 알라는 것이었다. 그러다가 또 지나가는 젊고 예쁜 아가씨를 만나게 되면, 이 젊은 스님은 얼굴이 붉어지고 자신도 모르게 심장이 벌러덩거리고 흥분하게 될 때 얼른 또 제 머리를 만지면서 '나는 중이다' 하고 마음속으로 외치면서 빨리 그 자리를 벗어나라는 내용의 법문이라는 것이었다.

승려는 육식을 금하고, 독신으로 평생을 수행과 기도로 살아가야 하는 것은 모두가 알고 있는 사실이니까. 인곡 스님의 한마디가 천 마디의 법문보다 더 큰 뜻을 가지고 있었던 것이다. 평생을 수행자로 살아가야 할 사미승들에게는 부처님의 설법과도 같은 큰스님의 가르침이었다.

－「어느 선승禪僧의 가르침」

인간 본연의 욕심과 욕구를 '내가 누구인가' '내 본분은 무엇인가'를 인식하고 자각하는 것으로 나를 지킬 수 있다는 것이다. '중은 하루에 한 번씩 제 머리를 만져야 한다'는 법문이 주는 의미처럼 그의 정신적 지주, 그가 33년을 경찰이라는 공직에서 섬기며 봉사해온 하나의 정신도 곧 '나는 누구인가'라는 정체성을 분명하게 지키는 것에서 출발한다는 것이다. '나는 중이다' 대신 '나는 경찰이다'로 자신을 지켜온 것이겠지만 그 바탕에선 한결같이 자식이 잘되어가기만을 위해 기도하는 어머니의 불심도 작용한 것이 아닐까 싶다.

「사모곡」에서 보여주는 어머니는 안동 권씨 35대 후손으로 양반이라는 자부심이 대단한 분이다. 강원도 심심산골 할미골에서 오빠 하나와 남동생 여을 둔 둘째로 고명딸이었다. 열여덟에 시집와 일곱 남매를 낳아 키우며 백마지기 평창 땅을 소유하는 부자가 될 만큼 억척스러웠다. 그러나 자동차수로 시작했던 아버지는 돈이 모이자 사업을 시작했고 그 운수업을 실패하고등학교 교납금도 내지 못할 처지가 되었다. 그러나 그렇게 무너져 버린 집안을 어머니가 새벽부터 식당을 전전하며 음식 찌꺼기를 모아 돼지를 키워 다시 일으켰다.

그때 작은형과 함께 깊은 산에 가서 나무를 해다 팔아보기도 했으며, 겨울밤에는 이 골목 저 골목을 다니면서 찹쌀떡을 팔기도 했다. 망하고 남은 얼마간의 재산을 털어 차린 구멍가게는 자본이 적어 텅 비어가고, 어머니는 새벽에 일어나 식당을 전전하면서 음식 찌꺼기를 모아 돼지를 키우기 시작하셨다. 돼지가 새끼라도 낳을라치면 밤새 돼지우리에서 모기에 뜯기며 뒷바라지하기에 날밤을 새우시고, 그렇게 해서 모은 돈으로 우리들 학자금과 빚을 갚곤 했다. 어렵게 보낸 어린 시절 덕분으로 우리 칠 남매는 모두 자수성가하였고, 자기가 맡은 분야에서 나름대로 잘 살아왔다. 고생고생 끝에 제법 살 만하게 되어, 아이들도 대학을 나와 어느덧 며느리와 사위, 손주도 볼 중년의 자식들로 성장했다.

어머니는 언제 그런 시절이 있었느냐는 듯, 하얀 머리에 고운 피부를 가진 멋진 할머니가 되셨다. 젊은 시절 우리를 키우시느라 온갖 고생 끝에 다리는 휘어지고, 비록 지팡이 신세를 지는 여든다섯 살의 노인이셨지만 총기가 좋으셔서 이따금 경로당의 고스톱 판을 휩쓸곤 했다. 딴 돈을 모두 돌려주고 오시면서 그 뿌듯함을 저녁상의 반찬거리처럼 자랑하실 땐, 보살의 표정을 지으시며 흐뭇해하시던 어머니. 어머니의 그때 그 인자한 표정을 잊을 수가 없다.

－「사모곡」

휘어진 다리, 지팡이 신세를 지면서, 학교 문턱에도 못 가봤지만 천수경 금강경을 자식들을 위해 다 외워 기도하시던 어머니다. 그 어머니를 향한 그리움만큼 작가도 어머니의 기대를 저버리지 않았다. 유상민의 수필은 그렇게 자신을 중심으로 가족들을 반면거울로 삼아 추스르고 점검하며 삶을 문학화한다. 어려움과 고통은 삶 속에서 떼어버릴 수 없는 것이지만 그런 인고의 삶을 통해 희망을 여는 것도 문학의 사명일 수 있다. 특히 그걸 불교적 참선과 자비로 수용하는 모습도 작가가 긍정적 삶의 사람인 것으로 보기 좋다. 「무재칠시」 「대동회 열리는 날」 「신비스런 인연과 적멸보궁」 「사부가」 「초산의 고통」 「인생무상」 「인간만사 새옹지마」 등도 그런 류의 작품들이다.

작가의 불교에 대한 해박한 지식은 「법문하는 형사」에서 증명이 된다. 주지스님 대신 법대에 서서 법문을 펼칠 만큼 불교적 지식이 해박한 것도 그렇지만 많은 사람이 모인 자리에서 재미있게 이야기를 펼칠 수 있다는 것은 평소 잠재해 있던 사상과 철학이 말이 되어 나온 것일 테고 또 고등학교 3학년 때 학생회장을 했던 이력(「안소대심」)도 한몫을 한 것이 아니었을까. 무엇보다도 어머니의 사랑과 불심이 간절한 염원으로 유상민의 잠재의식 속에까지 깊이 스며들어 그의 불심으로 피어났고 그것은 어머니의 모성애적 불심처럼 어머니를 사랑하는 마음이 불심에 녹아 자연스럽게 종교적 심성으로 자리했을 것이다. 그게 유상민 문학에도 크게 작용했다.

3. 유상민 문학의 뿌리와 펼쳐 보임

삶은 수많은 사건들의 집합일 수밖에 없다. 그 하나하나 속에서 희로애락슬픔, 절망들이 시간과 공간 속에서 저마다 고개를 들고 존재감을 드러내는 것이 인생살이다. 거기서 나는 필연적으로 주인공이지만 더러는 끌려가는

도 보일 수 있고, 아무것도 할 수 없는 미약하고 연약한 존재로 나타나기도 한다. 하지만 그 어느 것 하나도 지나놓고 보면 소중하지 않은 것이 없고 감사하지 않을 수 없는 것이 또한 인생이다. 힘들 때는 힘들 때대로, 좋은 때는 좋은 때대로, 그 순간의 절망도 슬픔도 고통까지도 지나놓고 보면 잘 이겨낸 것이 그저 기특하고 자랑스럽고 감사하다.

> 살아오면서 좌절의 모퉁이에 있었을 때, 늘 의지의 대상은 뜻도 잘 모르는 반야심경이었다. 그걸 외우는 게 지푸라기라도 잡을 수 있는 유일한 탈출구였기 때문이었다. 이것저것 생각할 겨를이 없었다. 오로지 그 길밖에 없었으니까…. 아내를 살리고 아이도 살리는 것 외에는 어쩌해볼 다른 방법이 없었다.
>
> —「초산의 고통」

「초산의 고통」에서 작가는 뜻도 모르는 반야심경을 외웠다고 했다. 그가 할 수 있는 유일한 일이었기 때문이라지만 그건 단순한 기도요 염원만이 아니라 내가 대신할 수도 없는 안타까움과 미안함이 들어있는 그리고 그가 진정으로 대신하고픈 안타까움의 간절한 목마름이었다. 삶이란 그렇게 한고비 또 한고비를 기적처럼 넘기는 것이지만 그 과정이 숭고하고 아름답다고 느껴지는 것은 그런 절망과 고통 뒤에 안게 되는 분명한 기쁨과 보람과 감격이 있기 때문일 것이다. 그렇기에 지나놓고 보면 감사하지 않을 것이 없다라고 하는 것이다.

작가는 자신을 참 운 좋은 사람이라고도 생각하는데 그 또한 수많은 간난(艱難)과 인고의 시간을 거쳐 '이만큼'의 자리에 와 있기 때문이란다.

나는 참으로 운이 좋은 놈이다. 감사함으로 충만된 삶을 살아가고 있으니까 말이다. 젊어서 고생은 돈 주고도 못 산다는 속담이 나의 인생 여정과 아주 잘 맞아 떨어진 명언이라고 스스로 생각한다. 정말 젊어서는 고생을 많이 했다. 맞벌이로 시간 가는 줄 모르고 뛰고 또 뛰었다. 여행이나 외식이라는 말은 사치와 호사스러움으로 치부하며 시도조차 하지 못했던 짠돌이에 무책임한 가장이었다.

　오로지 앞만 보고 살아가는 동안 세월은 흐르고 흘러, 강산이 세 번이나 바뀌었다. 어느덧 우리에게도 퇴직이라는 종착역이 눈앞에 다가왔다. 그새 나이는 이순에 가까워졌고, 아내의 그 검던 머리도 희끗희끗해지기 시작했다. 감사하게도 아들과 딸은 부모의 도움도 없이 스스로 선택한 삶에 최선을 다하고 있다. 부모의 삶에 길들었는가. 우리가 살아왔던 방식대로 맞벌이와 절약으로 제 앞가림을 다하고 있으니까 말이다. 대견한 생각에 잠자리가 편하다. 어느새 손녀만 넷에 초등학생이 둘이나 된다.

　심장병으로 약을 먹긴 해도 늘 조심하며 지낸다. 일병 장수요 무병 단명이라 했거늘, 한 가지 병이 건강을 지키게 해주는 꼴이다. 좋아하던 등산을 못 한다는 게 지장이라면 지장이랄까. 자신감 없는 건강이지만 그렇다고 무턱대고 골골하면서 티 내지 않으려고 애쓴다. 무덤덤하게 살려고도 무척이나 신경 쓴다. 또한, 말 많은 동네에서 모난 돌이 되지 않으려고 부단히 노력한다. 괜스레 징을 맞고 싶지 않기 때문이다. 손님들과 함께하는 전원생활마저도 남들에게는 부러움의 대상이 되는가 보다. 친구들은 나를 보고 늦팔자가 좋은 친구라고 마냥 띄워준다. 1%

인생이라고 하면서 기분을 북돋아 준다. 좋은 뜻으로 하는 소리라 기분
이 한껏 고무된다.

-「인간만사 새옹지마」

맞벌이-절약-심장병 등 힘든 삶의 여정 속에서도 '운 좋은 나'를 발견하는
것은 유상민의 긍정적인 삶의 태도다. 그렇기에 그는 자신의 건강관리도 자신
을 먼저 바라보는 것으로 시작하여 반성하며 마음의 평안과 정신적 회복을 먼
저 추구했다. 내 몸이 중요하다는 사실의 인지를 통해 모든 게 내가 관리를 하
지 않으면 얻을 수 없는 결과라며 진지하게 삶을 살아가는 모습을 보여준다.

퇴원 후 석 달 열흘을 걷고 또 걷는 걷기 운동부터 시작했다. 차디찬
봄바람이 얼굴을 훑고 지나가도 백일기도를 한다는 심정으로 하루 십
여 리씩 걸으면서 인생을 다시 되돌아보는 반성의 시간을 가졌다. 아무
런 대책 없이 몸을 학대한 죄, 이순이 넘어서도 건강관리를 제대로 못
한 죄, 마누라 말 제때 안 들은 죄, 무지한 중생인 주제에 고결한 도인의
흉내를 낸 패씸죄, 겨울 동안 먹고 놀기만 한 죄, 남의 불행을 방관한 죄
등등. 인간의 기본은 신외무물이라 했거늘 내 몸 외에 중요한 건 아무
것도 없다는 지극히 평범한 사실에 대해서도 깨우치게 되었다.
돈을 잃으면 조금 잃는 것이요, 명예를 잃으면 많이 잃는 것이고, 건
강을 잃으면 모든 걸 다 잃는다는 말을 다시 깨닫게 된 것도 이번 기회
를 통해서였다. 병은 초기에 고쳐야 한다는 평범한 진리도 말이다. 비
록 마음이 몸을 움직일지라도 신경세포에 포박당한 육신은 자신의 존

재를 절대로 내려놓지 않는다는 것, 몸은 몸일 뿐이라는 것도 확인할
수 있었다. 신외무물, 경험에서 얻은 훌륭한 단어임이 틀림없었다.
-「신외무물身外無物」

 아파보지 않은 사람은 건강의 소중함을 모른다. 내 몸은 나 하나만의 몸이
아닌 것을 아파보면 알게 된다. 내 몸이라고 내 맘대로도 안 된다. 내 몸은 부
모에겐 자식의 몸이고, 아내에겐 남편의 몸이고, 자녀에겐 부모 된 몸이다. 내
몸에 문제가 생기는 순간 자식의 몸, 남편의 몸, 부모의 몸에 문제가 생기는 것
이다. 유상민은 이를 통해 인생을 돌아보는 반성의 시간을 가졌다고 했지만
어쩌면 신이 인간에게 주신 빨간 신호등의 은총이 아닐까 싶다. 잠시 멈춰서
자신을 추스르고 옆도 뒤도 돌아보며 나아갈 방향도 점검하고 가라는 일종의
애정적 조언성 경고성 신호인 것이다. 정신력으로 이겨낸다는 말도 있지만 그
건 건강할 때의 말이고 정작 아프게 되면 정신력이란 아무 역할도 못하는 게
우리 몸이듯 '건강을 잃으면 모든 걸 다 잃는다는 말을 다시 깨달았다'는 말에
서 그가 얼마나 혼이 났는지도 짐작할 수 있다. 그만큼 삶에서 건강은 중요하
고 소중한 것이라고 작가는 말하고 있다.

 유상민 인생에서 경찰이라는 직업은 단순한 생업적이 아니라 숙명적이고
사명적이다. 그가 만일 경찰이 되지 않았다면 그는 어떤 사람이 되었을까. 어
떤 일을 했을까. 또 지금의 그는 어떤 모습일까.
 사고로 고막을 다친 그, 동네 사람들 보기에도 창피하다고 두문불출하며 3
개월을 공부만을 했던 그가 꿈에도 그리던 대한민국의 떳떳하고 자랑스러운
경찰관이 되었다. 이게 어찌 그냥 된 것이었을까. '구렁에서 건져진 뚝 건달○

운명이 바뀌는' 것이 어찌 그의 노력만으로 되었겠는가. 어머니의 간절한 기도의 힘이 분명 보태졌을 것이다. 그의 글 속에선 바로 이런 어머니의 사랑을 포함한 가족 간의 끈끈한 정이 모락모락 피어오른다.

> 고막 치료를 끝내고 집으로 돌아온 나는 밖으로 나가 다닐 형편이 못 되었다. 꼴에 창피한 건 알았는지 동네를 돌아다닐 만한 염치도 없었고, 그럴 만한 처지도 못 되었다. 그로부터 꼬박 뒷방에 처박혀 외부와도 접촉을 끊은 채 3개월 동안 오직 책 보기에만 열중했다. 달라진 내 모습을 본 부모님은 그동안의 고생이 보람으로 다가올 것 같다는 예감이 드셨는지 나에게 온 정성을 쏟아 주셨다.
>
> 드디어 시험을 보러 춘천으로 갔다. 아는 사람 중엔 몇 번씩 떨어졌다는 사람들도 있었다. 시험지를 받아들고 답을 매겨 나갔다. 조상님이 도왔는지 알고 있던 문제들이 눈에 들어오기 시작했다. 해병대 정신까지 가미하며 오기로 뭉쳐진 일생일대의 최고의 승부수였으니까. 밖으로 나왔을 때 나 말고 다른 사람은 별로 보이지 않았다. 결과는 합격이었다. 구렁에서 건져진 뚝 건달의 운명이 바뀌는 순간이기도 했다. 그렇게 하여 나는 꿈에도 그리던 대한민국의 떳떳하고 자랑스러운 경찰관이 되었다.
>
> —「경찰 입문기」

그가 새로운 도전을 했다. 경찰의 꽃이라는 경위 승진시험을 보는 것이다. 그에겐 참으로 힘든 시도였던 것 같다. 오죽했으면 '엄청난 고통이 수반'된다고, '인간의 한계를 측정하는 실험' 같았다고 했을까. 13명이 응시한 시험에서 당연히 그는 합격할 수 없는 사람이라 분류되었을 만큼 그에겐 나이부터 만만치 않은 상태였다. 그러나 그는 마흔여섯 살, 불혹도 한참 넘긴 나이에 경위 승진시험에서 당당히 그것도 그 혼자만 합격했다. 그의 인생에서 최고의 사건일 수 있었다.

　엄청난 고통이 수반되는 경위로의 승진시험 공부는 인간의 한계를 측정하는 실험 같았고, 나는 어김없이 실험용 쥐 같은 존재로 전락한 느낌이었다. 1년이 지난 다음 해 1월 시험을 보러 춘천으로 향했다. 우리 경찰서의 경위 응시자는 나를 포함해서 13명이었다. 모두 나보다 젊고 평소 공부를 해왔던 자신감으로 똘똘 뭉쳐진 경사들이었다. 후배 한 사람이 나를 보고 "계장님은 뭐하러 가세요." 하면서 예상외의 인물로 취급하며 이상한 표정으로 쳐다보았다. 나는 무안한 표정으로 "심심해서 놀러 가."라는 말로 얼버무리고 말았다. 그러나 결과는 이 늙고 예상외의 인물인 내가 경위 시험에 우수한 성적으로 합격하였고, 나머지 친구들은 모두 낙방하는 좌절을 맛보아야만 했다.

　이 세상에서 불가능이란 없다는 말이 참으로 실감났다. 나이 마흔여섯 살 불혹에 맛본 경위승진시험 합격은, 내 인생에 또 다른 추억거리로 자리매김하였고 대견한 나로 인정받게 해 주었다.

－「불혹에 이룬 합격의 영광」

　그는 '실험용 쥐 같은 존재'로 전락한 느낌 속에 시작되었다고 했다. 그래선지 승진 시험은 그의 삶에 큰 변화를 주었다. 무엇보다 스스로를 대견하게 인정받은 것이다. 그때까지 그는 자신이 무언가를 이룰 수 있다는 것에 자신이 없었다. 스스로도 '늙고 예상외의 인물'이라고 할 정도였으니 자신이 있었을 리 없다. 하지만 그 혼자만 당당히 합격하는 영광을 맛본 것이다. 그런 그가 「어느 산림간수의 추억」에서 경찰이 되기 전의 그를 반추하는 것도 본다.

집은 가난했었다. 사업에 실패한 아버지는 잘되지도 않는 구멍가게로 근근이 생활하였고, 어머니는 식당들을 전전하며 구정물을 모아 돼지 먹이는 것으로 생계를 보태어 갔다.

영어, 수학을 못 하니 공무원 시험 볼 처지도 못 되었고 당시 고등학교까지 나온 놈이 매일같이 빈둥빈둥 놀고만 있었으니, 아버지의 속마음은 천불이 날 지경이었다. 성격이 불같이 급하신 아버지는 늦잠 자는 것도 용서가 되지 않았다. 매일 아버지와 신경전이었고, 그러다 보니 천덕꾸러기가 되어가는 느낌마저 들었다.

그러던 중에 우리 동네에 있는 국유림관리소에서 순산원이라는 산림관리요원으로 정 직원을 보조하는 임시직 자리가 있다고 했다. 아버지는 동네 유지들에게 칠념을 들어 아들의 취직자리를 부탁하기 시작했고, 그런저런 덕분으로 취직이 되어 2년 정도 다니게 되었다.

봉급은 부모님을 조금 보태주고 남는 돈으로 용돈을 쓰는 수준이었지만, 빨간 글씨로 새긴 산불 조심 모자와 완장을 차고 출근하는 것도 좋았고 부러워하는 친구들에겐 취직했다는 것만으로도 우쭐한 생각이 들기도 했다. 이따금 담당 마을이라는 오지부락에 가면 산골 사람들이 굽신 대며 잘 대해주는 것도, 어린 나로서는 너무나 기분 좋은 일이 아닐 수 없었다.

−「어느 산림간수의 추억」

사람이 자리를 만들기보다 자리가 사람을 만든다는 말이 맞는가. 가난한 집, 사업에 실패한 아버지, 식당을 전전하며 구정물을 모아다 돼지를 키우는 어머니, 그 속에서 고등학교를 나왔으나 빈둥빈둥 놀고만 있는 나, 겪어보지 않아도 그 마음이 이해될 그런 상황에서 아버지의 청탁이 먹혀 임시직이지만 산림관리보조원이 된 것은 하늘을 나는 기분이었을 것이다. '어린 나로서는 너무나 기분 좋은 일이 아닐 수 없었다.'는 고백이 딱 맞을 참으로 신나는 일이기도 했다. 아마도 그때의 그런 기분이 그가 경찰공무원도 될 수 있게 하는 동기가 되었을 수 있다. 어떻든 유상민은 그런 과거까지 글 속에 여과 없이 드러냄으로 글의 진술성이 삶의 진술성으로 이해되게 만든다. 뿐만 아니라 자신의 약점이 될 수 있는 것까지도 가감 없이 자연스럽게 드러낸다.

　자연환경이 비교적 좋은 계곡에 살다 보니 귀촌하는 사람들이 늘어나고 있다. 하루가 멀다고 생겨나는 전원주택에 외지인들이 이미 원주민의 숫자를 훨씬 넘어서고 있는 현실이다. 우리 집 바로 위엔 쌍둥이네가 살고 있다. 아들 둘이 쌍둥이라서 동네에서는 편하게 쌍둥이네라고 부른다. 법 없이도 살 수 있다는 쌍둥이 집 위로 무슨 연수원 건물이 크게 들어서고 있었다. 매일같이 여러 대의 덤프차들이 흙먼지를 일으키며 쌍둥이네 집 앞으로 다니는 바람에 곤욕을 치르던 중이었다. 차들이 다니는 집 앞길에다가 '천천히 서행' 등 많은 문구의 알림판을 세워두어도 도무지 말귀가 먹히지 않는 게 아닌가. 하다 못한 쌍둥이네는 궁리 끝에 다음과 같은 안내판을 세워 놓았다. 그것은 다름이 아닌 '살살 가'라는 내용의 표지판이었다.

　그 이튿날부터 이상한 조짐이 일어나기 시작했다. 모든 차가 천천히 가는 게 아닌가. 참으로 신기한 일이 아닐 수 없었다. 이 한마디 한글 단어 하나가 운전자들의 마음을 움직였다는 말인가. 같은 뜻의 말인데도 왠지 어리숙해 보이면서도 우스꽝스럽고 반말 투인 낱말 하나가 자신들의 불편한 민원을 스스로 해결한 꼴이 되고 말았다. 과묵하고 부부애가 남다르면서 오직 농사에만 전념하는 쌍둥이 아빠, 엄마에게서 진한 문학적 감각을 느낄 수가 있었다.

자연은 빠름을 원치 않는 우리와 함께하고 있다. 오랜 세월 우리 선조들이 그리해 왔듯이 자연이 주는 시간표대로 살아가면 되는 것이 아닌가. 욕심도 남보다 잘살기 위한 빠름에서 시작되었다. 욕심은 화를 부르고 화는 죄를 낳곤 하였다. 설령 달나라에 가서 사는 세상이 온다 해도 순리에 맞는 삶이 우리가 추구해야 할 진정한 목표가 아니겠는가.

"살살 가." 어쩐지 성미 급한 나에게 딱 맞는 말인 것 같아 나 자신을 돌아보게 만든다.

-「살살 가」

「살살 가」는 이 책의 표제작이다. 개발은 좋은 현상이지만 그 과정을 겪어야 하는 사람들에겐 큰 고역일 수 있다. 바로 쌍둥이 네처럼 억울한 피해자가 되기 쉽다. 「살살 가」는 그런 우리를 말해주는 수필이다. 사실 「어느 산림간수의 추억」이나 「불혹에 이룬 영광」에서 보듯 무언가 다른 사람에게 도움을 줄 수도 있는 힘이 있는 위치에서는 오히려 억울함도 불편함도 없다. 그러나 평등하다는 우리 사회는 각박한 삶 때문인지 상대를 서로 배려하는 마음들엔 너무 하다. 그저 나만 생각한다. 우리 민족처럼 '우리'라는 말을 즐겨 쓰는 사람들 없을 것이다. 그러나 그 '우리'조차도 남이 아닌 내 가족이거나 최소한 내가 아는 사람의 '우리'일 때만 배려도 가능해지는 게 일반적 셈법이다. 그렇지 못한 사이엔 살벌할 만큼 안면몰수를 한다. 절대적인 소통 부족이다. 상대가 내 말을 들어줄 수 있게 하는 설득력 아니 나를 이해해 줄 수 있는 소통이 '살살 가'란 친근한 방언에 먹혀들어간 것은 아니었을까. 소통은 상대의 입장으로 나를 여는 것 아닌가. 방법을 바꿔보면 길도 열리는 것처럼 마음을 여는 방법이 먹혀들어가서 모든 차들이 약속이나 한 듯 '살살 가'고 있었다. 때론 큰 소리보다 작은 소리가 더 설득력이 있지 않던가. 「살살 가」에는 그런 이 시대 사람들에게 정공법보단 살짝 돌아가는 것이 좋을 수도 있고 남이 안 써본 방법으로 시도해 보는 것도 방법일 수 있음을 제시한다. 그런 약함, 느림의 미학으로 성공한 방법의 예인 것이다.

바싹 마른 모습으로 나타난 아들을 보자 눈물이 확 쏟아졌다. 그토록 강인했던 경찰관 아빠도 아들 앞에서는 어질고 순한 감정에 이끌리는 한 마리의 양에 불과했다. 아빠 노릇을 잘 못한 반성의 표현이기도 했다. 서울로 올라가는 형 왈, "그 중국집 사장이 병호 때문에 장사가 몇 배나 잘 되었다고 하더라." 면서 아이를 두둔해 주었다. 아빠도 울고 아들도 울었다. 아들 녀석의 가출은 내 인생에 한 가지 역경을 이겨낸 소중한 추억으로 매김 되어 있다. 순수한 팩트 속의 꿈만 같은 잔잔한 드라마였다.

-「지푸라기 잡는 심정」

아내와 나는 암 검진을 받는 환자가 된 것처럼 고개조차 들지 못하고 법당에 들어갔다. 누가 먼저랄 것도 없이 절을 하고 또 하였다. 108배

를 해야 발복한다는 어머니의 말씀처럼 108 염주를 양손에 쥐고 아들
이 돌아와 주기를 염원하고 또 염원했다. 절이 우리의 유일한 주치의였
고, 탈출구로 여겼으니까. 고요한 정막만이 감도는 산중 암자에서 아들
을 위한 기도는 그때부터 그렇게 시작되었다.

-「지푸라기 잡는 심정」

　자식 이기는 부모 없다는 말도 있지만 부모 맘대로 되지 않는 것도 또한 자
식일 것이다.「지푸라기 잡는 심정」엔 그런 부모 마음이 잘 나타나 있다. 자식
을 위해 108배를 하는 마음은 얼마나 절실하였을까. 약자가 된다는 것, 아니
어떻게 손을 써볼 수 없을 만큼 약한 나를 인식하고 무력감을 느낄 때 그땐 진
정 무엇에라도 기대고 싶고 무엇이라도 잡고 싶은 '지푸라기 잡는 심정'이 안
될 수 없다. 이처럼 유상민 수필은 지극히 일상적인 그리고 지극히 개인적인
이야기들이 주를 이룬다. 곧 나 그리고 나를 중심으로 한 이야기들이다. 그리
고 그 모든 이야기들은 '한恨' 같은 안타까움인데 그걸 풀어내기 위해서는 절
대적인 힘의 도움이 아니면 안 되었다. 그래서 늘 어머니와 부처가 합쳐진 모
성적 불심에 기대게 된다. 그는 그걸 '지푸라기'에 빗대어 표현했다.

　지푸라기가 무슨 힘이 있겠는가. 하지만 그것조차도 힘이 되어줄 수 있는 상
도 우리 삶에선 드물지 않다. 그걸 깨달아야 순리와 자연스러운 것도 무엇
지를 알게 되는 것인데 한 치 앞도 내다볼 수 없는 인생이기에 이리 아등바
다투고 싸우는 게 아닐까. 그러니 나이가 든다는 것은 그런 걸 어느 정도 알
간다는 것이고 수많은 삶의 시행착오 속에서 알만큼은 알았다는 것일 수도
다. 수필이 시보다도 소설보다도 인간적인 문학이 될 수밖에 없는 것이 바
내 체험 곧 내가 겪은 이야기들이기 때문이다.

이런 이야기들을 유상민은 적당히 비유하거나 은유로 숨기지 않고 더러는 부끄러울 수도 있을 텐데 적나라하게 드러내버리는 통쾌한 보여주기로 정면 돌파를 하며 독자에게 대리만족의 쾌감까지 주면서 자신은 은근히 낮춰 공감을 유도한다.

> 인생은 자연 속 세월 속의 한 일원인 것을, 바람 부는 대로 물 흐르듯이 사는 것이거늘, 별나게 살아봐도 별 볼 일 없는 것이거늘, 자연 앞에 한 줌의 흙인 것을, 인간은 너무 티 나게 살려고 애쓰는 것 같다. 인연 따라 주어진 대로 모든 건 자연처럼 스스로 이루어진다는 것을 진작 알았어야 할 것을. 그래서 인간은 미완성의 존재라 하지 않았는가. 우리가 꿈을 꿈이라 생각지 못하듯이 꿈속에서 늘 허우적대며 사는 건 아닌지 모르겠다.
>
> –「꿈속에 사는 인생」

그는 금당계곡이라는 아름답기로 유명한 평창의 계곡에 살고 있다. 그는 그곳에서 사시사철 자연에 동화되며 삶을 살고 있다. 그런 그가 티 나지 않게 사는 것은 어떤 것일까. 자연 앞에 한 줌 흙, 그러면서 미완성의 존재, 자연 속 세월 속 일원으로 사는 깨달음, 그게 더 자연스러움이고 티 나지 않는 삶일까. 『살살 가』라는 수필집 속의 유상민 수필들은 이처럼 본연의 삶에서 보고 느낀 것을 그만의 해석으로 문학화해 내고 있다.

4. 나가며
수필은 간절함의 문학이다. 내 삶의 체험은 지나간 것이지만 무수한 시행

오를 겪으며 보다 나은 삶으로의 희구로 간절함을 그린다. 그런 간절함이 목마름으로 글을 쓰게 한다. 유상민은 그 간절함을 '한'이라 표현했다. 그러나 나의 체험이기도 한 그 간절함조차도 누군가의 공감을 가져올 때만 문학이 된다. 만일 그런 공감이 없다면 그냥 독백일 뿐이다. 공감은 사람의 마음을 움직이는 것이요 그 마음을 얻는 것이다. 하니 자칫 내 자랑이 되어서도 안 되고 모략이나 비난이 되어서도 안 된다. 진솔함이 읽는 이에게도 내 이야기로 이입되고 어필될 때 공감 내지 감동의 문이 열린다.

유상민의 수필들은 아직은 익고 있는 술독의 술 같다. 잘 익으면 제일 맛있는 술이 될 것이다. 그러나 지금이 오히려 풋풋함으로 짙게 스며나는 향기가 될 수도 있다. 은은한 것을 좋아하는 사람도 있고 좀 더 강한 것을 좋아하는 사람도 있듯이 받아들이는 정도와 취향은 제각각 다를 수 있다.

유상민의 수필들은 투박하고 두껍다. 그 투박하고 두꺼운 맛이 또 매력이기도 하다. 그런 한편 섬세한 면도 있고 소심한 부분도 있다. 이런 것들은 서정이 된다. 요즘의 수필들을 두고 너무 서정지향적이어서 가볍다고 하는 이도 있지만 사람의 마음을 움직이는 것은 감성이고 서정이 아닐 수 없다. 그런 면에서 유상민은 경찰관이라는 전혀 서정적이지 않을 것 같은 직업적 분위기인데도 작품 속에는 여리고 가녀린 서정의 마음이 넉넉하다. 이는 큰 장점이요 보배다. 그가 지닌 철학적 불교적 사상에 이런 서정성이 사유로 작용하여 빚어내는 작품들이라면 독자의 가슴을 흥건히 적실 따뜻함과 절실함이 오롯이 배어 날 수 있기 때문이다.

처음으로 내는 첫 수필집이니만큼 기대와 애착도 크겠지만 두려움도 불안 만만치 않을 것이다. 그러나 오십두 편의 유상민 삶의 이야기는 그가 머리에서 '한이 맺혀서 펜을 들었다'고 밝힌 것처럼 쓰지 않고는 견딜 수 없어서

237
작품해설

쓴 글들이고 그렇기에 이렇게 풀어내지 않으면 안 될 것들이었다.

　문학은 작가적 상상력으로 창조해 낸 이야기를 문장화하여 공감하고 감동케 하는 예술이다. 그러나 수필은 문학적 상상력이 현실이 된 것이라기보단 내가 직접 겪고 살아온 삶의 이야기이기에 더 실감 나고 현실적이며 애착이 간다. 하지만 감동이 있는 이야기로 만든다는 것은 쉽지 않다. 따라서 시리듯 아리나 따스한 감동이 있는 글이 바로 수필이라는 것을 잊지 말고 더욱 좋은 작품을 생산해 내도록 정진하여 좋은 수필에 목마른 독자들의 갈증도 풀어주었으면 싶다. 첫 번째 수필집의 탄생을 축하하며 두 번째 수필집을 기다려 본다.

최원현 nulsaem@hanmail.net

『한국수필』로 수필 『조선문학』으로 문학평론 등단. 한국수필창작문예원장. 사)한국수필협회 사무처장. 월간 『한국수필』 주간. 한국문인협회 · 국제펜한국본부 이사. 강남문인협회장 · 한국수필작가회장 역임. 한국수필문학상 · 동포문학상대상 · 현대수필문학상 · 구름꽃문학상 · 조연현문학상 · 신곡문학상대상 수상 외, 수필집 『날마다 좋은 날』 『그냥』 등권. 『창작과 비평의 수필쓰기』 등 문학평론집 2권. 중학교 교과서 『국어1』 『도덕2』 및 고등교 『문학 상』, 중국 동북3성 『중학생 작문』 등과 여러 교재에 작품이 실려 있다.

살
살
가

살살 가

유상민 지음

사단
법인 **한국수필가협회**